50 CORPOS

RENATA MARINHO

50 Corpos

Faria e Silva é uma Editora do Grupo Editorial Alta Books.

ISBN: 978-65-602524-55

Produção Editorial: Grupo Editorial Alta Books
Impresso no Brasil – 1a Edição, 2025 – Edição revisada conforme o Acordo Ortográfico da Língua Portuguesa de 2009.

M338
MARINHO, Renata
50 corpos / Renata Marinho. – 1. ed. – São Paulo: Faria e Silva, 2025.
320 p. ; 14x21 cm.
1. Ficção brasileira – Século XXI. 2. Romance policial. 3. Suspense.
4. Crimes fictícios – Literatura. I. Título.
CDD: 869.35

ALTA BOOKS
GRUPO EDITORIAL
www.altabooks.com.br

Rua Viúva Cláudio, 291 – Bairro Industrial do Jacaré
CEP: 20.970-031 – Rio de Janeiro (RJ)
Tels.: (21) 3278-8069 / 3278-8419
www.altabooks.com.br – altabooks@altabooks.com.br
Ouvidoria: ouvidoria@altabooks.com.br

Editora afiliada à:
abdr
ASSOCIADO CBL Câmara Brasileira do Livro

50 CORPOS

Renata Marinho

FARIA E SILVA
EDITORA

Cada um de nós é um universo.
Complexo, por vezes contraditório e ambíguo.
E que se revela nas suas escolhas, dúvidas e
imperfeições. Este livro é para aqueles que
encaram de frente a obscuridade do seu
próprio, desafiador e vazio,
universo particular.

PRÓLOGO

A SETE CHAVES

13 de novembro de 2023

Foram encontrados 50 corpos.

O cenário com que nos deparamos é assustador e ainda um mistério para a polícia. Entre as ossadas que revelam que muitos deles já estavam aqui há tempo, existem ainda corpos em decomposição.

Outros detalhes chamam atenção. As covas rasas são padronizadas, aparentemente todas do mesmo tamanho e distribuídas de 10 em 10, em cinco fileiras. Ainda é cedo para dizer se essas filas revelam mais do que uma simples posição aleatória de quem estava ali. Todos os restos mortais estavam na mesma posição, com o rosto ou o crânio em contato com a terra e os braços entreabertos. Nesse espaço, entre os braços e o corpo, alguns objetos foram cuidadosamente posicionados, possivelmente eram das vítimas, e poderão ajudar na identificação. E todos, sem exceção, vestiam apenas uma espécie de coleira de couro grossa, contendo um número, de 1 a 50, em uma placa de metal talhada a laser.

Não posso deixar de mencionar que a mata cerrada do sítio torna esse lugar ainda mais sombrio. Existe uma espécie de tensão no ar quase palpável. No chão de terra densa e escura, a polícia encontrou ainda vestígios de uma substância não identificada. Por ora, revelaram que se trata de um pó branco que estava espalhado no chão perto de algumas covas e em pequenos frascos de vidro posicionados ao lado do que seriam as ferramentas de trabalho da pessoa que arquitetou tudo isso.

É pouco provável que todos esses detalhes sejam meras coincidências. Se o criminoso realizava um ritual macabro ou é apenas metódico e perfeccionista, vamos descobrir. O fato é que próximo aos corpos que ainda estão em decomposição, foram encontrados também os ossos que foram retirados deles. Mais precisamente, as suas costelas foram arrancadas e, posteriormente, esses ossos das costelas cortados em pedaços menores. Uma faca de cutelo, cujo aço contém o dobro de carbono, tornando-a mais resistente que as facas convencionais, está coberta de sangue endurecido, escuro, acumulado.

Dois trituradores de ossos também foram recolhidos pela polícia: um elétrico, que estava com o interior vazio, e outro conhecido como modelo pilão, produzido em aço inoxidável e que é capaz de triturar ossos para serem utilizados inclusive em enxertos ósseos. Neste segundo, havia um osso triturado pela metade, o que revela que quem estava ali provavelmente foi interrompido antes de concluir a ação pretendida.

Todos estes vestígios chamam a atenção para a perversidade de quem realizava todo esse processo e que preferia fazê-lo de forma manual. Ao lado das ferramentas, dois panos pretos de aproximadamente dois metros cada um, abertos no chão, reúnem o que parece uma farinha não refinada. Esses panos, somados à faca e ao triturador, corroboram com a constatação de que tudo foi utilizado para esfarelar os pedaços dos esqueletos retirados.

Independentemente do que seja tudo isso que encontramos aqui, não tenho dúvida de que estamos diante de uma descoberta que pode mudar a vida de muitas famílias. Nunca é demais lembrar que cada uma dessas covas abriga uma história, trata-se de um corpo de um pai, uma mãe ou de um filho.

Quem são essas pessoas? Existe alguma relação entre elas? Como vieram parar aqui? Quem está por trás desse crime e talvez assassinatos? Como esses corpos não foram encontrados antes? Afinal, estamos falando de 50 covas preenchidas! Os exames de DNA e as investigações serão capazes de nos fornecer todas as respostas que ainda não temos.

Por ora, nos resta acompanhar de perto a evolução deste caso. Eu sou Alana Andrade e agradeço a sua audiência e companhia nesta manhã atípica de segunda-feira. Por aqui, no sítio Macatuba, a nossa equipe continuará atenta para poder levar até vocês, telespectadores, todas as informações e descobertas sobre esse incidente horripilante e repleto de mistérios. Continue agora com a sua programação local, e, na medida do possível, que todos nós tenhamos um bom dia.

PRIMEIRA PARTE

Essa divisória que nos separa
do mistério das coisas a que
chamamos vida.

Victor Hugo

1

Alana Andrade

13 de novembro de 2023

O cheiro daquele lugar seria um problema. Assim que a câmera foi desligada e que Alana recebeu o sinal do cinegrafista indicando com o polegar direito que havia encerrado a transmissão, a ânsia de vômito dominou a jornalista. Precisou fechar os olhos por alguns longos segundos. Talvez o fato de não ver tudo que estava ao seu redor pudesse ajudar a enganar o seu olfato.

Ainda com o microfone posicionado rente ao peito e próximo à boca, só percebeu o quanto estava tensa quando sentiu incômodo no braço esticado e aparentemente petrificado naquela altura. Escutou o colega de trabalho dizer, em tom de brincadeira, que ela poderia sair dali e abandonar a postura ereta e rígida de repórter. “Nosso trabalho acabou, pelo menos por enquanto. Vai que a polícia descobre outros corpos enterrados. Imagina que história teríamos!”. Alana voltou à realidade, abriu os olhos. Esboçou um sorriso fraco em resposta que indicava que havia ouvido, mas não tinha a menor intenção de conversar e muito menos responder à altura a evidente empolgação do cinegrafista com o que encontraram.

Concentrou-se em controlar a respiração, a visão ainda turva e os sentidos aguçados por diferentes estímulos externos. Abaixou o microfone, deu passos curtos e devolveu o equipamento que estava com ela. Percebeu que havia recuperado o movimento voluntário das pernas. O "você está bem?" dele ficou sem resposta. Alana não estava, e muito provavelmente qualquer pessoa com o mínimo de humanidade, ali no seu lugar, também não estaria.

Ela apenas seguiu. Era boa nisso. Começou a se movimentar, precisava sair de perto das covas que estavam estrategicamente a poucos metros atrás dela para que pudessem aparecer de relance na cobertura que acabara de realizar.

Tudo naquele lugar era mórbido. Seria a composição de um ambiente natural perfeito para qualquer cenário de filme de terror. Não bastasse a quantidade de corpos encontrados, o cheiro impregnado de podridão que se misturava com o azedo marcante que saía de algumas covas específicas, provavelmente resultado do trabalho de bactérias e larvas que, na sequência, liberam gases e rompem a pele dos cadáveres, o dia ainda estava nublado e frio. Vez ou outra, o vento teimava em aparecer, espalhando o odor e alcançando até quem relutava em se aproximar das covas.

A previsão do tempo para aquele dia era de 16 graus, mas certamente a sensação térmica naquele momento era menor. Ou pelo menos para Alana, que, enquanto caminhava com a mesma velocidade de uma tartaruga e não conseguia controlar seu corpo que tremia, se perguntava se o cheiro da putrefação era incômodo para os demais ali também. Em uma análise rápida e despretensiosa, olhou discretamente para os lados e percebeu que algumas pessoas riam, conversavam como se estivessem em qualquer outro lugar exercendo suas funções rotineiras. No fundo, era isso. Mas por que ela estava tão incomodada?

Sentiu um arrepio percorrer todo o seu corpo. A sensação durou mais do que ela gostaria e a deixou em estado de alerta.

Por mais que fosse acostumada a trabalhar em casos que envolvem mortes, violência e mistérios, Alana nunca tinha se acostumado. Não conseguia racionalizar ao ponto de encarar apenas como mais um dia de trabalho ou mais um caso bizarro. Para continuar, focava no fato de que acreditava que poderia ajudar outras pessoas. Que o que fazia era necessário, importante.

Conseguia obter respostas, escutava quem havia ficado e estava perdido. Chegou, em diferentes momentos, a prometer para si mesma que essa ou aquela seria a sua última cobertura. Mas, como um inseto voador busca encontrar uma luz para se orientar, iguais às mariposas, vaga-lumes, abelhas ou borboletas, Alana precisava enxergar um vestígio de claridade para continuar. Era também por ela.

Sempre que dava início a uma nova investigação ou matéria, não conseguia reduzir os acontecimentos a estatísticas, fontes ou relatos impessoais. Principalmente considerando as histórias que tinha acesso no exercício da sua profissão, olhava para cada um como indivíduo que, vivos ou mortos, foram violados, sofreram traumas, foram silenciados dentro de suas próprias existências.

Com a maturidade, sabia reconhecer o que lhe atormentava a mente. Os corpos encontrados hoje mexeram com ela porque mereciam ser depositados embaixo da terra, ou serem cremados, de forma a encerrar o ciclo da vida com o devido respeito também à morte. Muitos se esquecem da dignidade no fim. Mais do que isso. Alana não se conformava com a ideia de que os entes queridos daquelas pessoas não tiveram sequer a chance de saber onde eles estavam, o que havia acontecido com cada um deles.

Já distante das covas, sentiu-se pela primeira vez segura naquele lugar. Caminhou no sentido oposto à movimentação por cinco minutos. Estava sozinha e foi abraçada pelo silêncio. Seu estômago parecia agradecer e, em retribuição, não ameaçou mais colocar para fora o café da manhã que havia engolido, às pressas, antes de sair.

Passou a analisar o novo cenário que se apresentava à sua frente. Foi possível notar que o sítio localizado no interior do Estado de São Paulo reunia as principais características do Cerrado Paulista. Em meio à vegetação densa de arbustos e gramíneas, as árvores baixas e com troncos tortuosos pareciam proteger de uma forma proposital aquele segredo há pouco revelado. Apesar de não ser nenhuma especialista, Alana foi capaz de identificar ainda algumas plantas. Os pés de pequi e de jatobá tentavam lutar contra aquele recorte sombrio e conferir algum vestígio de vida àquele lugar.

Embora a natureza tenda a prevalecer e até mesmo a se reconstruir quantas vezes for necessário, Alana sabia que a crueldade humana jamais deveria ser subestimada e que o ser humano buscava constantemente formas para se destacar, para imprimir sua marca. Para demonstrar seu domínio. Ela era a prova viva disso. Sentia, dia após dia, a dor dilacerante de quem precisa lidar com uma perda inexplicável e não concluída.

Por sorte ou azar, ser escalada para aquela cobertura era um encontro direto com o seu passado. E isso não poderia se tornar um problema para ela. Caso fosse, sabia que os produtores do jornal a substituiriam, redistribuindo as pautas para a equipe. O profissionalismo e a determinação de Alana eram características proporcionalmente marcantes à sua teimosia e curiosidade. Uma combinação de atributos particularmente desejáveis para a profissão que escolhera. O jornalismo investigativo tornou-se seu sopro de vida.

Quando precisou escolher, não teve a menor dúvida de que era a área em que gostaria de se especializar, e que buscaria um trabalho que fosse capaz de oferecer a ela a chance real de desvendar casos e, quem sabe, ajudar as famílias das pessoas vítimas de crimes e que não recebiam a atenção devida da polícia, órgãos competentes e até mesmo de jornalistas que poderiam contribuir de alguma forma — nem que fosse cobrando quem deveria oferecer suporte nesses casos.

Em seu íntimo, não existia a pretensão de se tornar famosa ou de realizar a cobertura de grandes crimes, esses que são capazes de gerar notoriedade nacional e prender a atenção da população que, no geral, perplexa e curiosa, anseia pelo desenrolar dos fatos. Sua intenção era mais nobre e legítima: queria fazer por outras pessoas o que ninguém havia feito por ela.

2

Sua introspecção foi quebrada com a vibração do seu celular no bolso do blazer de linho preto que usava. Assim que retirou o aparelho e viu o nome de Roger na tela, sentiu um conforto inesperado, capaz de aliviar o aperto que sentia no peito. De alguma forma, ele sempre sabia o melhor momento para falar com ela. Geralmente, quando ela precisava dele.

— Espero que esteja me ligando para dar boas notícias, por aqui já temos mistérios e descobertas ruins o suficiente. — disse Alana quando atendeu, tentando não imprimir em sua voz sua preocupação e emoções à flor da pele.

— Não estou te ligando por causa do trabalho. — respondeu Roger de forma direta.

— Eu sei que não. Que bom que você ligou.

Roger sabia identificar quando ela abaixava a guarda. Alana deixou escapar um breve suspiro de alívio por estar falando com ele, que se misturou com um resquício de vento balançando as folhas das árvores à sua frente. Sons que não passaram despercebidos do outro lado da linha.

— Onde você está agora, Alana? Vi que saiu há pouco do ar... eu estava aqui pensando que talvez este caso não seja bom para você. — pontuou Roger de forma afetuosa, tentando escolher as melhores palavras.

— Roger, para. — interveio Alana, não permitindo que ele continuasse a expressar sua preocupação.

Ambos se calaram. Houve um silêncio incômodo. Embora bem-intencionado e estratégico quando precisava ser, caso fosse invasivo ou ultrapassasse algum limite dela, a reação natural de Alana seria se fechar, como havia acontecido outras vezes durante o relacionamento deles e em tentativas frustradas de conversas mais profundas iniciadas por ele.

— Eu consigo. Não se preocupe comigo. — retomou a conversa.

— Não tenho dúvida disso. E você sabe que o ponto não é esse. A qual preço, Alana? Já conversamos sobre isso, eu sinceramente acho que...

— Roger. Agradeço sua preocupação, de verdade. Mas essa é uma decisão minha e não cabe a você ou qualquer outra pessoa dizer o que devo ou não fazer. Este caso não difere dos tantos outros que já trabalhei. Eu estou bem. Apenas me afastei um pouco dos demais jornalistas para respirar um pouco, se é que isso é possível aqui. — Alana tentou demonstrar o máximo de segurança e convicção na resposta. Deu um meio sorriso apagado, percebendo a ironia no que acabara de dizer.

Estava em um ambiente a céu aberto, em meio à natureza, e ainda assim sentia-se sufocada. Precisava convencer o namorado e a si mesma que tudo estava sob controle. Falar em voz alta poderia ajudar a encontrar o convencimento que desejava, por isso continuou.

— E olha, as coisas por aqui estão animadas. Também, não é para menos. Certamente teremos um longo período de trabalho e investigações pela frente. Acho que este sítio tem muito mais a nos revelar. — Enquanto finalizava sua especulação, voltou a observar seu entorno com atenção. O barulho dos galhos balançando e dos bichos se tornara mais agudo.

— Ok, Alana. De qualquer forma, vou enviar uma nova equipe para o local, para que vocês possam retornar à capital hoje ainda e revezar na cobertura. Como você mencionou, estamos apenas no começo dessa história, e ela vai exigir dedicação de muitos do nosso time. — limitou-se a dizer, deixando transparecer sua frustração, mas compreendendo que não haveria espaço para uma negociação entre os dois e, principalmente, que ela já havia tomado sua decisão.

— Combinado. De qualquer forma, até que eles cheguem, vou continuar por aqui trabalhando. Qualquer novidade, eu te comunico. Vou ver o que mais consigo, se tenho acesso a mais algum detalhe ou informação com a polícia, algo que possamos divulgar ainda hoje.

— E você volta para a sede da TV para se encontrar comigo ou vai direto pra casa? — arriscou, tentando entender o que estava se passando dentro da cabeça dela. Roger não havia acreditado piamente em tudo que ouvira de Alana.

— Prefiro ir pra casa. Se tem uma coisa que é incontestável em casos assim é o esgotamento físico e psicológico. Preciso refletir, assimilar tudo que vi, colocar as ideias em ordem. — pontuou Alana com honestidade, revelando mais do que gostaria e o suficiente para que Roger confirmasse a sua intuição. Ela já estava envolvida.

— E você tem certeza de que quer ficar sozinha hoje? Se quiser, posso ir pra sua casa quando meu expediente acabar. — insistiu, agora com a voz mais suave e carregada de expectativa.

— Absoluta. Fiz várias anotações, tirei algumas fotos. Preciso pensar, relacionar todas as evidências encontradas aqui, buscar por novas pistas, enfim. Algo me diz que esse caso é mais complexo do que imaginamos. Preciso encontrar algumas respostas...

— Sobre este caso ou sobre você? — ele não conseguiu se conter. Sua inquietação se materializou na pergunta feita.

Novo silêncio. Alana estava visualmente focada no vazio da mata, olhava para frente, mas enxergava apenas os seus sentimentos mais enraizados. Roger, por outro lado, sabia reconhecer, mesmo a quilômetros de distância, o quanto Alana já havia submergido, e isso o assustava. Seria impossível persuadi-la, não havia como voltar atrás. Agora, era uma questão de tempo.

— O vento está mais forte, Roger, estou com frio. Vou voltar para perto da equipe. — indicou que estava na hora de finalizar aquela conversa.

— Toma cuidado, Alana. Só não ultrapasse seus limites. Se precisar, me liga.

— Não vou fazer nada que me prejudique. Ou que influencie em nossa relação. Eu prometo.

Roger a amava. Por isso, tentava compreender suas motivações e o impacto do passado dela na relação deles. E, na maioria das vezes, se via diante de um imenso quebra-cabeça cujas peças teimavam em não se encaixar. A sensação dele, sobre ela, era que Alana havia se fundido a um casulo escuro, resistente e profundo. E, na maior parte do tempo, ela preferia ficar lá.

Depois de desligar e com o telefone ainda em mãos, Roger fixou o olhar no porta-retratos posicionado próximo ao seu notebook em sua mesa de trabalho. Embora pequeno, era confortável, o escritório destinado ao produtor na sede da TV em que ambos trabalhavam. Na imagem emoldurada por MDF em tom bege, ele e Alana estavam abraçados e sorridentes, sentados na área externa do Les Deux Magots, um dos cafés mais clássicos de Paris e que é frequentado por turistas que, assim como eles, estavam em busca do tradicional chocolate quente acompanhado do famoso croque-monsieur, quiche lorraine e omelete truffée. Relembrar este dia era reconfortante para ele. Estavam felizes.

Roger, preso à imagem, só conseguia pensar se Alana a enxergava como ele a via. Uma mulher forte, que precisou aprender muito cedo a sobreviver, a se defender e a buscar o seu lugar no mundo. Aos 58 anos, para ele, ela era perfeita. As rugas e linhas de expressão presentes, de alguma forma, contribuíam para destacar o seu sorriso tímido e covinhas acentuadas. Seu rosto era arredondado na medida certa, e o cabelo loiro na altura dos ombros combinava harmonicamente com o resto.

Embora seu olhar fosse, na maior parte do tempo, distante e vazio, era também revelador. Alana tinha o que nem todos têm, uma espécie de abismo próprio. Ela mergulhava em si mesma com facilidade, recuava, se escondia. Mas também tinha a capacidade de se recompor, acreditar, de deixar os olhos e a alma expostos nos momentos em que se sentia segura. E eram eles, os seus olhos cor de mel, que diziam mais do que sua boca conseguia expressar.

E, apesar de não poder encará-los naquele momento, Roger sabia o que estava acontecendo. E Alana sabia que não cumpriria nenhuma das duas promessas.

3

À medida que a hora avançava e o dia caminhava para se tornar noite, o vento era implacável, mais intenso e gélido. Seu contato com o rosto de quem estava ali exposto a ele, nada delicado, era também um lembrete de que, para permanecer no sítio, seria preciso se preparar, não apenas psicologicamente. O movimento das folhas inquietas e das aves que pareciam querer acompanhar tudo de perto também aumentou.

— São Paulo é uma cidade mesmo imprevisível: em plena primavera, e do nada faz 13 graus à tarde. Não duvido que amanhã abra um sol daqueles que a gente sua só de imaginar. — Alana escutou o comentário vindo de alguém que não reconheceu e estava no meio da muvuca; uma aglomeração inusitada se formara no local.

— É incrível como experimentamos todas as estações do ano em um único dia. Eu não estava preparada para esse frio hoje — concordou uma segunda pessoa, dando continuidade ao assunto mais clichê e superficial possível entre pessoas desconhecidas que, por algum motivo, estão no mesmo lugar.

Alana preferiu se furtar de conversas triviais. Até reconheceu meia dúzia de profissionais que estavam ali e se limitou a fazer acenos leves com a cabeça, em forma de cumprimento e educação. Era o máximo que ela podia entregar, e não se preocupou com isso. Tinha preocupações latentes em sua mente, e essas, sim, não permitiam que ela ficasse à margem da sua atenção.

Assim que retornou, ficou próxima ao isolamento da polícia, relativamente perto das covas. Enquanto fechava os botões do blazer até o último, lamentou não ter trazido uma peça mais quente ou, pelo menos, um cachecol. Juntou-se aos demais jornalistas; não tentou contar, mas chutaria que, naquele momento, algumas dezenas se reuniam ali.

Devido à sua experiência em casos de grande repercussão em que já trabalhara, ela sabia que era uma ótima oportunidade para trocar informações e até mesmo descobrir algo novo que algum colega de profissão deixasse escapar ou que alguém quisesse compartilhar com todos de propósito, no intuito de demonstrar que fora capaz de chegar a algum ponto interessante primeiro. Não era difícil encontrar jornalistas vaidosos no meio.

Com o tamanho e a rápida repercussão do caso, não era de se espantar com a adesão da imprensa em nível nacional. Além dos veículos que já estavam no local, não paravam de chegar novos carros e vans com logos de diferentes emissoras e jornais. Logo, algumas mesas simples de plástico brancas, modelo mais utilizado em bares ou recepções no geral, foram improvisadas para dar o mínimo de suporte a quem estava ali. Para alívio dos jornalistas, havia muitas garrafas de café.

As mesas foram posicionadas a uns 600 metros das covas e, a partir disso, a concentração passou a ser próxima a elas. Além de água, café e comida, o ar era razoavelmente mais agradável. Ainda assim, era impossível não sentir o odor que teimava em sair dos 50 buracos. É fato que, algumas horas depois, de uma forma estranha, as pessoas e seus respectivos narizes pareciam mais adaptados, se é que essa palavra poderia ser usada naquele contexto. Era possível identificar ainda outro cheiro marcante, o de cigarro, que, em meio a tantos cheiros pungentes, talvez fosse o de menor incômodo, tamanho o caos da situação.

Enquanto procurava um copo plástico para colocar café, Alana se posicionou de propósito entre alguns grupos que tinham a mesma intenção que ela, pelo menos em relação à bebida. Pegou o copo lentamente e, com o mesmo senso de urgência, abriu o pacote de adoçante em pó, como se o tempo não fosse um problema. Abrir a garrafa e transferir o líquido de um recipiente para o outro ainda levaria algum tempo. Seus ouvidos estavam ativados, como verdadeiras antenas, focados em sua captação.

Havia certa agitação nas falas que saíam de todos os lados. O burburinho poderia atrapalhar; então, de forma automática, Alana passou a realizar um filtro e a descartar com rapidez comentários que não acrescentariam. Por outro lado, deu alguns passos para a direita, de forma discreta e despretensiosa para quem, porventura, estivesse observando a cena, com o intuito de se aproximar de três pessoas que, diferente dos demais, falavam mais baixo e conversavam apenas entre eles.

Fingiu que ia jogar fora a embalagem de adoçante na lixeira improvisada, que nada mais era do que um saco plástico preto no chão, e continuou misturando o seu café por ali mesmo, o mais próximo que conseguiu chegar do pequeno grupo.

Com a escuta atenta, começou a fazer suas anotações mentais. Achou melhor não pegar o celular ou bloco de notas, pois poderia chamar a atenção e até inibir o grupo que ainda não havia percebido a presença dela.

— A matéria que publiquei há pouco no portal rendeu alguns comentários interessantes — disse um dos jornalistas, mostrando o celular para as outras duas pessoas. — Óbvio que tem muita gente sem noção que apenas comenta por comentar e perde a oportunidade de ficar calado. Outros estão falando em seita, essas coisas. E alguns leitores lembraram do "Ladrão de Corpos". Olha que interessante — reforçou o jornalista, visivelmente empolgado com a troca e as especulações do seu público.

— Me recordo desse cara. Eu já li algo sobre esse caso quando eu ainda estava na faculdade. Foi um escândalo na década de 1980, se não me engano — complementou uma segunda voz, também desconhecida por Alana. Os três não estavam com uniforme nem com algum objeto que a ajudasse a identificá-los ou, pelo menos, a saber onde trabalhavam, para ela avaliar se eram veículos confiáveis ou não. Ainda assim, continuou presa ao diálogo deles.

— É isso mesmo. Acho que é uma das histórias reais mais impactantes que já aconteceram no Brasil. Hoje em dia a gente usa o termo *true crime*, que não era popular na época, mas que certamente se encaixaria no Ladrão de Corpos. E, infelizmente, tivemos muitos outros criminosos na história recente do país e que não deixam em nada a desejar em relação às criações da ficção. — Pontuou o terceiro. A troca entre eles era equilibrada e coerente, não deixou de notar Alana.

— Então, gente, mas existe um furo gigante aí que torna essa hipótese inviável. Além do tempo, já que estamos em 2023, o famoso Ladrão de Corpos cometeu suicídio na prisão em 2003, segundo o Google — disse o primeiro interlocutor do grupo, que continuava empenhado com o celular em mãos e munido de um bom pacote de dados para ter acesso à internet de forma rápida no sítio e para dar fundamento àquela conversa. — Então, não faz sentido associá-lo ao que encontramos aqui hoje, afinal, há corpos que ainda estão em decomposição — concluiu sua observação, deixando transparecer na voz certa frustração na constatação.

— A senhora poderia dar licença? — A pergunta, que poderia ser interpretada também como uma imposição, veio de uma jovem que encarava fixamente Alana há alguns segundos, com cara de desdém, e que poderia ser sua filha. Se não fosse pela falta de educação, pelo cabelo ruivo natural e pelo fato de que Alana jamais quis ser mãe.

— Claro, sirva-se — respondeu, devolvendo a troca de olhar pouco amistosa que recebeu, movimentando o corpo lentamente e fazendo um movimento com as duas mãos estendidas que concedia passagem solene, da forma mais irônica que conseguiu. O desconfortável breve diálogo só serviu para irritar e distrair Alana.

À medida que o cheiro do café se misturava e, em partes, conseguia se sobrepor aos demais odores ali, Alana precisou sair de perto das mesas, para ceder lugar às várias pessoas que buscavam desesperadamente as garrafas espalhadas. Resolveu, então, se juntar ao cinegrafista e ao motorista da sua emissora que a acompanhavam na cobertura. Eles conversavam perto da van da TV, o que Alana agradeceu mentalmente. Não perceberam a chegada dela de imediato.

Sua bateria social estava baixa; não queria se esforçar para parecer simpática e muito menos se entrosar. Alguns minutos depois, quando um deles olhou para trás e a viu, isso ameaçou o plano de invisibilidade dela. — Olha ela aí. Descobriu algo novo, Alana? Acha que vamos ter mais trabalho hoje ainda? — indagou o cinegrafista.

— Nada que valha uma entrada ao vivo ou seja realmente relevante. — Respondeu, sendo sincera. — Falei com o Roger; tem uma nova equipe a caminho. Então, acredito que não teremos mais trabalho por hoje. Se não se importam, vou fechar a porta da van; estou com frio. — Disse, já se isolando no interior do veículo sem dar brecha para a resposta dele e encerrando o assunto.

Fechou a porta e os vidros e, pela primeira vez naquele dia, conseguiu não sentir a podridão que impregnava a atmosfera. Acomodou-se no banco, que era mais macio e confortável do que ela se lembrava, e deu início às suas próprias pesquisas. Sua internet não era tão boa quanto a do rapaz do grupo que lhe despertara a curiosidade.

Com certa impaciência, típica de quem está acostumada a clicar e não ter que esperar por uma resposta por longos segundos, os olhos de Alana revezavam entre a expectativa da tela revelar os resultados que desejava e a movimentação fora da van, que continuava a ser observada por ela. Grupos cada vez maiores se formavam naturalmente.

Diferente dos jovens colegas de profissão, ela se lembrava bem do Ladrão de Corpos, talvez por ter tido a chance de acompanhar tudo no período em que ocorrera. O caso emblemático, cujo criminoso roubava corpos em cemitérios espalhados pela capital paulista e que, embora pego e preso, nunca revelou sua motivação, marcou a sua geração. Por vezes, lembrava-se de chegar aos lugares e esse ser o assunto principal.

Na área do café, Alana ainda escutou outras conjecturas razoáveis. Quem estava ali era habituado a buscar por respostas, e eles sabiam que, quanto mais opções e simulações, maiores eram as chances de acertar e chegar à verdade ou o mais perto possível dela. Ela sabia ainda que, enquanto as respostas não aparecem, pressupor se torna inevitável. Embora o objetivo fosse absorver o máximo de informações que eram jogadas de forma avulsa por todos os lados, sua atenção já tinha um destino.

4

Ela precisava entender se, de fato, as duas histórias tinham alguma relação e como isso seria possível. E, principalmente, por que ela estava tão incomodada com isso. Desde que ouviu e se lembrou do Ladrão de Corpos, alguns pensamentos intrusivos tomaram sua mente. E eles só foram interrompidos quando ela se assustou com o cinegrafista batendo no vidro para chamá-la para fora.

Sem aviso prévio, um silêncio inquieto se formou. Todos se organizaram rapidamente e ligaram suas câmeras, microfones e posicionaram os celulares. Eles não foram avisados de que haveria um pronunciamento oficial da polícia ainda naquele dia. Apenas uma fita amarela, que indicava o isolamento de algumas áreas, separava os dois grupos de profissionais. Uniformizados, os policiais encaminharam a pequena multidão para perto da casa que existia no sítio, à qual os jornalistas não tiveram acesso.

— Todos aqui estão focados em realizar o seu trabalho da melhor forma possível — começou o delegado de forma direta, praticamente gritando. — Meu nome é Martim Cardoso, sou o delegado responsável por este caso e serei o porta-voz e ponto de contato com vocês, jornalistas. Por isso, peço que haja colaboração para que possamos trabalhar juntos e evitar problemas desnecessários. Não ultrapassem os limites. Espero não ter que repetir essa frase e muito menos me preocupar com vocês durante o processo de apuração dos fatos.

Martim precisou fazer uma breve pausa para tomar um gole de água. Nitidamente, ele estava exigindo mais das suas cordas vocais do que deveria. As últimas palavras saíram falhas. Depois, continuou com um tom mais baixo, sem forçar tanto a voz. De propósito ou não, causou a primeira impressão que gostaria nos presentes. A firmeza com que imprimiu suas palavras e encarou a plateia nos olhos corroborou com seu papel naquele momento e deixou clara a mensagem de que ele era a autoridade por ali e não permitiria dividir esse poder com quem quer que fosse.

O delegado era o único sem a tradicional camisa preta da polícia civil. Estava vestido com uma social cinza; as demais peças eram pretas. Era impossível não reparar como o blazer e o sapato estavam impecáveis, pareciam ter saído direto da loja para o corpo de Martim que, com 1,87 m de altura, costumava intimidar muita gente só com a sua presença. Vaidoso, não abria mão de malhar, hábito ao qual se rendeu ainda na academia de polícia. E o corpo bem definido era consequência da sua dedicação e alimentação equilibrada. A pele preta era igualmente bem cuidada.

Apesar de não gostar das brincadeiras, alguns policiais da sua unidade e que tinham mais intimidade com ele o chamavam de "delegado modelo". Ele sempre respondia dizendo que preferia ser modelo para outras coisas, trazendo à tona algum assunto profissional. Brincadeiras à parte, o fato é que seu cabelo bem cortado, barba cheia e roupas de alfaiataria estavam sempre alinhados.

Dessa forma, ele se sentia mais confortável e seguro para transmitir, no seu ofício e na vida, a imagem que criou para si. Organizado e metódico, gostava de pensar que também era eficiente. Os olhos castanho-escuros, que lembravam duas jabuticabas, se destacavam ainda mais, graças aos fios brancos que já eram a maioria na barba e no cabelo.

— Como imagino ser do conhecimento de todos aqui presentes, cabe à polícia civil investigar crimes, coletar evidências, entrevistar testemunhas e suspeitos, elaborar relatórios fundamentados, realizar perícias, entre outras ações que, sim, senhoras e senhores, fazem parte única e exclusivamente do nosso trabalho. Ou seja, todos esses atos ordenados, que são a base para o processo penal, serão realizados por mim e minha equipe, exclusivamente — continuou, fazendo questão de dar ênfase à última palavra, que foi pronunciada duas vezes.

— Entendo que a intenção de vocês é ajudar, pelo menos da maioria, mas a polícia não precisa de ajuda, ok? À medida que a investigação avançar, vocês serão informados para que possam divulgar suas notícias e informações verificadas e corretas. — Fez uma nova pausa e terminou de tomar a água da garrafa de plástico que permaneceu em sua mão esquerda, enquanto gesticulava com a direita a fim de enfatizar o que dizia.

— Portanto, evitem especulações infundadas e, principalmente, não estimulem a proliferação de *fake news*. Com a quantidade de corpos e ossadas encontradas aqui hoje, sabemos que essa investigação pode levar mais tempo do que as convencionais. Justamente por isso, será mais necessário que nunca contar com o apoio e responsabilidade da mídia — ponderou de forma consciente e incisiva, mesmo perdendo o alcance vocal do meio para o final do pronunciamento. Parecia satisfeito com o seu discurso.

Apenas nesse momento, foi possível notar um certo relaxamento de Martim. O rosto dele não parecia mais feito de madeira. Respirou profundamente, contraindo a testa e destacando linhas de expressão marcadas. O homem, que estava perto da idade de se aposentar, não demorou a ascender na carreira. Quando entrou para a polícia, logo ingressou também no curso de Direito. Seu maior sonho era ser delegado, e como já tinha mais de dois anos de atividade policial comprovados, na primeira oportunidade após receber o diploma de bacharel, fez o concurso público e passou de primeira.

— Vou abrir agora para duas perguntas. Só responderei a essas hoje. Você e você — disse o delegado, apontando com o indicador direito na direção de dois jornalistas escolhidos aleatoriamente. Sinalizou também para um dos seus investigadores que queria outra garrafa de água.

— Delegado, boa parte dos corpos encontrados hoje provavelmente estão aqui há anos, quem sabe décadas, a julgar pela esqueletização observada em inúmeras covas. Como isso é possível? As famílias dessas pessoas provavelmente registraram queixas, procuraram por elas — perguntou o primeiro selecionado.

— O tempo que os restos mortais ficam na natureza depende de vários fatores, como o ambiente, a temperatura, a umidade e a presença de animais. Logo, sua observação é válida considerando o cenário encontrado. Basicamente, quanto mais fundo o cadáver for enterrado, mais lenta será a deterioração. É sabido que, entre 60 cm e 1 m de profundidade, leva entre nove e 12 meses, mas não é o caso aqui, cujas covas são mais rasas. No entanto, quem as fez utilizou também técnicas de conservação. Considerando que os ossos só "somem" depois de uns quatro, cinco anos sem a proteção de um caixão, em várias covas notamos outros invólucros, como tecido e plástico, o que pode multiplicar o tempo de deterioração por seis. E não temos ainda nenhuma confirmação de identidade, o que não me permite responder por completo o seu questionamento. À medida que os corpos forem identificados, as respectivas histórias ligadas a eles aparecerão. De imediato, e de acordo com a minha experiência, acho pouco provável que todas essas pessoas ou corpos sejam de indigentes. O que nos leva a um ponto óbvio que deve se confirmar: muitos — se não todos — estavam desaparecidos. — Próxima pergunta — determinou Martim, sem chance de estabelecer um diálogo com o primeiro interlocutor e ditando o ritmo de como as coisas iriam ser.

— Aqui em Macatuba, e ao redor, existem muitas plantações com cultivo específico para a região. O senhor acha que esse pó branco e até mesmo os resquícios de ossos triturados eram para adubar a terra ou algo do tipo? — indagou o segundo selecionado, com a mesma velocidade do primeiro, demonstrando ter entendido a dinâmica do delegado.

— Acredito que sua pergunta tenha como fundamento o pó de osso ou farinha de osso. Sem dar brecha para a confirmação do jornalista ou não, o delegado continuou focado em sua resposta. Era evidente que ele queria acabar logo com aquilo. — Sabemos que esse fertilizante orgânico, que contém cálcio, é sim produzido a partir da moagem de ossos e tem como principal objetivo o aumento da fertilidade das plantas. É um bom raciocínio relacionar esses dois pontos de alguma forma. Não podemos descartar essa hipótese. Mas, por ora, ela não passa disso — mais uma hipótese dentre tantas outras que já surgiram. Espero, sinceramente, poder responder muito em breve a todas as perguntas de vocês. Aguardem o avanço das investigações e os comunicados oficiais. Obrigado — concluiu, encerrando o pronunciamento e dando as costas para o público.

O delegado, acompanhado por três policiais da sua equipe, entrou na pequena residência. Não demorou para que os jornalistas se dissipassem. Para quem estivesse chegando, a entrada da casa era a principal; as covas estavam no fundo do pequeno sítio.

Alana ainda tentou observar o interior da casa, mas sem sucesso. Além de totalmente isolada e protegida pelos policiais, muitas pessoas mais altas que ela estavam literalmente em sua frente.

Pouco depois de repassar a gravação do pronunciamento e suas anotações para a equipe que estava na sede da TV, Alana avistou o carro da sua emissora chegando com os profissionais que passariam a noite trabalhando na cobertura em tempo real. Menos de 30 minutos depois, ela já estava na estrada rumo à capital.

— Quer apostar quanto? Eu garanto que ele vai ser o destaque da temporada em 2024, pode escrever. Camisa 10, cara, não tem erro — disse o cinegrafista, enquanto colocava um pagode para tocar no rádio.

— Além de ser um tremendo de um pé-frio, péssimo em análise de futebol, você tem um gosto musical duvidoso. Que combinação única! — devolveu o motorista, rindo e ameaçando trocar a faixa.

— Fala sério, quem não gosta de um pagodinho? Vai querer ouvir o que na estrada agora, música clássica?

Eles pareciam não se lembrar de que Alana estava na parte de trás da van. Brincavam e se divertiam como dois adolescentes voltando da escola. Ela não sabia se aquela era a forma que eles encontraram para não pensar no dia que tiveram e tornar as coisas um pouco mais leves, ou se simplesmente haviam se acostumado com esses acontecimentos que faziam parte da rotina deles e pouco se importavam mesmo. Eles não haviam feito nenhum comentário sobre tudo que viram no sítio.

Absorta em sua realidade paralela, ela não conseguia se imaginar dando risadas e simplesmente curtindo uma música naquele momento. Decidiu não insistir na pesquisa pelo celular ou, pelo menos, até estarem mais perto da capital; sua conexão continuava oscilando. Queria saber o que já havia saído na mídia. Mas isso poderia ficar para depois. Agora, com o rosto apoiado no vidro, olhava para fora.

O movimento rápido dos veículos, que podiam chegar a 110 km por hora naquela estrada, a conduziu, na mesma velocidade, rumo ao único pensamento que ela não conseguia abstrair: seria um devaneio imaginar que a ossada do seu pai talvez estivesse em Macatuba?

5

O sítio em Macatuba está localizado a 240 km da cidade de São Paulo. Mesmo cansada depois de um dia exaustivo de trabalho e emoções intensas, já era noite quando Alana chegou em casa, e não demorou a abrir o seu computador. Antes, optou por um banho quente, que era uma urgência maior do que sua vontade de obter qualquer pista.

Retirou a roupa que usava e as sandálias na pequena lavanderia do seu apartamento e, com o pé direito, empurrou tudo apenas para tirar do caminho. Não estava nem um pouco preocupada com a organização da casa naquele momento; tinha uma ideia fixa na cabeça, e seu corpo precisaria acompanhar a agitação da mente. Abriu a geladeira e pegou um iogurte natural desnatado, seu preferido. Não estava com fome, mas achou prudente colocar qualquer coisa no estômago. Na verdade, sequer lembrara de comer algo durante o dia.

Depois de 15 minutos embaixo do chuveiro, já se sentia mais disposta. Posicionou-se de frente para o espelho que fica em cima da pia e, depois de escovar os dentes, encarou-se, de cara limpa, por alguns minutos. De forma automática, por causa do seu trabalho,

Alana sempre estava maquiada. Particularmente, gostava de usar blazer e salto alto.

Nunca se importou com as cobranças por trabalhar com a imagem em um canal fechado de televisão. No fundo, sabia que aquele estímulo, camuflado de preocupação, de uma sociedade que impõe e idolatra padrões, não a afetava demasiado, porque ela era feliz com o seu próprio corpo e aparência. Envelhecer era parte do processo e servia também para lembrá-la de que estava viva.

Havia acabado de completar 58 anos. Era madura o suficiente para entender que jamais conseguiria agradar a todos, então focou nos últimos anos em estar bem para ela mesma. Aprendeu a ignorar boa parte dos comentários maliciosos que ouvia. Percebeu que, quanto mais conseguia se desvencilhar do que era desejável por imposição, aproximava-se da sua verdadeira essência. Não estava mais disposta a tentar lutar contra o espelho, as mudanças em seu metabolismo ou o envelhecimento do corpo.

Na contramão do físico, sua mente estava cada dia mais afiada e preparada para lidar com as mais diversas situações. Aprendeu a escolher as suas lutas e a gastar sua energia com o que realmente lhe importava. Estar viva, para ela, era sinônimo de continuar alimentando sua busca. De dentro para fora. Tinha respostas que ainda precisava encontrar, fosse aos 60 ou aos 90 anos.

Seu cabelo, na altura dos ombros, ideal para destacar seu rosto, ainda molhado, evidenciava a coloração dourada das luzes que ela tinha o costume de renovar a cada quatro meses. Notou que suas olheiras estavam com aspecto escurecido, mais um indício do seu cansaço. Passou rapidamente um creme hidratante no rosto e, na área dos olhos, fez uma massagem leve com os dedos, como se avisasse a eles que precisava amenizar o impacto das suas escolhas, já que a noite seria longa e o dia seguinte, incerto.

Não era de hoje que o trabalho era prioridade em sua vida. Em diferentes momentos, principalmente naqueles em que se sentia mais confusa ou vulnerável, de forma consciente, escondia-se atrás dele. Era o escudo perfeito: usar as frases "não posso ir, preciso trabalhar" e "estou cansada, tive uma semana exaustiva no trabalho" era conveniente e socialmente aceitável. Isso a permitia ser produtiva e isolada ao mesmo tempo.

As pessoas julgam tudo a todo momento, mas respeitam o fato de que, no geral, todos se matam de trabalhar e trocam sua sanidade mental e saúde física por um salário no final do mês. A empatia realmente funciona quando é compartilhada com os que experimentam na pele os desafios cotidianos de uma sociedade sobrecarregada.

Respirou profundamente três vezes. Estava pronta. Ergueu a cabeça e encarou aquela mulher de frente, cujos olhos cor-de-mel eram profundos. Talvez o seu brilho e vitalidade, por hoje, tivessem se esvaído. Mas sua inquietude não. Esboçou um sorriso, que revelava dentes levemente amarelados e alinhados, para tentar se convencer de que não estava com receio do que poderia encontrar.

Quando pensou nisso, sorriu naturalmente. Percebeu que havia gastado mais tempo no banheiro do que o necessário. Aquela era uma das histórias mais densas e cheias de camadas que ela provavelmente teria acesso em sua carreira. Caminhou até a cozinha, preparou um café expresso forte e sentou-se na sala. Abriu o notebook e colocou suas anotações do dia ao lado, para consultar e fazer novas. Preferia escrever à mão do que digitar, quando precisava pensar ou relacionar as coisas.

De uma forma intuitiva e quase automática, digitou no buscador "Ladrão de Corpos". À medida que os resultados foram aparecendo, ela rolou a página e começou a clicar nas matérias de veículos respeitados e com credibilidade. Ela, por ser da área, sabia como ninguém a importância de confiar nas fontes de informação.

Com seu inseparável caderno de anotações, começou a preencher uma página com os principais pontos sobre os acontecimentos do passado. Popularmente, Demétrio Moreira ficou conhecido como "Ladrão de Corpos", e o caso ganhou notoriedade e repercussão nacional em 1983, quando sete corpos foram roubados do cemitério de Santo Amaro, o mais antigo da capital paulista.

Na época, muito se especulou sobre a motivação do crime. Todos os corpos roubados haviam sido enterrados há menos de uma semana, o que sugeria que o ladrão estava acompanhando os enterros, mesmo que pelo obituário, e muito provavelmente contou com a ajuda de alguém de dentro do próprio cemitério para executar as retiradas sem qualquer tipo de alarde.

O acontecido só veio à tona por conta de uma ironia do destino. Um dos caixões dos desaparecidos precisou ser aberto para que um exame de DNA póstumo fosse realizado e a possível paternidade confirmada. Para a surpresa de todos, o caixão estava vazio. A conclusão de que sete ao todo foram roubados se deu com a investigação e abertura de outros caixões para conferência dos últimos corpos enterrados ali. E, para surpresa de Alana, o delegado da época que estava à frente do caso, Luiz Cardoso, tinha o mesmo sobrenome do atual.

E não era uma mera coincidência. A jornalista logo abriu uma aba paralela e constatou que Martim era filho de Luiz Cardoso, delegado condecorado que não apenas conduziu o caso na década de 1980, como também prendeu Demétrio em 2003. Achou interessante o fato, destacou – em caneta vermelha –. Pensaria sobre isso depois.

Assim que escreveu as datas em seu caderno, Alana desviou o olhar da tela. O segundo episódio se deu em 1993 e, nessa ocasião, 10 corpos foram roubados, assim como em 2003, e todos esses crimes foram atribuídos ao "Ladrão de Corpos".

1983 - 1993 - 2003

7 - 10 - 10

Depois de alguns minutos refletindo sobre as datas, por mais que Alana não conseguisse de imediato encontrar uma relação entre elas, pressentia que havia. Com a experiência acumulada em dezenas de casos que cobriu e estudou, Alana sabia que mentes como a de Demétrio tendiam a trabalhar com padrões. Os crimes ocorriam a cada 10 anos, com o roubo de 10 corpos.

Naquele momento, as perguntas que ecoavam em sua mente eram: por que, então, em 83, foram sete? E se, de fato, os casos tiverem alguma relação, como 50 corpos foram desenterrados, sendo que Demétrio havia cometido suicídio em 2003, pouco depois de ser preso?

Quando começou a pensar por essa ótica, Alana considerou que talvez pudesse estar errada quanto à sua intuição e o fato de relacionar as duas histórias. Não fazia sentido, tanto pelo período de tempo, quanto pelo número de corpos. Talvez fosse perda de tempo seguir por essa linha de raciocínio e investigação. Coçou o couro cabeludo com força.

Estava exausta, com os olhos pesados e uma leve dor de cabeça. Sabia que não conseguiria chegar às respostas que precisava naquela noite. Tomou um remédio homeopático para ajudar a dormir rápido e outro mais forte para aliviar a dor nas têmporas que insistia em incomodá-la. Antes de pegar no sono, desejou em seu íntimo que o dia seguinte fosse mais leve que aquele.

6

— Você tem certeza sobre essa escolha, filha? — disse ele, esboçando um sorriso genuíno e encarando-a de frente. Interrompeu a sua leitura, fechou o livro. Nada era mais importante do que aquela conversa.

— Sim, pai! Quero ser jornalista como o senhor — respondeu Alana, empolgada, sem receio de conter seus sentimentos e expectativas.

— Confesso que fico feliz por, de alguma forma, ter inspirado você, filha. Mas você sabe, Alana, que vivemos tempos difíceis; a ditadura militar tem sido especialmente dolorosa para os jornalistas... — respondeu, tentando escolher as melhores palavras para não desanimá-la, mas demonstrando preocupação com ela e o momento do país. A testa franzida se sobrepôs ao sorriso espontâneo.

— E ainda assim o vejo trabalhar com o mesmo brilho nos olhos, enfrentando a censura com todas as suas forças, colocando no papel as suas ideias e ideais de vida. Sinceramente, desconheço forma mais linda de viver. Tenho muito orgulho de você, pai. Das suas escolhas. Cada uma delas, acredite. — Neste momento, ela também cedeu à realidade, não estava mais sorridente, demonstrando não apenas ter consciência, mas certa maturidade para refletir e entender tudo que estava acontecendo com os brasileiros.

Encarando o pai de frente, seus olhos estavam cheios d'água que, somados à sua voz embargada, tornaram aquele momento especial para os dois.

Sem desviar os olhos e com sua ironia habitual, ele respondeu:

— Ou forma mais linda de morrer.

Os dois riram da espontaneidade da resposta. Mas por trás da brincadeira dele, havia um medo real, palpável. Alana ainda era muito nova para entender as consequências de todas as escolhas do pai.

Eles eram conectados, também se entendiam através do olhar. Continuavam se encarando.

— Esse é o meu único medo. Não suportaria perder você — continuou ele, agora com o semblante sério. — Embora eu ache uma homenagem linda e esteja realmente feliz por perceber que minha menina está crescendo e fazendo suas escolhas, gostaria de te pedir para considerar minhas ponderações.

— Pai, com você também aprendi a não ter medo. Não posso deixar de lutar pelo que acredito por covardia. Sei que ainda sou nova, mas entendo o momento histórico que vivemos hoje no Brasil e quero ajudar de alguma forma, quero construir um país melhor. E isso só será possível se eu me posicionar também, dar voz às pessoas, mostrar tudo que temos vivido e por que a democracia deve prevalecer. — Por mais que seu discurso fosse forjado pelos livros que lia, músicas que ouvia e pelas conversas com o pai em casa, ela alimentava o ímpeto de fazer a diferença com a ingenuidade que lhe era própria da adolescência.

— Me senti na plateia de um grêmio estudantil. — Não perdeu a oportunidade de fazer piada e continuou. — Tenho tanto orgulho de você, Alana. — Agora foi a vez dele de colocar toda sua emoção na voz, que saiu falhada e trêmula. — Os últimos anos foram humilhantes, tensos, perturbadores. E a verdade é que a gente não sabe onde tudo isso vai dar.

Mas só de vê-la falando assim me faz ter esperança no futuro próximo e nas gerações que vão vir.

— Relaxa, pai, a gente sabe o que precisa fazer. Ou você realmente acha que a nossa única preocupação é aprender a cantar Girls Just Want to Have Fun da Cyndi Lauper? — disse em tom de brincadeira, para quebrar o clima tenso que a conversa estava tomando. Ainda ameaçou cantarolar a letra em inglês, mas desistiu e caiu na gargalhada ouvindo sua própria performance desafinada.

— Confesso que, mesmo você escolhendo uma profissão desafiadora e, neste momento, perigosa como a minha, fico mais aliviado do que se me dissesse que seguiria carreira como cantora. — Ele também se rendeu ao riso frouxo.

— Vai dar certo, pai. Teremos dias melhores. — Alana retomou o diálogo, colocando a mão no ombro dele.

— Preciso reconhecer que os seus argumentos e sua retórica me fazem acreditar que será uma profissional muito melhor do que eu.

— Ainda bem que você já entendeu que não me fará mudar de ideia.

— Eu sei que não. O que posso fazer é desejar profundamente que você realize os seus sonhos, até os mais insanos, e esses você nem precisa me contar. Estou aqui para ajudar no que for possível — reforçou, como se fosse necessário.

Ambos sabiam que seriam eles contra o mundo, desde sempre e para sempre.

— Obrigada, pai. Espero poder retribuir algum dia tudo que o senhor fez e faz por mim. Se vou ser melhor, não sei, mas dedicada e apaixonada pelo ofício, não tenha dúvida!

— Filha, só mais uma coisa. Nunca se esqueça de que a questão não é ter medo ou não. Não era essa a mensagem que eu gostaria de te passar, como você mencionou. É o que a gente faz com o que a gente sente. Algumas pessoas agem quando encurraladas, outras paralisam ou

se escondem. Muitas são impulsivas, agem conforme sofrem o impacto; outras são estrategistas, conseguem compreender que toda ação tem consequências. Aprender a escolher as suas batalhas. Alguns ímpetos que vivem dentro de cada um de nós deveriam permanecer assim, trancados, adormecidos. Sempre que puder evitar o confronto, a luta, evite. Acredite em mim, este é o caminho. Por diversas vezes tive medo, muito medo. Mas sabia que precisava continuar porque, no meu caso, minha luta é muito maior do que eu. Eu nunca quis estar neste lugar que ocupo hoje, mas quando me vi nele, não pude recuar. Espero que, nos momentos em que sua coragem ou crenças forem postas à prova, você seja capaz de confrontar a si mesma e suas escolhas, racionalizar e não apenas reagir.

Alana acordou com um salto. O sonho que acabara de ter, além de remeter a uma saudade imensa das conversas e trocas com o pai e seu melhor amigo, a fez lembrar também que ele havia desaparecido justamente em 1983, ano em que ela ingressou na faculdade. Era o momento de ter coragem para confrontar. A verdade é que, nas últimas décadas, havia sido racional até demais, e sentia que precisava reagir, lutar. Ninguém poderia fazer isso por ela.

De uma forma inexplicável, mas cada vez mais sincronizada, os números referentes às datas pareciam dançar na sua frente. Ainda sonolenta, mas com a mente funcionando, sabia o que precisava fazer logo cedo, dali a poucas horas.

Demétrio foi casado e teve um filho. Segundo suas pesquisas anteriores, eles continuavam morando em São Paulo. O fato é que, por mais que Alana tentasse fugir do seu passado, essa não era uma opção.

7

Demétrio Moreira

1983

Deitado no sofá rasgado do pequeno apartamento que dividia com mais três amigos no centro de São Paulo, Demétrio estava focado na corrida de Fórmula 1 que caminhava para as voltas finais. Ele não era o maior fã do esporte, mas adorava tudo que envolvia disputa e, como resultado, prêmios e visibilidade. À medida que o piloto Nelson Piquet avançava para tornar-se bicampeão mundial, ele foi se levantando e, ao final da prova, estava sentado e vibrando, como boa parte dos demais brasileiros. Mas sua empolgação nada tinha a ver com patriotismo.

A última corrida, o Grande Prêmio da África do Sul, foi realizada em Kyalami. Com o olhar fixado na tela da televisão, Demétrio pensou em como gostaria de conhecer aquele lugar. Estava pouco se importando com os carros que cruzavam a linha de chegada, mas concentrado em tudo que o narrador dizia sobre o local e seu povo. Desejou ter dinheiro naquele momento para embarcar no primeiro avião. Para estourar uma garrafa de espumante, celebrar qualquer conquista que fosse.

Seu sonho mais íntimo e genuíno era ser famoso. Queria conhecer o mundo, ter acesso aos melhores restaurantes e hotéis como os que via na televisão, ser desejado, receber convites exclusivos. E a base que alimentava essa sua ilusão seria algo grandioso — mas ele ainda não fazia ideia do que seria. Ele queria muito. Ele queria tudo.

Olhou para si mesmo e percebeu o quão longe estava do que via na pequena TV de tubo, a começar por ela própria, que, com arames pendurados nas duas pontas, sequer tinha uma antena decente. Vez ou outra travava, e voltava a funcionar quando um deles batia no aparelho com força moderada; a cor da imagem também costumava retornar com o impacto.

Por ora, a televisão era uma distração. Aguardava receber novas instruções para sair para trabalhar. Vestia um short curto azul, desbotado pelo tempo, e uma camisa de basquete, no mínimo três números maior que seu corpo franzino. Demétrio sequer havia assistido a uma partida de basquete na vida, mas, com a ascensão do astro americano Magic Johnson, quase todos os homens usavam camisetas largas de times americanos, em especial do Los Angeles Lakers. Aquela era uma réplica barata de um dos amigos do apartamento e foi escolhida porque parecia mais limpa que as suas espalhadas pela casa.

Havia outros objetos esparramados pelos 40 metros quadrados. Os homens não se importavam; há um bom tempo, aquele lugar não recebia uma limpeza. Talvez o fato de não terem janelas maiores — apenas basculantes de vidro na sala e no banheiro — contribuísse para que ignorassem a sujeira acumulada.

A falta de claridade e ventilação também era aceitável para o quarteto. Eram poucos móveis, e os que tinham estavam empoeirados, velhos e quebrados. Usavam o local basicamente para tomar banho e dormir, mas o ambiente refletia o desleixo e a falta de higiene dos habitantes.

Com 27 anos, Demétrio não havia realizado nada relevante na vida. Na adolescência, tentou ser jogador de futebol, mas não passou da primeira etapa em nenhuma peneira dos clubes paulistas. Por volta dos 24 anos, tentou fazer teatro, acreditando que seu futuro estaria no palco — que, em sua mente, era um trampolim para a fama. Mas sua indisciplina, egocentrismo e temperamento forte fizeram com que fosse expulso da companhia duas semanas após ingressar.

À medida que envelhecia, suas alternativas para alcançar a fama repentina se tornavam mais escassas. Em 1982, cogitou procurar uma agência de modelos: era magro, media 1,77 m e tinha olhos verdes. Mas sabia que a falta de cuidado com o rosto e o corpo provavelmente o desqualificariam. Há meses, seu cabelo não via sequer shampoo ou condicionador — lavava-o no banho com sabonete barato. A barba mal feita e as manchas de sol na pele branca — que raramente conhecera protetor solar — faziam-no parecer mais velho do que constava em seu RG.

Com as frustrações acumuladas, decidiu abrir o próprio negócio. Como desistira da carreira artística, achou que o caminho mais fácil para a fama e o dinheiro fosse o comércio. Conseguiu um empréstimo e abriu uma loja de peças para carros. Nos últimos anos, o mercado de autopeças crescera no Brasil, e Demétrio acreditava que, assim como a população, a frota de veículos aumentaria nas próximas décadas.

Boa ideia ou não, o fato é que, sem formação ou conhecimento em gestão, sua loja faliu em poucos meses. O empréstimo transformou-se em uma dívida que só crescia. Sem saber o que fazer, trocou o credor, acreditando que precisava manter seu nome limpo para futuros negócios. Começou a dizer que 1984 seria seu ano da sorte. Após quitar a dívida com o banco, passou a dever um agiota da região que considerava amigo.

Até atrasar o segundo pagamento.

Como aviso, certa tarde, ao sair de um bar na Praça da República no final de setembro, Demétrio foi abordado por três homens que o espancaram e reforçaram a importância de honrar o combinado. O recado foi dado. Ele sabia que não conseguiria pagar: estava desempregado, e o dinheiro dos bicos como ajudante de pedreiro mal cobria seu aluguel e a conta do bar.

Três dias depois da abordagem, ainda com dores por todo o corpo — costela quebrada, lábio cortado e olho direito inchado —, procurou o agiota para propor um acordo. Disse que trabalharia para ele para quitar a dívida, solução que encontrara durante os dias de recuperação. Estava visivelmente desesperado, e o credor aproveitou-se disso.

Pouco depois, Demétrio passou a receber bilhetes embaixo da porta com instruções para "serviços". Não havia rotina em seu novo ofício: pequenos furtos, cobranças violentas, transporte de envelopes com dinheiro ou cheques. Vez ou outra, escoltava pessoas protegidas pelo agiota e chefe da quadrilha.

De forma inusitada, Demétrio encontrara-se, pela primeira vez na vida. Não era mais humilhado — pelo contrário. Passara a ser respeitado por integrar o temido grupo de bandidos do centro. Não se sentia mais sozinho; agora tinha uma "família" para contar. A ideia de proteção agradava-o. E, embora não fosse do modo convencional, construía sua reputação e fama na cidade.

O medo alheio alimentava-o. Era prazeroso observar como os olhares se esquivavam dos seus.

8

Depois de pouco tempo com sua nova família, estava mais parrudo e adorava se olhar no espelho. Sentia que finalmente seus quase 1,80 m eram vistos por todos. O cabelo preto encaracolado passou a ter um aspecto limpo, e os olhos verdes estavam iluminados de uma forma diferente; a confiança era seu novo combustível. Com o dinheiro entrando, topava todos os serviços e pedia mais. Passou a se alimentar e vestir melhor, e não demorou a criar o hábito de fumar. O cigarro na boca tornou-se parte do seu corpo nas últimas semanas.

Entre uma baforada e outra, em mais um dia comum, tentava, sem sucesso, observar o movimento na rua lá embaixo da janela da sala. Lembrou de como, pouco tempo antes, naquele 15 de outubro de 1983, estava acompanhando a conquista de Piquet, tomando pinga barata em casa porque não tinha dinheiro para sair e sobrava meia garrafa da bebida.

Escutou o barulho do envelope sendo enfiado por debaixo da sua porta. Os "chamados", como costumava nomear, eram assim: apareciam de uma hora para outra, e ele não tinha escolha sobre o que ou como fazer. As ordens eram claras e não deixavam qualquer margem para negociação. Ele recebia a carta e executava. Demétrio devolveu a cerveja que iria abrir para a geladeira e leu atentamente o papel A4, perfeitamente dobrado ao meio, que acabara de ter acesso.

Voltou ao início e leu novamente. Concluiu que não havia lido errado da primeira vez. A ordem do dia era encontrar outros dois comparsas em um cemitério para retirar e levar algumas joias e pertences dos mortos para o seu chefe. Ele tinha os nomes e até mesmo a indicação da localização das três lápides que precisariam explorar. Aquele era o primeiro "chamado" daquela natureza, e Demétrio achou que poderia ser divertido por ser diferente de tudo o que já tinha feito.

Menos de duas horas depois de receber o "chamado", ele estava posicionado no lugar marcado e logo se conectou visualmente com os outros dois designados para aquela missão. Nem todos do grupo, que era grande, se conheciam, e eles tinham um código simples, mas que funcionava para identificar uns aos outros. Quando Demétrio passou a mão direita três vezes sobre a orelha direita, recebeu o mesmo movimento de volta dos dois.

— E aí, beleza, mano? — disse um dos homens, balançando a cabeça para cumprimentar Demétrio. — Você é novo? — completou, curioso.

— De boa. Sim, entrei há pouco tempo para a turma. — Assentiu, devolvendo um breve aceno com o polegar direito.

— Você tem medo de cemitério? Parece assustado. — provocou o desconhecido, deixando escapar um sorriso espontâneo. O outro permanecia calado, visivelmente concentrado na missão, olhando constantemente para os lados para se certificar de que estavam mesmo sozinhos.

— Não tenho medo de nada. — devolveu Demétrio, buscando se impor. — O trabalho de hoje não é pior do que as coisas que já fiz.

— Pelo visto, vai se dar bem, então, no grupo. Já vi muitos novatos tentando fugir do chefe quando se dão conta de tudo o que precisarão fazer.

— Imagino que sim. O que não falta é homem frouxo nessa vida.

— Ou mais prudente. Nem todo mundo está disposto a pagar o preço que pagamos.

— Estômago fraco não paga conta.

— De duas uma: ou você é muito ingênuo e ainda não se deu conta de onde entrou, ou é um dos piores que eu já vi. Daqueles que não se importam com nada ou ninguém.

— De qual grupo você faz parte? — provocou Demétrio, analisando-o de canto de olho, continuando a caminhar.

— Dos que têm muito a perder. — devolveu, sem pestanejar.

— Então você já sabe qual é a sua maior fraqueza.

— Nem frouxo, nem medroso. Direto ao ponto. Gostei de você. Pronto para encontrar os mortos? — disse em tom de ironia, encarando Demétrio e o outro companheiro de trabalho, que não demonstrava o menor entusiasmo com aquela conversa e apenas continuava seguindo os dois.

— Vamos fazer o que precisa ser feito. — Demétrio encerrou o diálogo, voltando sua atenção para a tarefa que precisava cumprir. Sua fisionomia poderia não evidenciar qualquer tipo de sentimento ou expectativa, mas sua mente estava inquieta, barulhenta.

Os três contaram com a ajuda do coveiro, cujo turno só terminaria no dia seguinte, o que garantiu a eles tempo mais que suficiente para a realização do trabalho sem preocupação. Quando retiraram e manusearam os corpos, Demétrio sentiu algo novo florescer dentro dele. Era um misto de dominação e controle absoluto sobre alguém que ele ainda não conhecia. Aquele sentimento passou a pertencer-lhe. Não havia chance de defesa ou retaliação. Ele gostou do que viu e sentiu.

Feito o trabalho, despediu-se dos outros dois, que ficaram responsáveis por levar tudo o que recolheram ao chefe. Ainda no banheiro do cemitério, Demétrio lavou o rosto e os braços, retirando qualquer vestígio de terra ou sujeira aparente. Estava em uma espécie de êxtase. Ele sempre era movido pelo novo, pelo desafio. Dificilmente mantinha por muito tempo qualquer paixão, trocando com enorme facilidade suas obsessões. Mas aquela experiência havia mexido com ele de uma forma diferente, nunca experimentada.

Decidiu que não iria para casa; precisava gastar toda aquela energia acumulada e aproveitar aquela adrenalina que circulava dentro dele. Pegou o primeiro ônibus que viu e parou próximo a uma boate na Zona Leste. Não demorou muito para começar a beber e a flertar com as mulheres que estavam na casa noturna.

Ainda tímido ou com pouco álcool no corpo, ensaiava alguns passos na pista de dança, mas seu objetivo ali era escolher com quem passaria a noite. E aquele realmente parecia ser o seu dia de sorte.

Ainda no fundo do salão, avistou de longe a mulher mais linda que seus olhos já haviam capturado. Ele virou o restante do conhaque que estava no copo e foi em direção a ela. Entre o compasso das músicas "Billie Jean", de Michael Jackson, e, na sequência, "Menina Veneno", de Ritchie, que estavam em alta naquele ano, ele se apresentou.

— Sou Demétrio. — Estendeu a mão direita em direção a ela. Estava confiante e fixou os olhos verdes nela antes de continuar: — Não sei dançar muito bem, mas gostaria muito de tentar com você. — Disse, acompanhado de um largo sorriso e olhar insinuante.

— Eu sou Kalina, mas pode me chamar de Kali. — Disse, respondendo com a mesma abertura e segundas intenções que ele. — Vem comigo, eu te ensino.

9

Kalina Mendes

1983

Depois daquela primeira noite juntos, Demétrio e Kalina nunca mais se separaram. Tudo entre eles era muito intenso. O sexo, as brigas, as ameaças. Ambos acreditavam que tinham encontrado sua alma gêmea, se isso realmente existisse. Mas não sabiam lidar, de forma saudável, com todos aqueles sentimentos que afloraram dentro deles, tornando-se ciumentos e agressivos.

Kali, como gostava de ser chamada por todos, estava no auge da sua juventude. Apesar de ter nascido com os cabelos escuros, pouco antes de conhecer Demétrio havia feito uma permanente e optado por descolorir os fios, tornando-os mais claros. A franja com cachos volumosos, segundo ela, deixava o seu rosto mais fino e os olhos castanho-claros ainda mais destacados. Tinha o nariz arrebitado e estava tentando deixar as sobrancelhas mais naturais, adorava escovar os fios escuros e espessos de maneira a acompanhar o desenho do seu rosto e a moda.

E, como todas as suas amigas, era fã de Madonna. Sempre que conseguia, fazia questão de tentar imitar os looks da cantora que, para Kali, além de descolados, combinavam com ela. No dia a dia, dificilmente ela estava com qualquer outra coisa que não fosse tênis, meia, short curto e camiseta com estampas coloridas.

Aos 18 anos recém-completados, encontrou em Demétrio a oportunidade ideal para sair da casa dos pais, plano que já estava em sua mente há tempos. O ímpeto da juventude, somado a uma boa dose de arrogância e curiosidade, ditavam seus passos e escolhas. Queria explorar o mundo com liberdade, sem ter que dar satisfação aos pais sobre suas saídas ou chegadas ao amanhecer. Ter o seu próprio cantinho seria perfeito, e ela estava animada.

Em dezembro de 1983, eles já estavam morando juntos. Para ele, a paixão avassaladora somada à vontade de sair daquele muquifo no centro, que dividia com os amigos, foi a motivação. Kali era a sua nova obsessão, o mundo dele tinha uma nova rotação.

Quando se conheceram, ela trabalhava como caixa em um supermercado de bairro na Zona Leste de São Paulo. Local que, posteriormente, acabou sendo a escolha do casal para alugar a casa deles. Kali batia ponto, então precisava sair todos os dias, de segunda a sábado, às 7h30 da manhã, e retornava por volta das 18h para casa. Sempre que conseguia, Demétrio fazia questão de buscá-la no final do expediente, mesmo que de ônibus. Estava planejando comprar um carro no próximo ano, porque as coisas iam bem no seu trabalho, e ele estava ganhando cada vez mais a confiança do seu chefe.

Ele já havia dito à amada que o seu sonho de consumo era o Chevrolet Chevette, que naquele ano tinha desbancado o Fusca e se tornado o carro nacional mais emplacado em 1983. Demétrio tinha certeza de que não demoraria a ganhar mais e passaria a oferecer conforto a ela, e a realizar os sonhos dele. Como de costume, ele fazia planos, muitos.

A diferença é que agora ele tinha outras perspectivas, fontes de renda que lhe proporcionavam realizar coisas que até então eram inimagináveis. Ter dinheiro no bolso realmente mudava tudo, nisso ele estava certo. Como parte do combinado com o chefe, 70% do seu salário era para quitar sua dívida, ainda assim, Demétrio recebia quantias por semana que jamais conseguiria receber em um emprego convencional.

Já morando juntos, quando Kali fazia qualquer pergunta relacionada ao trabalho dele, Demétrio se limitava a responder que sua rotina era mais flexível, que teve a sorte de fazer parte de um grupo que trabalhava por demanda e lhe rendia retornos maiores do que os trabalhos com carteira assinada. Com essa explicação rasa, conseguia justificar o fato de não ter hora para sair e nem voltar para casa, tudo dependia das ordens que recebia, e não era escolha dele. Ela já tinha visto, vez ou outra, ele receber bilhetes com as ordens do chefe, e começou a se habituar com o fato de o trabalho dele ser diferente.

Para Kali, as respostas superficiais eram suficientes. No fundo, pouco se importava com o que ele fazia. Demétrio mantinha as despensas em dia e a geladeira cheia. O fato é que agora ela tinha a sua própria casa, por mais simples que fosse, e isso era o que importava. Ela estava mais preocupada em tê-lo por perto e com ela, do que com de onde vinha o dinheiro.

Sem contar que os planos dele para o futuro eram incríveis. Ela amava ouvi-lo falar sobre tudo que conquistariam juntos. Ele fazia questão de incluí-la em tudo, o que despertava em Kali o sentimento de ser uma mulher especial, como ela mesma se via. Estava convencida de que eles teriam uma boa vida juntos.

No final de dezembro, com pouco mais de dois meses de relacionamento, tiveram a primeira briga realmente alarmante. Já havia acontecido outros episódios isolados em que um aumentava a voz para o outro, ameaçavam ir para cima, mas nada que não terminasse na cama, sem mágoas ou que gerasse preocupação. Nesse dia, Demétrio chegou em casa de madrugada, bêbado e sujo de sangue.

Em um primeiro momento, Kali se assustou com o estado dele. Já estava preocupada com a hora avançada e a falta de notícias do namorado. Começou a pensar que algo tinha acontecido e, quando ele entrou batendo nos móveis e sem conseguir encará-la de frente, ela experimentou um misto de alívio e raiva. Depois, quando constatou que o sangue espalhado por todo o corpo não era dele, sua intuição passou a gritar internamente como um alerta, começou a questioná-lo:

— Dá para você me explicar o que aconteceu? Olha o seu estado! — repetiu três vezes, tentando obter alguma resposta. Sem sucesso.

— Seu idiota, olha pra mim, Demétrio, porra, cara! — disse, em completo desespero, passando as mãos no rosto com força, como se isso pudesse acordá-la daquele pesadelo.

Apesar de o questionamento ser o mínimo que qualquer pessoa na mesma situação faria, Demétrio não gostou de ser cobrado, e muito menos daquela forma. Ele ainda não conhecia aquela versão da sua mulher, o tom de voz incisivo dela não era apenas ameaçador como de costume, era de consciência. Demétrio sabia que Kali era esperta, observadora e destemida. Mas ele era o homem da casa, precisava se impor. Na sua cabeça, não tinha que dar satisfação para ninguém sobre o que fazia ou deixava de fazer.

— Vai querer controlar a minha vida agora? Era só o que faltava! Quem você pensa que é, sua merdinha? Puta do caralho. — Finalmente disse, gesticulando de forma descoordenada. Embora o equilíbrio lhe faltasse por conta do estado de embriaguez, agora ele tentava encarar os olhos de Kali de frente e colocou as duas mãos na cintura, tentando reforçar sua indignação.

— Controle? Vai se foder, Demétrio! Eu estava até agora acordada e preocupada, e você nunca chegou em casa nesse... estado. Me dizer onde você estava é o mínimo. Aliás, o que eu quero saber mesmo é no que você se meteu, seu imbecil. Que sangue é esse? De quem é? — respondeu praticamente na mesma altura, também não havia preocupação com o volume da sua voz. A única diferença é que a dela saiu trêmula, e ela o analisava, de cima a baixo.

Kali tentava se controlar, buscava alguma explicação racional, mas as palavras e hipóteses flutuavam soltas em sua mente confusa naquele momento. Estava insegura e perdida no caos de Demétrio.

— Trabalhando, eu já te disse, mulher! Que saco, vai dormir e me deixa em paz. Já não estou aqui? O que mais você quer de mim? — devolveu, ainda mais impaciente, e batendo no próprio tórax com as duas mãos agitadas.

Como Kali não deu indício de que seguiria a ordem, Demétrio aprumou o corpo e deu pequenos passos seguros, se aproximando dela. Sua fisionomia carregada e nova postura a fez recuar, encostando-se na parede da sala, atrás dela. A sensação gelada do contato das costas com os tijolos frios a fez lembrar que ali era o limite, não havia para onde correr.

Nessa altura, os olhos verdes dele estavam cedendo espaço para um entorno avermelhado. As palavras saíam truncadas e eram cuspidas para fora. Kali nunca tinha visto Demétrio daquela forma. Não era só raiva, havia um transbordo de cólera. Ainda assim, ela precisava saber. Buscou conter a sua própria voz e adotar uma nova abordagem para ver se surtia efeito e trazia o namorado que ela conhecia de volta.

— Ok, Demétrio, tudo bem. Já entendi essa parte. Não precisa me dizer nada sobre o seu trabalho. Só me diz em que se envolveu então, por que está sujo de sangue dessa maneira? Você se machucou? Se envolveu em alguma briga, foi isso? — enfatizou com cadência na voz. Lembrou-se, ainda subitamente, que eles moravam em uma vila e foi tomada ainda pelo receio de já ter acordado os vizinhos, que não precisavam compartilhar daquela briga do casal recém-chegado.

Mas sua tentativa foi em vão. Ela conseguiu recuar, ele não. A resposta veio em forma de agressão. Demétrio recuperou o equilíbrio em um passe de mágica e, em uma fração de segundos, numa ação repentina, segurou Kali pelos braços e a ergueu com facilidade, subindo seu corpo na parede com violência. Além de ser maior e mais forte que ela, Demétrio estava tomado por ódio. Kali, por sua vez, ficou totalmente sem reação, travou completamente, não conseguiu sequer gritar para pedir ajuda.

Então ele olhou fixamente nos olhos dela, que devolveu a encarada com o corpo trêmulo, comandado por ele, e com os olhos cheios de lágrimas. Suspensa no ar, Kali nunca mais esqueceria a pressão que ele fez em seus braços, as batidas contra a parede, os olhos dele avermelhados e o odor insuportável que saía do seu corpo imundo e de sua boca, que estava próxima ao rosto retraído dela.

— Eu te disse que eu estava trabalhando, e é o que você precisa saber. Não aconteceu nada demais, e você nunca mais vai me fazer nenhuma pergunta sobre essa noite. Eu não gosto disso, Kalina. Não gosto de me sentir pressionado e jamais, em nenhuma circunstância, tenha dúvida sobre quem manda na porra dessa casa. Você está me entendendo, sua vadia de merda? Eu só quero que você faça uma coisa, preciso que confie em mim e cumpra o seu papel e obrigações de mulher. Será que é pedir demais? Estou exigindo muito de você, querida? — Eram perguntas retóricas, ele continuou com a mesma firmeza na voz e nos braços. A lucidez repentina do seu raciocínio era igualmente assustadora.

— O resto é comigo e, quando você precisar saber de algo, eu vou te contar, sem cobrança, entendeu? Você entendeu tudo que eu disse? —

enfatizou, se aproximando ainda mais, encostando seu rosto no dela. Kali assentiu rápido com um movimento fraco da cabeça, sua voz não saiu. Então ele continuou, pausadamente, e dessa vez sem gritos:

— Eu vou te soltar agora e vamos pra cama, sem mais nenhuma palavra. Nunca mais faça o que você fez essa noite, ou eu não respondo por mim, e você vai conhecer um homem diferente de tudo que você já viu. Eu quero ser seu homem, posso ser bom pra você. Eu a escolhi, e isso significa que sempre vou voltar para casa. Mas posso ser também o seu pior pesadelo, nunca se esqueça disso. A decisão de viver de boa ou um inferno na terra é sua.

10

Kali entendeu o recado. Apenas o seguiu para o quarto. Não pregou os olhos naquele final de madrugada e, no início da manhã, saiu um pouco mais cedo para trabalhar. Ele, depois que se deitou, sequer mexeu na cama. Estava em um sono profundo, reparador dos alcoolizados, e nem a viu se levantar. Muito menos notou o corpo rígido que ficou algumas horas ao seu lado na mesma posição, com medo de que qualquer movimento pudesse acordá-lo.

Durante todo aquele dia, ela permaneceu aérea, inquieta, incomodada. Não contou para ninguém o que tinha acontecido. Trabalhou no automático, estava sem apetite e, diferente dos outros dias, não queria que a jornada de trabalho terminasse. Assim como não podia controlar o tempo, não conseguia controlar os seus sentimentos. Experimentou pela primeira vez um medo que invadia sua alma e a paralisava, o que não combinava com Kali. Era como se estivesse sendo apertada, de dentro para fora.

Mesmo sem querer, teve vários flashes do ocorrido, e sentia o coração disparar e sua respiração ficar ofegante de novo. Quem era, de fato, o homem que ela estava morando junto? Demétrio seria carinhoso e cuidadoso, como no começo, ou agressivo e ameaçador como vira há poucas horas? Ele estava envolvido com algo errado? Ela estava em perigo? Eram muitas perguntas sem respostas.

Retornou para casa no final do expediente, receosa em relação ao que a esperava. Sentiu certo alívio quando percebeu que ele não a aguardava na porta do estabelecimento para voltarem juntos. Mas não podia evitar encontrá-lo em casa, precisava voltar.

Para sua surpresa, quando abriu a porta, notou que ele havia ajeitado a casa e a aguardava com um macarrão preparado por ele. Demétrio, mais velho que ela e muito mais experiente, sabia claramente o que estava fazendo. Kali não pôde deixar de pensar que talvez ela não fosse a primeira que tivesse passado por aquilo com ele. Sempre reservado, além de não falar muito sobre o presente, percebeu que ele falava menos ainda do seu passado. Sem reação, ela apenas encarava a mesa posta. Evitou o olhar dele.

— Não gostou da surpresa? Vem, meu amor, olha o que preparei para o nosso jantar — disse, apontando para a mesa montada e com um sorriso largo no rosto. Eles nunca se sentavam para comer, e muito menos com garfo e faca. Ele tinha colocado, inclusive, a toalha de mesa que ela tinha comprado para o Natal. Demétrio estava de banho tomado, cabelo penteado para trás e fixado com gel, passou ainda sua colônia, que quase sempre era esquecida no fundo do guarda-roupa e podia ser sentida mesmo de longe.

— Obrigada, estou sem fome. Vou tomar um banho e acho que prefiro me deitar, se você não se importar. O dia foi cansativo hoje no trabalho — respondeu de forma sussurrada e sem muita força, com receio da reação dele. Apesar do medo que percorria suas entranhas, agradeceu mentalmente por não encontrar o homem agressivo que conheceu na noite anterior. Não saberia o que fazer, caso fosse recebida por essa versão. Aguardou a resposta dele para se mover rumo ao banheiro.

— Claro que eu me importo. Fiz tudo isso para nós dois. Vamos fazer o seguinte, enquanto você toma seu banho, vou correr no bar da esquina e pegar uma cerveja pra gente. Você está precisando relaxar, e nada é melhor do que um banho e uma cervejinha gelada para abrir o apetite. — Retrucou, animado e sorridente.

O personagem amoroso criado por ele era forçado. Kali só conseguia pensar se ele havia esquecido tudo que aconteceu. O que Demétrio estava fazendo? Essa era a forma dele de lidar com o que fez? O que tudo aquilo significava? Achou prudente embarcar no seu teatro. Ela não tinha esquecido.

— Acho que você tem razão. — Foi a única coisa que conseguiu responder.

No banho, enquanto deixava a água lavar o seu corpo, permaneceu alguns minutos com os olhos fechados, tentava entender, encaixar as peças. Talvez o episódio da noite passada devesse ser superado. Ele provavelmente voltaria a tratá-la como sempre fez. Demétrio não era muito romântico, mas vez ou outra lhe fazia um agrado, como o jantar que lhe esperava.

Esse era o seu Demétrio, decidiu. Ele era um bom homem, tinha lá as suas vaidades, seu orgulho, temperamento explosivo e gostava de ser o centro das atenções. Mas essas características não incomodavam Kali. Em vários momentos, ela achava até engraçado suas reações desproporcionais.

O importante era que eles estavam bem, se amavam e estavam começando a construir uma vida juntos. Na sua ingenuidade, chegou a pensar que todos tinham segredos, e com Demétrio não seria diferente. Daria o espaço que ele precisava e não perguntaria mais sobre o seu trabalho. Ele pediu para que Kali confiasse nele. E era isso que ela faria daquele dia em diante.

Apesar de confusa, resolveu não mais pensar no que aconteceu e preferiu acreditar que tinha feito a melhor escolha para a sua vida. Mal sabia ela que sua tormenta estava apenas começando. E, o pior, que ela passaria por tudo sem um bote salva-vidas.

11

A sombra tapa o sol

1993

Uma década juntos. De fora, Kali e Demétrio poderiam ser considerados um casal comum. Enfrentaram altos e baixos na relação, mas, na maior parte do tempo, eles eram felizes dentro da construção de relacionamento e lar que se propuseram. Na verdade, ambos nutriam certa satisfação por terem contrariado todos que não apostavam naquele compromisso.

Os amigos mais otimistas de Demétrio diziam que eles não passariam de um ano juntos. A família de Kali encontrava-se pouco com o casal, e a mãe dela fazia questão de dizer, nos raros encontros, que a casa sempre estaria de portas abertas para a filha, caso precisasse retornar algum dia. Por mais que a mensagem da mãe fosse educadamente transmitida em tom de acolhimento e tentativa frustrada de não demonstrar preocupação com as escolhas da filha, não deixava de ser reconfortante saber disso. Mas Kali nunca cogitou deixar Demétrio.

A paixão avassaladora dos dois, com o tempo, deu lugar a uma cumplicidade que ela jamais sonhara ter com alguém. É fato que, antes dele, não houve muitos namorados. Kali teve dois relacionamentos, mas eram adolescentes e não queriam nada com a vida. Dizia, quando perguntada sobre o seu relacionamento, que tinha tido a sorte de encontrar o homem da sua vida ainda jovem e construir um lar com ele.

Com o passar dos anos, as crises de ciúmes e agressividade foram se tornando mais espaçadas, possivelmente porque Kali aprendeu a lidar com Demétrio. Identificou rápido que ele nutria um sentimento de abandono que o consumia. Aprendeu, então, a dizer o que era preciso na hora certa e a não se desgastar com o que julgava irrelevante. Do lado dele, ela percebia que o marido parecia amá-la mais em alguns períodos específicos, que eram precedidos por algum acontecimento, geralmente externo. Em outros momentos, da mesma forma que seu humor mudava com facilidade, ele detinha uma capacidade incrível de tornar-se indiferente, retraído e distante.

Em 10 anos, construíram um patrimônio considerável. O Brasil estava passando por mudanças importantes e estruturais após a ditadura militar, que teve fim em 1985. Enfrentaram todas as oscilações da economia, inflação e instabilidade política de uma forma positiva. Para o casal, que nos últimos quatro anos passou a emprestar dinheiro para pessoas próximas e indicações desses conhecidos, cobrar juros abusivos sobre os empréstimos se tornou extremamente vantajoso. Quanto mais endividados os brasileiros estivessem, melhor para eles.

No começo, Kali se mostrou resistente a essa ideia. Mas logo cedeu quando entendeu que era uma forma legítima de sustento da família, desde que feito da forma certa, afinal, o combinado não sai caro. Ela tinha verdadeira aversão à palavra "agiota", então preferiu adotar o discurso de que, na verdade, eles estavam ajudando outras pessoas que não teriam crédito em instituições financeiras convencionais. Ela repetia tanto esse argumento que passou a acreditar nele.

A família havia crescido. Um ano antes, em 1992, Kali, que sonhava em ter três filhos, deu à luz a Darlan, primogênito do casal. Eles já estavam tentando, sem sucesso, engravidar nos últimos tempos. Quando desistiram, após a realização de exames nos dois e de nada ser encontrado que impedisse o casal de procriar, a surpresa veio. O nome do menino era uma homenagem ao pai de Demétrio, que já havia falecido. Embora a relação com a família dele fosse praticamente inexistente, baseada em poucas lembranças do passado e a troca de quatro cartas com a mãe, que morava em outro Estado nos últimos três anos, Kali entendeu que parecia ser importante para o marido. Combinaram que, quando tivessem uma menina, ela escolheria o nome.

Assim que soube da gravidez, Kali passou a ajudar ainda mais o marido nos negócios. E a conveniência mais uma vez prevaleceu. Além de não se sentir mais tão culpada por emprestar dinheiro a pessoas desesperadas, depois cobrar juros exorbitantes por esse serviço e receber de qualquer forma, por bem ou por mal, passou a acompanhar os jornais na televisão diariamente e assinou ainda os principais jornais impressos do país para ler a seção de economia. Ela sabia que, quanto mais estivesse bem informada, teria condições de tomar decisões mais assertivas, principalmente em relação aos investimentos da família.

De uma forma natural, a divisão aconteceu. Demétrio se ocupava em realizar as tarefas que exigiam presença na rua, como cobrar as pessoas, ir aos bancos para realizar as transações e buscar os talões de cheque, comprar e vender propriedades e bens. E ela ficava em casa, cuidando do filho e da administração das finanças do casal.

Kali controlava as contas nos bancos e repassava a ele, todo início de mês, quanto poderiam emprestar naquele período, quanto tinham para receber e quem eram os inadimplentes. Ficou boa em analisar os números e realizar projeções fundamentadas para o futuro deles e da empresa que, embora não fosse devidamente registrada por motivos óbvios, acabaram criando um negócio rentável juntos.

Como a parceria funcionou e ambos estavam satisfeitos, Demétrio não tomava qualquer decisão maior sem antes consultar a esposa e verificar a situação das contas deles. Kali, por sua vez, aprendeu a usufruir do melhor que a relação podia oferecer. Ela fingia não perceber os deslizes do marido, que, vez ou outra, aparecia com a camisa suja de batom ou com o cheiro impregnado de perfume barato de mulher. Ela tinha uma boa vida e sabia disso.

Estava no controle, e Demétrio talvez nem percebesse isso. Quanto mais ganhava confiança em si mesma, Kali fazia o que queria, no seu tempo e do seu jeito. Não gostaria que as coisas mudassem entre eles, então resolveu seguir a vida evitando ao máximo problemas e brigas desnecessárias. Jogar o jogo dele se tornou a especialidade dela.

De certa forma, ambos tinham vidas paralelas; a diferença é que Kali ignorava o que não lhe agradava no marido, e Demétrio não se esforçava para compreender as nuances da esposa. Na cabeça dela, suas prioridades já haviam sido eleitas. Garantir um futuro confortável para ela e o filho era a sua prioridade. Principalmente neste ano, focou em alavancar os negócios da família.

Com a realização do Plebiscito de 1993 sobre a forma e sistema de governo que seriam adotados no Brasil, estava infinitamente mais preocupada se o país seria uma República Presidencialista e quem seria o novo presidente do que com as amantes do marido. No mesmo ano, Eliseu Resende deixou o Ministério da Fazenda, e Fernando Henrique Cardoso assumiu o cargo. Como estava totalmente inteirada sobre esses assuntos, viu com bons olhos as primeiras mudanças.

Era consumidora, empresária e dona de casa, sentia na pele e no bolso o impacto de uma inflação descontrolada que atingia a todos no país, em diferentes níveis. Sabia ainda que, com a mudança dos planos econômicos e moedas vigentes, boa parte da população levaria tempo para colocar a vida financeira em ordem, e precisariam de empréstimos, o que dava certo alívio a ela, que não precisaria se preocupar com os negócios a médio prazo.

Quando a sua rotina com o filho pequeno permitia, lia as seções dos jornais que assinava e, de forma superficial, uma revista ou outra sobre casa, decoração e moda. Esses assuntos, que para ela passaram a ser superficiais, não prendiam sua atenção como antes. Passou também a dedicar tempo para entender melhor como funcionava um computador que, em 1993, pela primeira vez na história, superou a venda de carros a nível mundial.

Kali achava genial como uma peça só fosse capaz de fazer tanta coisa. Ainda digitava catando as letras e não conseguia explorar ao máximo as funcionalidades do Sistema Operacional Microsoft MS-DOS 6.0. Mas estava satisfeita com sua máquina; fez questão de comprá-la porque assim se sentia, de alguma forma, antenada com as tendências que, segundo lera, "vieram para ficar", mesmo estando dentro de casa. Sentia-se satisfeita com a sua vida controlada.

12

Em mais um dia rotineiro em casa, após colocar o filho para dormir depois de ambos terem almoçado e ela ter liberado logo cedo o que precisava de trabalho, pegou o jornal do dia, que estava no meio das correspondências deixadas na caixa dos correios. Entre as matérias que, para ela, eram recorrentes e só mudavam os personagens que ilustravam o que era dito—tais como problemas com o metrô da cidade lotado, aumento do número de moradores em situação de rua, alta no desemprego e na criminalidade da capital—, Kali foi surpreendida com a notícia de que o Ladrão de Corpos havia atacado novamente.

Assim que viu a manchete, logo se lembrou do caso. Ela havia acabado de conhecer Demétrio quando aconteceu a primeira vez, e eles até comentaram na época sobre a repercussão nacional. Desde que vira a primeira matéria, passou a acompanhar tudo que saía a respeito desse caso, como a maioria dos brasileiros. Queria ver se algum jornalista ou policial seria capaz de entender o que estava por trás de tudo aquilo. Sem dúvida, aquele era um caso no mínimo instigante, misterioso, e que se distanciava dos crimes corriqueiros que, infelizmente, se tornavam cada vez mais comuns no país.

— Qual é a sua opinião sobre o Ladrão de Corpos? — perguntou Kali a Demétrio, curiosa para saber o que o marido achava do criminoso mais famoso do país.

— Como assim, minha opinião? — respondeu áspero, sem a menor intenção de dar continuidade à conversa trivial com a esposa. — Eu tenho mais o que fazer.

— Duvido que você não tenha lido ou visto nada a respeito. Só se fala nisso. O que motivaria alguém a fazer esse tipo de coisa? É bizarro, não é? Fico imaginando o que se passa na cabeça de uma pessoa que o leva a roubar corpos — disse Kali, ignorando a resposta do marido e refletindo sobre o caso em voz alta.

— Estou exausto, o dia foi bem cansativo. Não tenho tempo para ler essas bobeiras que saem nos jornais como você — devolveu, já indicando que gostaria de mudar de assunto. — Só tem isso para comer? — indagou quando abriu as panelas em cima do fogão e encontrou arroz e bife à parmegiana.

— Não consegui fazer mais nada. O Darlan estava bem agitado hoje.

— Se você lesse menos, desse menos atenção para assuntos idiotas e parasse de brincar com esse computador barulhento, talvez sobrasse tempo para fazer pelo menos uma salada ou outro acompanhamento no jantar. — Falou visivelmente irritado.

— Qual é o seu problema, Demétrio? Se não está satisfeito com o que tem em casa, vai comer na rua. Eu não me importo, e você sabe disso. Estou dando o máximo de mim aqui nessa casa, com o nosso filho, então nem vem com esse papo de que eu deveria fazer mais, porque comigo não cola.

Ele terminou de colocar comida no prato e sentou-se na mesa de frente para ela, pela primeira vez desde que entrou na cozinha. — Calma, meu amor, não precisa ficar assim. Eu prefiro comer em casa, não existe tempero melhor. — Falou, esboçando um sorriso cínico com o intuito de provocá-la ainda mais.

— Não vou cair na sua pilha. Se seu objetivo é arrumar confusão, sinto muito em dizer que mexeu com a pessoa errada. Sei lá o que aconteceu com você na rua, mas não sou seu saco de pancadas e nem vou ficar aqui perdendo meu tempo tentando conversar com uma pessoa armada e reativa como você — retribuiu o sorriso de forma irônica, já se preparando para levantar da mesa.

— Espera aí, mulher, aonde você vai? Agora vai ser sempre assim? Quando falo algo que não quer escutar, se levanta e me deixa falando sozinho? — Agora ele tentou continuar a conversa.

— Eu já me acostumei a ficar sozinha, quem sabe você não se dá melhor com você mesmo? Se bem que, sem alguém para você ofender, agredir ou tirar do sério, pode não ser tão divertido, né? — Com as mãos sobre a mesa, quem sorriu de canto de boca agora foi ela, com a satisfação de quem aprendeu a se posicionar e a não sofrer por pouca coisa.

— Onde está aprendendo a ser assim?

— Assim como, Demétrio?

— A tratar seu marido assim. — Ele parecia mais curioso do que bravo, arqueou as sobrancelhas e a fitava com atenção.

— Só estou te tratando da forma que você me trata e merece. Aliás, para ser sincera, só não me importo mais.

— Não se importa mais comigo? — perguntou, visivelmente preocupado. Ele não havia colocado sequer uma colher de comida na boca. Conversas como aquela pareciam ter a capacidade de trazê-lo de volta para a realidade.

Mais do que isso. Quando Kali dizia frases que, de alguma forma, reforçavam sua independência e convicções, o fazia temer pela partida dela. Demétrio sabia o quão inteligente era sua mulher, e se ela permanecia ali era porque queria. E ele precisava continuar dando motivos para que o vínculo não fosse quebrado.

No fundo, assim como aconteceu com sua mãe, que o abandonou ainda na infância por já perceber os indícios de que o filho seria um problema no futuro, Demétrio sentia um medo tremendo de ser abandonado por Kali. Ela era a única pessoa em toda a sua vida que tinha ficado. E era justamente em momentos como aquele que era fácil notar o recuo dele, mudança repentina de postura e uma série de outras estratégias que Kali já identificava sem o menor esforço. Poderia escrever com facilidade uma cartilha com o passo a passo da redenção do cônjuge.

— Sério mesmo que eu vou ter que responder isso de novo?

— Vai que algo mudou para você. — Quis saber sem desviar os olhos da mulher.

— Ok, vamos lá. Pela milésima vez, eu não vou te deixar. É isso que você precisa ouvir? — Agora Kali já estava em pé e com os braços cruzados.

— Então você não se importa com o quê?

— Com as besteiras que você fala, Demétrio. Já me magoei muito com você, agora só prefiro sair de perto e focar nas minhas coisas do que debater com você ou tentar te mostrar meu ponto de vista. Quando você aprender a conversar comigo, sem me agredir e diminuir o que estou feltro ou tentar invalidar minha opinião sobre alguma coisa, terei o maior prazer em dialogar com você. Bom jantar, fecha a janela da cozinha quando for dormir e coloca a louça na pia — ordenou de forma suave e mais natural possível, já saindo do cômodo, sem olhar para trás para ver a reação dele.

Com 28 anos, um filho pequeno e uma família para cuidar, Kali não era mais uma menina. Já havia passado por muita coisa. Preferiu guardar para si as dores da vida adulta; não tinha o hábito de reclamar, e mesmo se quisesse fazê-lo, não confiava em ninguém o suficiente. Sempre que algo grave acontecia ou até mesmo não saía conforme o planejamento dela, absorvia os impactos e reparava os danos com maestria. Seu temperamento colérico combinava com sua vocação energética e estratégica. Aprendeu a canalizar e a reagir nos momentos certos.

A necessidade a fez forte, mas toda fortaleza tem seu fosso. No caso de Kali, para dificultar ou impedir ser atingida, ela passou a se isolar cada vez mais. Ninguém seria capaz de atacar o que não podia ver. Darlan era suficiente. Eles tinham um ao outro agora. A falta de contato com outras pessoas não era um problema para ela.

Sofrer calada desenvolveu em Kali certo conforto com base na previsibilidade. Ela já estava acostumada com os ciclos deles. Com a maturidade, veio também a certeza de que algumas escolhas são para a vida, moldam o futuro. E que, depois de mergulhado em um mar de lama, resta a qualquer corpo usufruir do mergulho e banhar-se. Mesmo que a alma nunca mais se limpe.

13

Prisão que liberta

2003

O tempo passa rápido. Era só o que Kali conseguia pensar enquanto olhava para o filho se arrumando para ir para a escola aos 11 anos. Darlan era introspectivo e quase nunca levantava a cabeça para falar com as pessoas, mesmo dentro de casa. Superprotetora, Kali chegou a cogitar educar o filho na residência, mas quando levou a ideia a Demétrio, foi persuadida a não fazê-lo. Mesmo que do seu jeito torto e nada didático, ele acabou mostrando a ela que, sem o convívio com outras pessoas, e principalmente crianças, o menino se tornaria cada vez mais arredio e frágil.

Depois dessa conversa e alerta de Demétrio, na visão de Kali, seu maior medo passou a ser de que o filho não soubesse se defender. Agradeceu pelo fato de não ter tido outras crianças; um já era trabalho e preocupação suficientes. Se ela não estivesse mais ali, como seria? Então, passou a incentivá-lo a fazer também outras atividades extracurriculares. Isso a obrigaria a sair também, no mínimo para levá-lo e buscá-lo. Kali estava disposta a pagar o preço e sair da sua zona de conforto pelo filho.

Enquanto apressava Darlan e fechava sua bolsa para saírem rumo à escola, o seu smartphone Nokia 1100 tocou. Kali respondeu para a pessoa do outro lado da linha que passaria no banco no máximo em duas horas para resolver o problema das assinaturas de um contrato e encerrou a conversa rapidamente. Todos os depósitos do mês também estavam atrasados, mas ela estava sobrecarregada demais para tentar falar com Demétrio naquele momento; preferiu resolver e depois conversar com o marido.

— Mamãe, posso ir com você? — perguntou Darlan, buscando os olhos da mãe e parando de colocar os cadernos na mochila.

— Não, filho. Lembra que conversamos que é importante você ir para a escola? Seus amigos estão te esperando — respondeu com paciência, mas sem deixar de continuar a arrumar sua bolsa. Estava atrasada e não podia esquecer nada que fosse precisar em casa; não teria tempo para voltar. Sequer percebeu que o filho a observava com atenção.

— Não tenho amigos — argumentou de forma espontânea.

— Como assim, Darlan, nenhum amigo? — Nesse momento, Kali parou e encarou o filho de volta. Quando notou que ele estava a olhá-la de frente, entendeu que aquela realmente era uma conversa importante.

— Acho que não. Ninguém brinca comigo, e na educação física sempre sou o último a ser escolhido. Acho que as pessoas me acham esquisito — respondeu, agora tentando se furtar do olhar da mãe.

— As pessoas? Você quer dizer que acha que todo mundo pensa que você é esquisito? — quis saber o que estava na cabeça do filho.

— Não sei bem, mãe. Às vezes fico confuso. Mas vejo como as pessoas me olham; sinto que não sou igual aos outros meninos.

— E você não acha que isso pode ser uma coisa da sua cabeça? Lembra do desenho que assistimos juntos na semana passada e que você mesmo entendeu a mensagem do protagonista? Nem tudo é sobre a gente, filho. Às vezes pode ser uma impressão sua, só isso. Não teria por que alguém te olhar dessa forma, compreende o que quero dizer?

— Pode ser. Talvez você tenha razão. — Concordou, ainda desanimado.

— Darlan, me escuta bem. Você é absolutamente normal, meu filho. Não tem nada de errado com você, ok? Precisa mostrar isso para eles, se aproximar dos seus colegas de sala. Acha que consegue fazer isso?

— Não sei, mãe. — Respondeu com a sinceridade das crianças. — E se eu fosse bom em algo? Como não pensei nisso antes! — Essa conclusão fez com que ele parecesse mais animado, o que Kali fez questão de valorizar.

— O que você tem em mente?

— A Bruninha dança bem, e as meninas sempre chamam ela para ensaiar e se apresentar no recreio. O Pepe é o melhor goleiro que temos, nunca fica de fora de nenhum treino ou jogo.

Ambos ficaram calados, pensando no que ele disse. Alguns segundos depois, Kali fez um estalo com os dedos e apontou o indicador direito para o filho, indicando ter tido uma ideia brilhante que solucionaria todos os problemas dele.

— Acho que uma forma interessante de resolver isso é se você topar fazer aula de algum esporte. Se você desenvolver alguma habilidade que chame a atenção, as outras crianças vão te admirar por isso e querer te incluir nas atividades — disse Kali, complacente com a dor do filho.

— Pode ser — ele concordou prontamente; poderia ser um bom começo para mudar as coisas na escola.

— O que você quer fazer? — tentou instigar.

— Sei lá. Acho que não sou bom com esportes.

— Para com isso, Darlan! Que coisa! Você acha mesmo que não é bom em nada, filho? Não consegue perceber como você é esperto, criativo? Tenho certeza de que, se você desejar de verdade, pode jogar ou fazer o que quiser. — A paciência de Kali, assim como sua margem de tempo para se deslocar, já estava se esgotando.

Apesar de pequeno, Darlan sabia quando a mãe estava irritada, e ele não gostava de vê-la assim, fosse por causa dele ou com algo que o pai fazia. O tom de voz pouco amistoso usado por ela e a forma como tentou dizer a ele para não se fazer de vítima não era um discurso novo; eles já haviam tido essa conversa outras vezes. Por isso, ele sabia que a única coisa que a mãe queria ouvir era uma solução, uma certeza. Ele não queria deixá-la mais brava, então respondeu tentando demonstrar convicção.

— Pode ser karatê — disse por impulso, a primeira coisa que lhe veio à mente.

— Perfeito. Acho uma boa escolha. Uma arte marcial vai te ajudar a aprender muita coisa, inclusive a ter disciplina — respondeu, apontando para a lancheira que estava sendo esquecida pelo filho em cima da mesa da sala. — Vamos, Darlan, agiliza. Pegou tudo que precisa para as aulas de hoje?

— Sim, estou pronto.

Vendo que a mãe estava satisfeita com a conversa deles, resolveu continuar enquanto se deslocavam rumo à garagem da casa.

— Mãe, outra coisa. O pessoal da minha sala foi assistir ao filme Procurando Nemo já há algum tempo. E todo mundo só fala disso. A gente pode ir ao cinema? Assim, consigo ter assunto com eles também; acho que ainda está passando.

— Claro, filho. Adorei sua iniciativa. Este é o caminho, meu menino. Podemos chamar o papai; ele queria ver Matrix Reloaded. Com certeza conseguimos achar algum cinema que ainda esteja passando os dois, e quem sabe não vamos juntos no final de semana? — sugeriu Kali, enquanto engatava a ré para finalmente sair de casa.

— Eba! Seria muito legal! O papai tem conversado mais comigo esses dias — disse, já se distraindo com os estímulos externos da rua. Darlan sempre foi fascinado pelos outdoors espalhados pela cidade e decorava todos até o caminho da escola. Eles passavam por quatro, e sempre havia produtos ou propagandas de filmes diferentes. Conseguia se imaginar dentro deles, e isso capturava sua atenção de forma natural.

Poucos minutos depois, Darlan se despediu da mãe e entrou correndo na escola. Antes mesmo de ela ter a chance de sair da frente do prédio com o seu EcoSport preto, que não tinha rodado ainda 1.000 km e exalava cheiro de novo, seu telefone tocou novamente. Como se tratava de um número desconhecido, já irritada com o seu dia até ali, ignorou a primeira chamada. Com a insistência, Kali desligou o carro e preferiu atender.

Sentiu a pressão cair em poucos segundos. Trocou poucas palavras, mas balançava a cabeça com veemência, mesmo sabendo que do outro lado não seria vista; reforçava para si mesma que havia compreendido o que acabara de ouvir.

Assim que desligou, pálida, saiu do carro e cruzou a rua para entrar na escola. Depois de conversar rapidamente com a supervisora, logo viu Darlan caminhar de volta até ela.

— O que aconteceu, mamãe? — perguntou, curioso, já que ele havia acabado de entrar na sala praticamente e não teve sequer tempo de pegar todos os seus materiais e lancheira que ficaram na sua mesa. Foi apressado e conduzido pela supervisora.

— Nada demais, filho, não se preocupe. — Mentiu. — Acho melhor você ficar comigo hoje; não era o que você queria? Quer saber, eu também não vou trabalhar mais; seremos apenas eu e você — coçou de leve a cabeça de Darlan em uma tentativa desajeitada de fazer carinho e retornou para casa o mais rápido que pôde.

14

Enquanto era revistada por uma policial na penitenciária, Kali só conseguia pensar em como a vida deles foi desembocar ali, em uma prisão de segurança máxima. Os últimos anos com Demétrio foram especialmente difíceis. Mais velho, suas manias e vaidades aumentaram proporcionalmente à idade. Foram vários os momentos em que Kali se perguntou se todas as pessoas que estão prestes a completar 60 anos oscilavam daquela forma, como o marido. Ora ansioso, ora apático. Ora explosivo, ora manso e cordial. Boa parte do tempo inquieto, mesmo que calado, sua mente parecia fervilhar. Poucas coisas conseguiam prender a sua atenção de forma genuína. Kali e Darlan não estavam nessa lista nos últimos tempos.

Em 2002, em específico, Demétrio desenvolveu uma paixão repentina por visitar museus. Talvez nem ele mesmo soubesse ao certo por que a história, arte e descobertas de pessoas que já não estavam mais aqui o fascinavam tanto. Entre os afazeres da semana, reservava um tempo para visitar antigos prédios e estudar a vida passada, principalmente de quem era homenageado.

Certa vez, disse a Kali que, independentemente do que ele fizesse, jamais seria lembrado daquela forma.

— Não importa o que eu faça. Ninguém nunca irá erguer uma estátua minha ou pintar um quadro sobre mim. — Constatou, pesaroso.

— Quem sabe se você fizer uma descoberta que vai mudar a história da humanidade? Suas chances aumentam. — Respondeu sorrindo e em tom de brincadeira.

Demétrio não sorriu ou demonstrou ter gostado do que ela disse. Permaneceu reflexivo.

— Você está falando sério? — Kali ficou com o semblante inquisitivo, arqueando as sobrancelhas enquanto falava e ainda duvidando da intenção do marido.

— Sim. Eu só queria ser reconhecido, sabe? — Ele era vago nas palavras e na expressão, olhava para o vazio que parecia vir de dentro.

— Que loucura é essa, Demétrio? O que quer dizer com ser reconhecido? Você já conquistou tanta coisa na vida. Olha de onde saiu e tudo que tem hoje. Tem a mim, nosso filho. Isso não é o suficiente pra você?

A falta de resposta e a cabeça baixa indicavam que não. Apesar de conviver com ele há 20 anos, ela nunca entendeu por que isso seria importante para o marido. No começo, julgava ser vaidade. Com o tempo, o narcisismo exacerbado se transformou em uma frustração enorme e evidente.

O fato é que ele nunca parecia alcançar o que gostaria. E ela não demorou a identificar também que Demétrio só se importava de verdade com ele mesmo. Demonstrava picos de entusiasmo com algo ou alguma pessoa, e essa era a única constante observada por ela; a impermanência era parte do marido.

Nos primeiros anos de relacionamento, para ser fiel aos acontecimentos, Kali foi o centro das atenções do universo dele. Algumas pessoas na época diziam se tratar inclusive de uma espécie de obsessão. Suas ações, ciúme e controle giravam em torno de Kali. Mas com o passar do tempo, a rotina, a sensação de conquista e domínio, cedeu lugar à conveniência e a uma relação cada vez mais morna. Ela sabia que, se as coisas estavam mudando com ela, provavelmente alguém na rua estava despertando nele todas as sensações intensas que ele precisava para se sentir vivo e o centro das atenções. Com as manobras dele e maturidade dela, talvez Kali não oferecesse mais a Demétrio a percepção de visibilidade que o alimentava. Ele queria ser visto. Lembrado e, porque não, exaltado.

Dividindo o mesmo teto, Kali sabia que o marido tinha os seus segredos e preferiu fechar os olhos para isso também. Na casa deles, Demétrio fez questão de construir um quartinho à parte, uma edícula no fundo da casa, que, segundo ele, era para guardar alguns documentos, suas coleções de álbuns de figurinha, miniaturas dos personagens de Star Wars, seu filme preferido, entre outras bugigangas, como ele próprio denominava seus pertences.

O fato é que, de 2002 em diante, Demétrio passava mais tempo nesse quartinho do que em qualquer outro lugar. E só saía de casa empolgado de verdade se fosse para visitar algum museu. Ele passou também a deixar de cumprir suas obrigações na rua, a perder prazos e deixar acumular pagamentos. Tudo isso não fazia o menor sentido na cabeça de Kali.

Como justificativa, dizia que preferia ler seus livros e fazer suas pesquisas ali, que era reservado e não era interrompido por ninguém. Como se Kali ou Darlan tivessem a chance de conversar com ele para interromper qualquer coisa. Os diálogos em casa se resumiam a resolver situações relacionadas aos negócios da família, cobranças em relação às contas para pagar, conferir a lista de inadimplentes ou do supermercado do mês. Sequer as idas aos bancos e negociação com os credores e endividados Demétrio fazia mais com entusiasmo como antes.

Quando Kali tentava falar sobre o filho deles, se impressionava com a falta de interesse do marido.

— Caramba, Demétrio! Ele é seu filho! Você não consegue olhar para o Darlan direito. Como você quer cobrar que ele te olhe nos olhos quando vai falar com ele ou que ele te respeite? Não percebe que agora ele precisa mais de você do que antes? — Kali tentava buscar os olhos dispersos do marido à sua frente, sem sucesso.

— O que você quer dizer? Que sou um péssimo pai? — respondeu enquanto continuava a separar as duplicatas dos clientes que precisava cobrar naquela semana.

— Não, para ser péssimo você precisaria pelo menos errar. Você nem tenta — desabafou com pesar sincero. Nesse momento, Kali capturou a atenção do marido. — Não sei mais o que fazer. A sua ausência, mesmo estando em casa, tem um peso enorme para ele. É um buraco que eu não consigo preencher sozinha.

— Eu não consigo inspirar nem o meu filho. — Foi o que saiu da boca dele, enquanto fitava Kali e a deixou desolada.

— Puta que pariu! É isso que te preocupa? Sabe o que me tira o sono? Não saber se tudo o que eu fiz e tenho feito é o melhor para ele. Darlan é só uma criança; deveríamos saber o que fazer.

— E o que você quer que eu faça então? Caralho, que merda de vida — respondeu com a mesma sinceridade, levando as mãos à cabeça e esfregando-a de forma repetitiva. Demétrio estava ainda mais introspectivo e aparentemente confuso.

— Que você seja pai! Que me ajude a encontrar as respostas. Acabei de te dizer que eu estou perdida, e você me pergunta o que eu quero que você faça? O nosso casamento já não existe há um tempo, e sinceramente, eu já me conformei com isso. Mas o Darlan tem 11 anos;

ele precisa de uma referência masculina. Custa muito você demonstrar um mínimo de interesse por ele?

— Você é louca. O Darlan é minha prioridade, sempre foi. Me importo e cuido dele mais do que você imagina — falou em voz alta, tentando convencer ele mesmo disso. Kali sorriu de canto e balançou a cabeça em negativa, como se não acreditasse no que acabara de ouvir. Mas resolveu aproveitar o gancho.

— Se isso é verdade, mostre a ele. Não adianta nada você achar que faz muita coisa se não fizer diferença na vida dele, entende? Demétrio, ele sente a sua falta. Lembra de como vocês eram antes? Quando ele era mais novinho? — O tom maternal da voz de Kali pareceu despertar boas lembranças nele, que reagiu com um meio sorriso apagado, mas resistente. Ela aproveitou para se aproximar do marido e segurar seu braço levemente, encarando-o de frente.

— Sim, época boa — respondeu de forma saudosa, encarando a mulher de frente com atenção.

— E é um tempo que pode voltar, só depende de você. Saia daquele quarto, converse mais com ele. Leve-o ou busque-o na escola vez ou outra. Vocês dois nunca mais saíram sozinhos para tomar sorvete de baunilha, o preferido dos dois. Eu não sei tudo o que está acontecendo com você e, sinceramente, não preciso saber. Mas seja o que for, resolva. Volte para a sua vida, volte para o seu filho.

Aquela conversa surtiu efeito e chegou a dar um pouco de esperança para Kali. Como não tinha a chave e acesso à edícula, que era trancada, ela apenas observou a movimentação do marido nos dias seguintes. Quatro sacos pretos grandes foram retirados dali. Ela não sabia se era lixo ou algo que ele estava abrindo mão; achou melhor não perguntar. Demétrio passou a frequentar menos o lugar e se reaproximou do filho.

Darlan, por sua vez, parecia descobrir um pai que ainda não tinha tido acesso. Quando mais novo, não tinha memórias formadas dessa relação. Agora, aos 11 anos, entendia e sentia falta dele. No entanto, essa nova etapa e troca entre os dois durou poucos meses. Não demorou muito para tudo desmoronar de uma forma irreversível.

A cara do pai estava estampada em todos os jornais do país. Depois daquele episódio na porta da escola, Kali havia desligado a televisão da casa da tomada e proibiu Darlan de ligar o aparelho por tempo indeterminado. Achou melhor, por precaução, mantê-lo com ela. Disse ao filho que não estava se sentindo muito bem, que o pai tinha viajado a trabalho e que ele precisaria ficar em casa para cuidar dela. Uma forma de justificar suas ações sem ter que dar muitas explicações ao menino, que, por sua vez, sentiu-se em uma importante missão. Seria o homem da casa enquanto o pai não voltasse.

Dois dias depois da prisão do marido, os muros da casa onde moravam foram pichados. "Assassino", "Louco", "Ladrão de Corpos", eram algumas palavras que podiam ser lidas a longas distâncias por qualquer um. Ir à escola não era mais seguro para Darlan. Talvez fosse necessário mudar dali. Mas isso, Kali pensaria depois.

Alguns jornalistas tentaram falar com ela. Outros apenas ficaram ali na porta por cerca de duas semanas após a prisão. Mãe e filho, totalmente reclusos. Não pisaram na rua durante o primeiro mês. Os mantimentos necessários para a sobrevivência deles eram entregues pelo supermercado do bairro e deixados em caixas e sacolas no portão da casa. Kali acompanhava tudo pelos jornais que assinava e eram jogados pelos entregadores por cima do muro ou colocados na caixa de correios.

Aquele período conturbado e o isolamento forçado lhe renderam tempo suficiente para pensar. Agora, de fato, estava sozinha. Queria, de alguma forma, proteger o filho de tudo aquilo, mas não era ingênua ao ponto de acreditar que isso seria possível. Aquela marca, os dois levariam por toda a vida.

Nos três meses que seguiram à prisão, Kali visitou Demétrio quatro vezes. Era perceptível a decadência física do marido. Ele estava abatido, malcuidado e cada vez mais magro. Emocionalmente, de uma forma contraditória, ele se mostrava eufórico. O brilho intenso nos olhos não parecia pertencer ao corpo raquítico e sem saúde que os suportava.

Quando se encontravam, Kali saía da penitenciária com a sensação de que ele estava realizado. Como se ter sido pego e preso oferecesse a ele uma liberdade nunca experimentada antes. Demétrio alcançou a tão sonhada fama. Os holofotes estavam posicionados em sua direção. Todos queriam falar com ele. Seu nome seria lembrado por anos, talvez décadas.

Foi assim que, no auge da sua visibilidade e fama distorcida, tomou a decisão de que o desfecho daquela história precisaria ser ainda mais impactante. Ninguém diria a ele por quantos anos ficaria preso ou como seria o seu fim.

Quando Kali recebeu a ligação no telefone fixo em casa para informá-la sobre o suicídio, riu por dentro. Demétrio finalmente havia se libertado. Do seu jeito. No seu tempo.

15

A névoa esconde o abismo

2023

A primeira impressão é a que fica. Pode-se dizer que esse famoso ditado popular é uma adaptação de uma frase do escritor Tom Peters, que diz: "você nunca terá uma segunda chance de causar uma primeira boa impressão". Sua carreira como jornalista ensinou a Alana que os julgamentos iniciais sobre uma pessoa dificilmente são desfeitos. Mesmo que outras informações e ações contradigam a opinião formada no primeiro momento, ela continua se impondo por muito tempo. Por isso, empenhou-se ao máximo naquela manhã para causar uma boa impressão a Kalina, de forma intencional. Seu objetivo era fazer com que não fosse criada nenhuma barreira entre as duas.

Não era difícil imaginar que a mulher do Ladrão de Corpos tivesse desenvolvido aversão a jornalistas e a qualquer tipo de investigação por tudo que passou com o marido. Para chegar até o atual endereço da família de Demétrio, Alana precisou contar com a ajuda do namorado, que tinha bons contatos espalhados em órgãos governamentais, e essas pessoas tinham acesso às movimentações e comprovações obrigatórias de um cidadão, tais como imposto de renda, informações sobre plano de saúde e cartão de crédito.

Entre uma troca de favor e outra, Roger sabia que esses contatos sempre seriam úteis para apurar matérias e, naquele momento, para ajudar Alana com sua investigação paralela à da polícia. Era uma via de mão dupla, e essas trocas de informações eram feitas "por debaixo dos panos"; quando necessário, eles também acionavam Roger. Não foram poucas as vezes que até mesmo a polícia se beneficiou tendo acesso a alguma "novidade" de jornalista em casos mais complexos e que exigiam tempo, dedicação e faro investigativo. Todos saíam ganhando.

Outra constatação vinda da prática da profissão, mas aplicada na vida, era que, em conversas delicadas, além de causar uma boa impressão, era necessário também induzir alguns sentimentos, gatilhos, com o intuito de favorecer a abertura forçada de diálogo. Alana acreditava que, se uma pessoa não queria ou não se sentisse confortável para falar, é porque do outro lado as perguntas certas não foram feitas ou as melhores palavras escolhidas. Muito provavelmente, ela teria uma única chance; não poderia errar.

Quanto menos tempo se tem para emitir um julgamento baseado no que se vê, mais propensa uma pessoa se torna a confiar no que dizem suas rápidas palavras. Assim que tocou o interfone e se apresentou de forma objetiva, antes mesmo de esperar a resposta do outro lado, Alana disse que não estava ali para falar sobre Demétrio, mas para ouvir Kali. Deixou claro que seu objetivo não era fazer uma matéria e muito menos produzir algo para ganhar likes e visualizações. Havia sinceridade e empatia na voz de Alana, que, embora houvesse criado toda uma estratégia de abordagem, eram sentimentos genuínos que não deixaram de ser notados por Kali, que abriu o portão segundos depois.

— Agradeço por me receber, Kalina. — Apressou-se em dizer, assim que elas se olharam de frente pela primeira vez. Alana viu algumas fotos antigas da mulher e não teve dificuldade para reconhecê-la de imediato.

Kali a aguardava na porta da sala, a alguns metros da entrada principal. Fez um sinal com a mão direita indicando o caminho por onde Alana deveria percorrer. Elas eram praticamente da mesma altura, tinham a mesma idade e, por alguns segundos, fitaram uma à outra. Não era apenas Kali que estava formando uma opinião. Alana se surpreendeu com o olhar incisivo e expressivo da anfitriã. Por tudo que leu e teve acesso sobre o caso antigo, achou que fosse encontrar uma mulher com aspecto frágil, talvez calejado, mas se deparou com o oposto disso.

A decoração da sala corroborava com a percepção de Alana. Suas impressões indicavam que Kali era minimalista, porém marcante. Como vestimenta, usava peças sobrepostas com cores escuras e acessórios que eram discretos, mas de ouro. No ambiente, havia poucos móveis, mas esses eram imponentes e se complementavam, garantindo sofisticação e conforto ao lugar. Embora fossem poucas, as peças provavelmente eram caras, observou rapidamente Alana, sem deixar que seus olhos divagassem mais do que o necessário.

— Sente-se, por favor — disse Kali, apontando para o sofá de couro marrom. Sua cordialidade não passou daí. — Confesso que fiquei curiosa para conhecer a jornalista que conseguiu me achar. Não tenho o menor interesse em conversar com você; só gostaria de saber: como você me encontrou? — perguntou sem rodeios e sem desviar os olhos de Alana.

A falta de receptividade pegou Alana de surpresa. Ela achou que suas táticas tinham dado certo, mas a invertida recebida lhe fez corar o rosto e embolar as palavras seguintes, que saíram com certa dificuldade.

— Peço perdão; sei que minha visita é invasiva. Eu apenas gostaria muito de falar com você, sem gravador, sem câmera. Apenas duas mulheres em busca de respostas. — Arriscou.

— E o que te faz acreditar que eu busco por respostas? — devolveu Kali sem hesitar.

— Com toda certeza, você viu nos últimos dias a repercussão da descoberta de 50 corpos...

— Alana, é esse mesmo o seu nome, certo? — Kali continuou sem dar chance de confirmação, interrompendo a jornalista. — Não duvido que você, assim como o resto do mundo, deve estar associando de alguma forma esse ocorrido recente à história do Demétrio. E não tenho dúvida também de que você sabe que ele cometeu suicídio há 20 anos. Logo, sugiro que mude o foco da sua matéria, curiosidade ou seja lá o que for que te trouxe até aqui. Não precisamos voltar a essa história, que pertence ao passado, e eu te garanto que é melhor que permaneça por lá. — Refletiu de forma categórica e impositiva, deixando claro que não haveria margem para dar continuidade ao assunto.

Aquela conversa seria mais difícil do que Alana previu. E, em sua mente, sabia que havia se precipitado ao falar dos corpos encontrados logo de cara. Odiava agir por impulso ou quando se sentia pressionada, o que era o caso. Tentou remediar; não podia deixar-se abater.

— Kalina, sinceramente, eu e nenhuma outra pessoa jamais conseguirá imaginar o quanto deve ser doloroso para você tudo isso. Não estou te pedindo para reviver o seu passado. Mas posso te garantir que tentar fingir que nada está acontecendo não é o melhor caminho. Na verdade, duvido que você consiga fazê-lo. Goste você ou não, essa história é real e faz parte de você, mesmo que não tenha sido uma escolha sua — disse Alana, resgatando sua convicção na voz e postura idealizada antes de entrar na casa. Ela inclinou um pouco o corpo para frente na direção de Kali. — Você pode confiar em mim.

A última frase fez com que Kali soltasse um sorriso inesperado que durou alguns segundos. Ela se ajeitou melhor na poltrona que era sua preferida, fez uma espécie de carinho nos próprios lábios com o indicador direito e soltou um breve suspiro de insatisfação. Aquela conversa realmente a estava incomodando.

— Deixa eu ver se entendi. Você sabe que jamais conseguirá entender a minha dor. Ainda assim, teve coragem para bater na minha porta e, de uma forma humana ou empática — são essas as palavras da moda? Acertei? — me pede para confiar em você porque... você acha que, de alguma forma, os dois casos estão associados, e você, apenas você, tem a solução dos meus problemas! Aliás, você é a pessoa das respostas, né? Que forma incrível de começar o meu dia; era tudo que eu precisava mesmo. — Disse Kali de forma debochada.

— Apenas me escuta. Se nada fizer sentido para você, eu prometo que vou embora e que você nunca mais terá que falar comigo. — Alana deu a sua última cartada.

— Você tem cinco minutos. Quais são as suas suposições? — indagou Kali, tentando entender até onde Alana iria.

— Discordo de você; infelizmente, acho plausível associar os casos. É claro que a investigação da polícia irá revelar a relação dos corpos em decomposição com as ossadas antigas. Mas, pelo que tudo indica, o padrão revelado e a forma como foram encontrados podem sim estar relacionados ao... — Alana travou.

— Ladrão de Corpos — completou Kali. — Pode dizer. Isso não me incomoda mais. Mas continuo sem entender onde pretende chegar. Você está sugerindo que alguém continuou o que o Demétrio começou? — questionou, agora inclinando também o seu corpo em direção à Alana. Elas estavam ainda mais perto uma da outra.

Nesse momento, Kali cruzou as mãos sobre as pernas, e o seu olhar penetrante parecia enxergar apenas Alana em sua frente.

— Exatamente. Ainda estou realizando algumas pesquisas, mas, por incrível que pareça, Demétrio deixou alguns fãs. Descobri algumas páginas na internet com grupos que fazem alusão ao Ladrão de Corpos. É claro que essas pessoas usam identidades falsas para publicar seus comentários. Mas, através do IP, que é um identificador que permite que as informações sejam enviadas entre dispositivos em uma rede, é possível chegar às informações de localização, por exemplo. Um localizador de IP não oferece dados de identificação de caráter pessoal, como nome, e-mail e número de telefone. Mas os provedores de serviços de internet conseguem rastrear e identificar o proprietário de um IP. — As palavras saíram rápidas e, talvez, a julgar pela cara de Kali, a explicação de Alana teria sido confusa.

— Ok. Então você mapeou algumas pessoas, conseguiu identificá-las e acredita que um desses fãs pode ter continuado, de alguma forma, a roubar corpos? É isso que está tentando me dizer? — Tentou simplificar para a jornalista visivelmente nervosa.

— Quase isso. — Titubeou.

— Teoria interessante, Alana.Nesse momento, Kali deixou escapar novamente o seu sorriso de deboche que Alana já conhecia e que indicava, de forma clara, que, além de achar fantasioso aquele raciocínio, a viúva era adepta ao sarcasmo como mecanismo de defesa. Alana sentiu o novo golpe. Sentia o rosto em chamas.

— Ainda estou no processo para identificar essas pessoas, mas já relacionei que são quase sempre os mesmos perfis, o que deve facilitar esse trabalho. Enfim, essa não é a única vertente que estou investigando — tentou se mostrar confiante, mas as palavras saíram mais fracas do que gostaria.

— Bom, agora que já compartilhou comigo suas teorias e descobertas promissoras, encerramos por aqui, certo?

— Por ora, é claro que tudo não passa de especulação ou, como você mesma disse, teorias. Percebi que o que eu disse não faz nenhum sentido para você. Consegue pensar em qualquer outra possibilidade, então? — retrucou, indicando que a conversa não havia chegado ao fim.

— Chega, Alana. Eu não tenho absolutamente nada para falar e, de novo, muito menos com você. De onde você tirou a ideia de que apareceria aqui na minha casa, lugar que fiz questão de preservar ao máximo justamente por causa de pessoas como você, e que eu confiaria qualquer coisa a respeito de tudo isso?

Kali descruzou as mãos e começou a gesticular de forma descoordenada. Seu monólogo era mais um desabafo, e continuou:

— É óbvio que eu não sabia da existência desses grupos e muito menos desses fãs, como você os chamou. Pouco me importa se faz sentido ou não. O que eu desejo é que cada um faça o seu trabalho, sem alarde. Chega de dar ainda mais ibope para tudo isso. E, se posso te dar um conselho, esqueça essa história. Deixe que a polícia cuide disso. Peço que não repasse meu endereço para nenhum outro jornalista. Se você é tão sensível como tentou parecer, pelo menos vai respeitar a minha privacidade e a segurança da minha família. Me custou algumas mudanças chegar até aqui, e não pretendo me mudar de novo tão cedo. Então, se você realmente tem boas intenções, nunca mais volte aqui ou fale para alguém onde moramos.

Enquanto dizia as últimas palavras, Kali já estava em pé, o que obrigou a jornalista a fazer o mesmo. Alana entendeu que não havia mais o que fazer ali. Não tinha argumentos e, mesmo que tivesse, sabia que Kali a colocaria para fora do mesmo jeito.

— Se não ouvir o meu conselho e resolver continuar nesse labirinto, boa sorte, mas não conte comigo. Não é aqui que você irá encontrar as respostas que disse buscar. Encerramos por aqui. E, diferente da sua visão, acredito que o passado deve permanecer no lugar dele — disse, por fim, apontando a porta com a mão direita para que Alana pudesse deixar a casa.

— De qualquer forma, agradeço pela sua sinceridade e por ter me deixado entrar. Foi bom te conhecer — limitou-se a dizer Alana, já virando as costas para sair da residência.

Enquanto Alana caminhava rumo ao portão, elas foram surpreendidas com a entrada repentina de Darlan, que chegava da rua. Ele estava com uma bermuda de corrida ajustada ao corpo e sem camisa. Quando se cruzaram, ele ficou visivelmente sem jeito e desviou o olhar rapidamente ao perceber que estavam recebendo visita em casa. Talvez a forma arredia como Kali tratou Alana tivesse a ver com a falta de prática; aparentemente, eles não tinham o hábito de receber pessoas. Ele apenas retirou o fone de ouvido, secou o suor da testa com a palma da mão e cumprimentou a mãe com um aceno leve de cabeça, caminhando rumo ao interior da casa, ignorando a presença de Alana.

Quando retornou ao seu carro estacionado na porta da residência, seu coração batia descompassadamente. Alana pegou o seu celular e, antes mesmo de colocar o endereço no Waze para sair logo dali, instintivamente, procurou e abriu uma foto de Demétrio. Estava impressionada com a semelhança física entre pai e filho.

Para ser mais fiel à sua análise, Darlan era praticamente uma cópia do pai. Os olhos verdes e cabelos cacheados só não chamavam mais atenção que o corpo definido do rapaz, que possivelmente era quatro ou cinco centímetros mais alto que Demétrio.

Ao fazer este resgate em sua mente do corpo e até mesmo da estatura, forçando-se a lembrar dos vídeos disponíveis de Demétrio que assistiu, percebeu o quanto sabia "tudo" do criminoso. Até mesmo sua altura estava registrada em sua memória. Essa constatação era assustadora, mas ao mesmo tempo dava a Alana uma espécie de segurança, de proximidade, como se estivesse munida de uma carta na manga que ainda não havia revelado sua força.

Engatou a primeira e saiu do local, incomodada. O encontro com Kali havia sido um desastre. E ver Darlan causou um desconforto inesperado e diferente. Sentia como se tivesse tido a oportunidade de voltar no tempo e cruzar com Demétrio, e essa ideia lhe rendia uma série de arrepios que tomavam seu corpo.

Enquanto dirigia rumo à sede da TV para dar início ao seu turno de trabalho e encontrar com Roger, não conseguia sequer recapitular a conversa tensa que acabara de ter com Kali. O rosto de Demétrio tomava sua mente. Dirigindo de forma completamente automática, optou por pegar um caminho mais longo, porém conhecido, para evitar ter que focar mais do que gostaria no aplicativo que indicava o que fazer. E seria bom ter alguns minutos a mais para se recompor.

Tentou identificar o que estava embaralhado na sua cabeça. Eram muitas informações, sensações e estímulos para assimilar. Estava quase chegando ao seu destino quando finalmente formulou a pergunta que, para ela, se tornou uma questão, o cerne da sua inquietação: será que a semelhança entre os dois se restringia à aparência? Se Darlan havia herdado do pai mais do que as características físicas, Alana estava disposta a descobrir.

SEGUNDA PARTE

Não é apenas a arte que põe encanto e mistério nas coisas mais insignificantes. Esse mesmo poder de relacioná-las intimamente conosco é reservado também à dor.

Marcel Proust

16

O tempo é um amigo inconveniente

2023

No banheiro feminino, localizado ao lado da redação onde os jornalistas faziam as suas pesquisas e realizavam as reuniões de pauta, Alana lavava o rosto com água fria. A mão direita umedecida também alcançou a nuca. Nem mesmo o ar-condicionado fixado sempre em 16 graus conseguiu controlar as ondas de calor que acometiam a jornalista. Era de dentro para fora. E era incontrolável.

Partiu para o segundo passo, rumo a controlar sua ansiedade. Respirou fundo, com calma e cadência intencional. Encarou sua imagem no espelho, de frente. Sempre que se sentia perdida em seus pensamentos, Alana gostava de se ver assim, como uma forma simbólica de olhar para dentro de si mesma e tentar entender suas aflições e resolver suas angústias.

Suas rugas e linhas de expressão pareciam mais destacadas. Lavou novamente o rosto. Sem entender o porquê das conexões e das sinapses e pontos de contato entre os seus neurônios naquele momento, quando se deu conta, estava refletindo sobre a sua própria vida. O espelho, de alguma forma, ajudava a despir Alana por dentro.

Era uma pessoa solitária, optou por não ter filhos e, de forma consciente, controlava sua relação com Roger. Seu envolvimento era racional, assim como aconteceu com os demais namorados que teve; os traumas do passado não a deixaram prosseguir. Seguir adiante significava também deixar uma parte de si em um passado não superado. Sem as respostas que julgava precisar, continuava a justificar sua estagnação por não se sentir capaz de caminhar pela ponte que se afasta do que já foi e conecta o futuro de alguém que ainda tem alguma esperança na vida. Ela não fazia parte desse grupo.

Acreditava que, ao focar suas energias em estudar e desvendar casos policiais, conseguiria atenuar a saudade que sentia do pai e, quem sabe, por sorte, se sentiria melhor de alguma forma. Em partes, essa estratégia funcionou. Tornou-se uma jornalista respeitada no mercado e reconhecida pelo público por se destacar em algumas matérias que ganharam visibilidade nacional.

Também o fato de ajudar outras pessoas, mesmo que indiretamente, a fazia se sentir útil. Mas o seu maior objetivo não havia sido alcançado com o passar dos anos. Aos 58 anos, Alana continuava se sentindo insistentemente vulnerável e vazia. Assim como quando ainda era adolescente, mas naquela época se reconhecia como sonhadora e idealista. Quando seu pai sumiu em 1983, ela tinha 18 anos, e junto com ele se foram partes dos seus sonhos. E toda a sua sensação de segurança e paz interior.

Sua vida havia sido difícil. Com o desaparecimento repentino do pai, precisou aprender cedo a se virar e cuidar de si mesma e das responsabilidades de uma casa. Quando Antônio Andrade simplesmente não voltou mais, depois de sair para trabalhar, e não houve qualquer contato ou sinal de vida que a fizesse manter as esperanças, os dias passaram a ser um tormento. Alana precisou ser forte, não teve tempo para sofrer. Precisava sobreviver. Mas no fundo, não conseguia se conformar com o fato de que tudo havia mudado, de uma hora para outra, e que ela estava sozinha no mundo. Precisava seguir, embora seu desejo mais íntimo fosse justamente ter a sua vida de volta.

Na época, ela e o pai moravam em um pequeno, mas confortável apartamento de três quartos bem distribuídos em um bairro de classe média de São Paulo. Eram amigos, confidentes e um podia contar com o outro para tudo. Eles dividiam os afazeres da casa, mas quem era responsável por mantê-la financeiramente era o pai. A mãe de Alana havia morrido quando ela ainda era criança, e restaram poucas lembranças e praticamente nenhum afeto em relação à sua genitora.

Quando entendeu, mais tarde, tudo que o pai fizera para que ela fosse criada da melhor forma possível, o admirava ainda mais. Com a morte prematura da mãe, que sofreu um AVC em casa, o pai não quis entregar a menina para a avó materna, que insistiu nessa ideia logo após a partida da filha. Com a recusa de Antônio, ela acabou se afastando aos poucos dos dois, principalmente depois que decidiu se mudar para o interior de São Paulo.

Quando faleceu, em 1996, Alana chegou a ir ao enterro da avó, mas se sentiu uma estranha no meio dos poucos parentes, cujos nomes sequer sabia direito. A família era pequena e estava definhando. Assim como Alana, os outros dois netos, filhos da irmã de sua mãe e com quem Alana teve um pouco mais de contato na infância, davam indícios de que não teriam herdeiros. Curiosa e com a intenção de se sentir mais entrosada com os primos, os encontrou nas redes sociais, e em ambas as páginas os feeds eram repletos de fotos de pets. Nada de criança. E isso não preocupava Alana, que não se arrependia por não ter tido filhos.

A verdade, por trás dessa decisão, e que fora discutida dezenas de vezes em sua terapia, era que ela tinha um medo enorme de colocar uma criança no mundo e, por qualquer motivo que fosse, deixá-la sozinha. Ela conhecia bem o desespero e prometeu a si mesma que não daria chance de isso acontecer. Embora soubesse em seu íntimo que não havia sido abandonada pelo pai, o sentimento de solidão e impotência diante do ocorrido não a permitia enxergar a sua sorte e maternidade de outra forma. Alana aprendeu cedo que os principais acontecimentos da vida não são controláveis e muito menos previsíveis. Logo, a parte que cabia a ela nas decisões eram conscientes e o mais racional possível.

Nas últimas quatro décadas, em paralelo à sua carreira, no começo usava as ferramentas e acessos que tinha para tentar achar alguma pista sobre o que havia acontecido com Antônio. Depois, como não avançou, cansou de se frustrar com rastros que eram falsos, e resolveu enterrar — pelo menos dentro de si — o acontecimento que mudou sua vida. Embora fosse o mais sensato a fazer, o fato de parar de procurar por ele não significou que ela tivesse superado a sua ausência e a sensação de solidão. Ela achava que nenhuma terapia ou que o próprio tempo, que prometia curar tudo, seriam capazes de fechar aquela ferida aberta, camuflada e ignorada.

Ao mesmo tempo, sentia-se culpada por, 40 anos depois, ainda estar assim. Queria não lembrar, mas não sabia esquecer. Vez ou outra sentia o cheiro do perfume amadeirado dele no ar. Gostava de pensar que estava sendo visitada, mas esse conforto idealizado era rapidamente retirado dela. Não existia o abraço apertado, o riso frouxo durante uma partida de futebol, os comentários precisos sobre política ou alguma crítica irreverente e ácida sobre um assunto aleatório. Esse era o ponto: não existia mais nada além do vazio que a engolia.

O que sobrou estava ali, a encarando no espelho, que devolvia, de forma realista, uma imagem de alguém que tentou cuidar de si mesma da melhor maneira que pôde, mas que nunca parecia o suficiente.

Faltava algo que ela não conseguia identificar, mas que lhe espremia o peito. E esse aperto só afrouxava quando ela conseguia mudar o foco da sua inquietação, o que, no geral, era provocado pelo trabalho. Quanto mais desafiadora fosse a história, proporcionalmente, Alana se sentia viva.

17

Havia recuperado o controle sobre sua respiração e batimentos cardíacos, sentia-se melhor. Deu tapas leves no próprio rosto, precisava estar minimamente apresentável, já estava em seu ambiente de trabalho. Deu uma última conferida na roupa e no cabelo. As luzes no tom dourado refletiam a mistura que ela acreditava ser o equilíbrio ideal para sua vida. Não dava para esconder os fios brancos e até mesmo os pretos que ainda eram resistentes. Assim como não dava para separar ou destacar apenas as coisas boas, toda e qualquer pessoa é resultado do que fizeram com ela, e do que ela foi capaz de suportar.

Esboçou um sorriso forçado quando duas jovens jornalistas entraram no banheiro e a cumprimentaram de forma ocasional. Elas continuavam rindo e falando sobre uma terceira pessoa que Alana também conhecia e logo identificou. Embora elas não fossem da mesma editoria que a sua, Alana já havia sido apresentada para as duas, meses antes. Elas não pareciam nem um pouco preocupadas com o teor do que estavam conversando e muito menos se isso iria ofender Alana ou não.

— Acho que tem a ver com a idade sim, amiga — uma delas reforçou enquanto fechava a porta para usar a privada. — Não entendo por que esses jornalistas velhos não se aposentam logo e dão lugar pra gente nova que está chegando com gás, vontade de trabalhar, sabe? Falo isso até pelo bem deles mesmos, ninguém quer ser ridículo.

— Sim, penso a mesma coisa — a outra concordou enquanto mexia no celular com a cabeça baixa e esperava a amiga sair para poder usar o mesmo lugar. Desatenta, nem percebeu que a outra porta do lado estava destravada e o box vazio, que poderia ser usado também. — Mas, depois dessa vergonha, acho que ele mesmo deve pedir pra sair. Imagina só esquecer o que precisava passar de informação no meio de uma transmissão ao vivo e não conseguir sequer devolver para o âncora — complementou demonstrando sua indignação. — Eu teria muita vergonha de continuar depois de um vexame desse — concluiu.

— Vamos ver. O problema é que esses jornalistas ancestrais são protegidos, parece que ninguém tem coragem de tirá-los ou de pelo menos dizer a eles que seria melhor trabalharem menos ou quando parar. Aquela coisa, né, a história que eles ajudaram a construir, os prêmios que conquistaram no passado. Enfim, vergonha que poderia ser evitada. Fico até com dó, sabia? Todo mundo deveria saber a hora de parar. — Disse em tom de complacência questionável a primeira moça, que já estava saindo do box e que, para Alana, soou como intolerância extrema.

Ela não estava acreditando no diálogo que estava presenciando. À beira dos 60 anos, vivia na pele preconceitos que sequer havia considerado antes. Ainda se impressionava com a falta de respeito e até mesmo com a crueldade dos comentários que já haviam sido direcionados para ela em diferentes ocasiões e que agora escutava como espectadora sobre o colega de trabalho. Jamais seria capaz de entender porque algumas pessoas atacavam outras gratuitamente. Mais ainda, porque faziam isso por conta de sua idade?

Cogitou não intervir na conversa, mas não conseguiu se conter. Sua indignação, a essa altura, passava pela exaustão de ter que se impor para combater um preconceito que, para ela, não fazia o menor sentido. Afinal, se uma pessoa não morrer antes, vai envelhecer. Qual seria o problema desse processo natural? Por que incomoda tanta gente?

— Muito interessante o ponto de vista de vocês — disse da forma mais irônica que conseguiu. — Sabe, eu juro que tento entender o que leva pessoas a julgarem as outras sem ao menos conhecê-las, de uma forma tão dura, tão condenatória. Em algum momento, vocês chegaram para ele e perguntaram se ele se sentia bem ou o que aconteceu para ter provocado esse esquecimento no programa ao vivo?

A fala de Alana surpreendeu as duas, que agora estavam na porta do box, de frente para ela. Antes que pudessem cogitar responder, Alana vomitou tudo que queria dizer. Seu rosto estava vermelho, e ela não fez questão de tentar controlar o tom da sua voz ou parecer menos ameaçadora do que realmente se sentia naquele momento.

— Imagino que não — continuou. — E posso garantir a vocês que boa parte das coisas que acontecem com as pessoas não estão relacionadas exclusivamente à idade! Muita gente nova passa mal, enfarta, tem episódios de ansiedade ou até mesmo burnout e, pasmem, não precisa ser um velhote para isso acontecer! Mas claro que vocês duas, jornalistas jovens, cheias de gás, com acesso à informação e extremamente profissionais, certamente sabem disso. — Provocou, sem desviar o olhar das duas e se posicionando de forma que seu corpo impedia que elas saíssem dali.

— Alana, desculpa. A gente não tinha a intenção de te magoar, só estávamos comentando o que aconteceu ontem — garantiu uma delas, entendendo que o melhor seria encerrar aquela conversa inesperada sem maiores atritos. Alana estava visivelmente exaltada, e elas, desconcertadas.

— Fica tranquila, vocês não me magoaram, se é isso que te importa depois de tudo o que eu disse. Vocês ainda vão envelhecer e talvez um dia entendam o peso do que disseram aqui hoje, torço por isso. E, só pra constar, não é apenas falta de respeito e noção, etarismo é crime. Mas imagino que vocês saibam disso também.

— A gente não quer problema com ninguém, muito menos com você. Entendemos sim o recado. — Insistiu a outra no fim da conversa.

— Tenho certeza que sim. — Respondeu Alana com ironia. — A propósito, no caso do nosso colega de trabalho, fiquei sabendo que pouco antes dele entrar no ar recebeu a notícia de que o filho havia se envolvido em um acidente e estava em estado grave no hospital. Ele, profissional comprometido que é, optou por concluir seu trabalho para depois se deslocar para lá e encontrar a família. Então, pensem duas vezes antes de sair por aí falando merda e julgando as pessoas.

Elas estavam atônitas. A julgar pela palidez de ambas, elas realmente não sabiam dessa informação. Permaneceram caladas. Agradeceram mentalmente quando escutaram batidas leves na porta do lado de fora, de alguém perguntando se estava tudo bem lá dentro.

— Roger, estou aqui — informou Alana, que reconheceu a voz que vinha do outro lado.

— Olá, meninas, tudo bem por aqui? Escutei o que parecia ser... uma discussão — disse o produtor, entrando no banheiro feminino após a resposta de Alana.

— Está sim, já terminamos por aqui — respondeu Alana, ignorando a presença das jovens que permaneciam paralisadas.

Ela se virou, rumo à porta de saída, sabia que já estava atrasada para acompanhar os debates e decisões do grupo. Preferiu não encarar Roger, que, por conhecê-la, não perguntou sobre o ocorrido no banheiro. Depois, teriam tempo para conversar. Aliás, ele ansiava por ter um momento só com a namorada. Nos últimos dias, estavam conversando apenas por telefone ou na emissora, cercados por outros profissionais.

Assim que entrou na sala, Alana notou que a reunião de pauta do dia já estava adiantada. Fez o possível para não atrapalhar o andamento, sentou-se no fundo, na primeira cadeira que encontrou. Roger, por sua vez, voltou para o seu lugar e sentou-se perto dos demais produtores, que estavam de frente para os jornalistas.

Alana concentrou-se, conseguiu acompanhar a discussão, afinal, o tema não poderia ser outro senão o mistério dos corpos encontrados recentemente. Apenas Roger sabia que Alana fora visitar Kalina. Por ora, eles ainda achavam prematuro compartilhar essa informação e, depois da visita, Alana teve certeza de que havia feito a melhor escolha.

Assim que os produtores fecharam as pautas e as direcionaram para os respectivos jornalistas, Alana sentiu-se aliviada por não ter que voltar ao sítio em Macatuba. Sabia que provavelmente tinha o dedo do namorado por trás das escalações. Ficou encarregada de visitar o delegado responsável pelo caso e por tentar descobrir algo, uma fonte nova, quem sabe conseguir alguma entrevista exclusiva relacionada ao ocorrido, como sugeriu um dos colegas. Alana continuava no jogo e decidiu fazer o oposto do que Kali sugeriu.

18

Logo após o final da reunião, Alana e Roger foram para o café que ficava no mesmo prédio da TV e tinha mesas reservadas no fundo do estabelecimento. Era necessário descer apenas três andares. Sempre que precisavam conversar com certa privacidade, se encontravam ali. Com o entra e sai de pessoas na redação, era impossível conversar sem que outras ouvissem. Ela estava ansiosa para compartilhar os últimos acontecimentos com ele.

Alana e Roger se conheceram quando ela aceitou a proposta da TV para se tornar repórter investigativa de um dos programas de maior audiência da casa, há 10 anos. Roger já trabalhava na empresa e era produtor de dois programas, um deles aquele do qual Alana passou a fazer parte. Não demoraram a se conectar. Tinham gostos parecidos, eram apaixonados pelo trabalho, e ambos tinham suas vidas estáveis e bem resolvidas.

Naquela época, Roger havia saído de um casamento que durou 20 anos e lhe deu dois filhos, um menino e uma menina. Ela era o seu xodó. A filha mais velha havia completado 19 anos e, sempre que podia, estava com o pai. Já o garoto, que naquele ano fez 14 anos, não fazia tanta questão dos encontros ou finais de semana com ele, o que parecia não incomodar Roger. Preferia acreditar que era uma fase e que adolescentes são assim.

Na cabeça de Alana, à medida que foram se relacionando e se conhecendo, escrevia-se um enredo de perfeito encaixe e harmonia. Ele era três anos mais velho que ela, já era pai e tinha uma vida confortável que lhe permitia aproveitar os bons momentos com a namorada sem maiores preocupações ou cobranças. Eles faziam boa parte das coisas juntos, saíam para jantar com frequência, trocavam informações e conversavam sobre o trabalho, programavam férias na mesma época para poder viajar, mas cada um tinha a sua casa, e eles achavam que funcionava melhor assim. Quando sentiam saudade ou vontade de ficar mais tempo juntos, um ia para a casa do outro sem maiores complicações.

Roger era um homem sensível ao seu entorno e seguro de si. Defendia com afinco suas crenças e virtudes. Sentia-se privilegiado por ter vivido tudo o que desejou. Dava-se bem com sua ex-mulher e acreditava ser um bom pai, pelo menos era presente na vida dos filhos e não media esforços para oferecer a eles uma boa educação. Antes de se tornar produtor e optar por ficar nos bastidores da emissora, trabalhou durante anos como repórter na rua. Entre os prêmios que conquistou na carreira, orgulhava-se por ter dirigido dois documentários, um sobre a ditadura militar no Brasil e outro sobre a ascensão de facções nas capitais do país.

Era pardo, e a mistura dos seus descendentes, cuja maioria era negra e indígena, deu a ele características físicas que ele adorava. O rosto expressivo, com curvas bem definidas, queixo largo, olhos pretos e cabelo liso, encaixava-se harmonicamente. De origem pobre, precisou criar as condições favoráveis para que pudesse se tornar respeitado, na vida e na profissão. Por isso, se dedicou tanto profissionalmente, por ele e pelos seus.

De uma forma natural, e isso não teria acontecido de outra forma, Roger havia se tornado um porto seguro para Alana. Os últimos anos ao seu lado foram os melhores da vida dela. Aprendeu a respeitar o espaço e não exigia mais do que ela podia oferecer. Eles estavam juntos, eram conectados, mas de uma forma leve e que dava aos dois a chance de seguirem juntos pelos mesmos caminhos, sem perder a individualidade. O seu jeito extrovertido e observador a deixava à vontade, e era um contraponto interessante na relação, já que Alana era mais pragmática.

Roger sentou-se de frente para ela, e sua postura inclinada, com as mãos inquietas sobre a mesa, revelava que ele não apenas estava atento, como ansioso também. Assim que Alana contou tudo o que aconteceu antes da chegada dela à emissora, ele ficou calado por alguns segundos, refletindo antes de dar sua opinião.

— O fato de a Kalina te receber dessa forma é justificável. Ela deve ter pânico de jornalistas — disse, rindo e tentando deixar a conversa um pouco mais leve, já que percebeu que Alana voltou a ficar tensa ao relembrar o encontro. — De certa forma, foi bom você ter ido lá. Agora já sabemos que, independentemente do desenrolar da investigação, a esposa e o filho do Demétrio não são uma opção amigável. Na verdade, nem sabemos se de fato existe alguma relação entre os casos. Pensando por esse lado, podemos ter nos precipitado. Vamos buscar outras frentes, pensar em novas possibilidades. — Argumentou com confiança.

— Pode ser, Roger. Mas tenho a sensação de que essa história é muito maior do que conseguimos imaginar.

— Tem algo que ainda não me contou? — emendou, com interesse.

— Não, te contei tudo o que eu sei até agora. Mas a semelhança entre pai e filho... Não sei explicar, Roger. Era como se eu tivesse visto o Demétrio na minha frente — respondeu, franzindo a testa.

— Alana, esquece a Kalina e o filho. Pelo menos por enquanto. Acabamos de concordar, inclusive na reunião, que você vai buscar novas fontes.

— Eu sei. Não estou dizendo que não vou fazer o meu trabalho, só acho que, de alguma forma, a história passa por eles. — Tentou se explicar.

— Acho que você precisa ter cuidado com qualquer associação nesse sentido. Primeiro, porque você viu apenas fotos e vídeos antigos do Demétrio, não o conheceu o suficiente para afirmar que o filho de fato se parece tanto com ele assim. E depois, ao acreditar nisso, torna automaticamente o filho um suspeito, apenas por sua aparência. Acredito que isso já está passando em sua mente — ponderou Roger, buscando ser o mais racional possível.

— Sou tão transparente assim? Tem horas que acho que você consegue ler a minha mente — devolveu Alana, com os olhos semicerrados. — Eu sei disso, não seria justo com o Darlan. Sem contar que seguir por essa linha significa que eu já estou dando como certo o fato de os corpos encontrados terem alguma relação com o Demétrio. Só assim poderia existir um imitador que continuou a fazer os roubos, mesmo depois da morte do Ladrão.

— E se você estiver errada? — Provocou Roger.

— A perícia vai concluir que nenhuma ossada encontrada naquele sítio — por dois turistas perdidos no meio do nada, que foram tentar pedir ajuda na casa e se depararam com tudo aquilo — é de pessoas mortas na década de 80.

— Até lá, vamos seguir o combinado, ok? Nada de novas especulações infundadas. Nenhuma hipótese pode ser descartada nesse momento, mas cuidado para não focar em apenas um caminho e esquecer outras possibilidades — alertou Roger.

— Ok, chefe. — Disse, assentindo com movimentos leves da cabeça.

Ambos fizeram uma breve pausa para tomar o café que havia praticamente esfriado na mesa enquanto conversavam.

— Você tem razão — retomou Alana. — Minha próxima parada será a delegacia, vamos ver o que consigo arrancar de Martim. E ainda tem aqueles grupos que comentei com você, dos fãs de Demétrio. Sinto que posso conseguir algo ali também. É engraçado porque existem pontas soltas, pessoas diferentes envolvidas, mas a sensação que tenho é de que há um fio condutor em toda essa história, que, mesmo invisível, conecta tudo e todos.

— E voltamos ao Ladrão de Corpos. Não tenho tanta certeza sobre este ponto que colocou. Já vimos inúmeras vezes que, quanto mais complexo um caso, menos pessoas estão diretamente envolvidas ou são responsáveis por tomar as decisões.

— Os grupos não são minha prioridade, relaxa. — Mentiu, e não rendeu mais, para evitar cair em contradição.

— Uma coisa é certa, a descoberta das 50 covas foi só o começo. Não resta dúvida de que essa história vai inevitavelmente surpreender a todos, e não é de uma forma positiva — disse Roger, deixando seu olhar vagar pelo salão do café, sem um ponto fixo focal. — Então, tome ainda mais cuidado do que o habitual. Não sabemos ainda quem está por trás de tudo isso ou com quem estamos lidando — lembrou, segurando as mãos da namorada, que encontrou o olhar dele.

— Pode deixar, te mantenho informado. Amanhã cedo vou para a delegacia, vamos ver o que consigo por lá. — Retribuiu o carinho e preocupação, acariciando a mão dele.

Eles pagaram a conta no caixa e se despediram com um beijo rápido. Roger pegou o elevador e voltou para a redação. Alana saiu do prédio poucos minutos depois. Esperou o semáforo abrir para atravessar a rua e entrou no estacionamento localizado em frente ao prédio comercial situado na Faria Lima, área nobre da capital paulista, onde deixava seu carro sempre que ia trabalhar na sede da emissora.

Prestou atenção nos carros e motos que circulavam pela via movimentada, sinalizou com a seta que entraria para a direita e não se deu conta de que, encostado na parede ao lado do prédio em que havia acabado de sair, um homem vestido todo de preto, de óculos escuros e capuz da blusa de moletom cobrindo a cabeça, observava cada um dos seus passos com atenção.

19

À Deriva

No trajeto até a delegacia, Alana lembrou de uma frase que usava em suas matérias em diferentes momentos e que parecia se encaixar no que estava vivendo agora: *"Nada pesa tanto quanto um segredo"*. Por diversas vezes, ela refletiu sobre o que escreveu o fabulista francês Jean de La Fontaine. Ao longo da sua profissão, e depois de entrevistar dezenas de pessoas, vítimas e criminosos, sabia que essa era uma verdade incontestável.

Por um tempo, algumas pessoas conseguem esconder como são, o que pensam, o que já fizeram. Mas não existe máscara elaborada o suficiente que resista ao passar dos dias e ao mínimo de consciência e moralidade que, cedo ou tarde, tendem a acertar as contas. Se não a moral, em última instância, a justiça. O trabalho de Alana era revelar esses segredos que, pelos mais diferentes motivos, tentavam ser sufocados pelos seus interlocutores.

Familiarizada com a delegacia e até mesmo com algumas pessoas que trabalhavam ali, ela entrou e foi direto para o balcão da recepção, logo na entrada principal e que dava de frente para a rua. Alana conhecia também a estrutura do prédio de quatro andares, que se transformou em uma das maiores delegacias de São Paulo em termos de estrutura.

Com um comedido balançar de cabeça, cumprimentou as pessoas que cruzou pelo caminho. Informou ao policial que a atendeu — e que estava sentado do outro lado do balcão — que gostaria de falar com o delegado Martim Cardoso. Depois de aproximadamente cinco minutos de espera, foi informada de que o delegado só poderia recebê-la depois de concluir a análise de alguns materiais que havia acabado de receber e que, portanto, não havia uma previsão de tempo de espera.

Ainda mais curiosa, imaginando que esses documentos poderiam estar relacionados ao caso dos corpos desenterrados — provavelmente o maior caso do momento daquela repartição —, disse que esperaria ali mesmo na recepção, sem pressa. Na sua cabeça, e após a conversa com Roger, a sequência lógica era falar primeiro com ele para, depois, tomar qualquer outra decisão quanto à sua investigação própria.

Sentou-se em uma das cadeiras de plástico branco posicionadas próximas ao balcão da entrada. Havia apenas quatro delas, todas desocupadas. Com certeza, quem ia ali não estava se importando com conforto e, muito menos, aguardava na recepção. Não tinha café nem água para se servir. O entra e sai de policiais atrapalhou sua concentração, e ela desistiu de tentar ler algo no celular.

Decidiu apenas observar a movimentação e achou interessante como todos pareciam estar extremamente ocupados e preocupados. As caras de poucos amigos e zero cordialidade ajudavam a reforçar essa percepção. O clima de tensão iminente no ar era praticamente palpável, não como se algo ruim fosse acontecer — já havia acontecido, e ali eles lidavam diariamente com isso.

Cerca de 1h30 depois, foi conduzida à sala do delegado por outro policial da equipe. Apesar de ter cruzado com Martim em algumas ocasiões por causa das suas investigações passadas, Alana nunca tinha conversado diretamente com ele, e muito menos acessado a sala em que estava agora. Ficou surpresa ao notar que o local era bem mais iluminado do que imaginara: havia duas janelas grandes, e o delegado tinha, no mínimo, seis obras de arte penduradas nas paredes da pequena sala, que já não tinha mais espaço para uma nova aquisição. Sem contar os adornos em cima da sua mesa.

Eram objetos de decoração atípicos, pelo menos para ela. Havia carrancas espalhadas, e Alana precisou puxar da memória o que aquelas esculturas antropomórficas, com uma aparência mal-humorada e uma cara feia, significavam. Lembrou-se de que as características animais e humanas se misturavam para afastar os maus espíritos. Achou, no mínimo, inusitado o que encontrou ali, e que revelava de alguma forma as crenças do delegado e seu gosto peculiar para decoração.

Enquanto se posicionava na cadeira destinada às visitas, devolveu o sorriso amistoso de Martim, que a aguardava em pé e indicava a cadeira à sua frente, do outro lado da mesa.

— Elas te assustam? — perguntou Martim, observando a jornalista se arrumar e apontando para as carrancas.

— Um pouco. Acho que prefiro figuras mais simétricas. — Respondeu, fazendo uma espécie de careta engraçada e desajeitada.

— Entendo. Olhar para elas me acalma de alguma forma. Tudo que é estranho geralmente também é sublime.

Alana não esperava a reflexão de Martim. Preferiu não estimular o delegado e desviar o foco da conversa.

— Agradeço por me receber sem horário marcado. Imagino como devem estar as coisas por aqui. — Deu sequência à conversa da forma mais casual que conseguiu. A verdade é que ela não sabia se ele iria atendê-la ou não, muito menos o rumo que a conversa entre eles poderia tomar.

— O que te trouxe aqui? — indagou, fechando as pastas que estavam abertas em sua mesa e encarando a jornalista com atenção.

— Estou trabalhando no caso dos 50 corpos que foram encontrados. E gostaria de averiguar algumas informações com você e conversar um pouco sobre o caso, se possível — respondeu, com receio de receber logo de cara uma negativa.

Nesse momento, a insegurança dela ficou evidente, não apenas pela movimentação cadenciada e ininterrupta dos pés embaixo da mesa, mas porque Alana deixou sua bolsa cair do colo no chão.

— Droga, como sou desastrada — falou com um tom ainda mais baixo, recolhendo as coisas de qualquer jeito e jogando-as dentro da bolsa de novo.

Martim a esperou se ajeitar novamente na cadeira para continuar. Ele a observava com interesse genuíno. Talvez daí a sensação de desconforto dela tenha surgido.

— Não seria preciso ser um investigador para descobrir isso. Vi você no sítio em Macatuba. Assim como outros dois jornalistas que já são conhecidos no meio, eu sabia que cedo ou tarde receberia a visita de vocês. Bons profissionais se destacam com facilidade dos demais — comentou, revelando um breve sorriso de canto. — E como vocês são teimosos e às vezes inconvenientes! Mesmo eu deixando claro que seriam informados no tempo certo, por que esperar comunicados oficiais, né? — completou com ironia.

— Delegado, este é um caso enorme e certamente complexo. Convenhamos que seria praticamente impossível não trabalharmos em paralelo. Não estou me referindo à investigação, que é trabalho da polícia, mas tentar achar algumas respostas, indícios, pode ser benéfico também para a polícia. As pessoas esperam por isso. — Tentou argumentar, justificando sua visita.

— Está enganada. As pessoas querem consumir boas histórias. Quando não são com elas, assistem tudo de camarote, sem empatia ou respeito. Parecem urubus sobrevoando a carniça. — Devolveu com aparente insatisfação.

— Por que resolveu me receber? — Questionou Alana, com curiosidade.

— Como eu disse, bons profissionais têm instinto e, no geral, não seguem as regras à risca. Se eu não te recebesse hoje, amanhã você voltaria. Concordo com você em um ponto: algumas coisas são inevitáveis, tanto no seu trabalho como no meu. Mas ainda assim não sei se poderei ajudar. Não posso revelar mais do que as notas oficiais estão disponibilizando a vocês e à sociedade civil como um todo. Sei que você compreende também — reforçou seu posicionamento de forma contundente, dando o recado novamente.

— Claro, delegado. Não me interprete mal, minha intenção não é comprometê-lo e muito menos descobrir algo que não seja exposto no seu tempo e, de novo, através da investigação da polícia.

— O que deseja então, Alana? Veio me fazer uma visita cordial? — retrucou, seco e mais uma vez direto ao ponto. Martim rolava a caneta sobre a extremidade de uma das pastas, de um lado a outro. Embora aquele movimento não o deixasse menos concentrado na jornalista ou impaciente.

— Ladrão de Corpos. — Disse Alana, esperando a reação dele. Ela sabia que precisava ser certeira, do contrário, a conversa terminaria ali.

— Prossiga. — Limitou-se a dizer Martim.

— Em nenhum momento, pelo menos até agora, vocês falaram sobre o Ladrão de Corpos. Existe alguma relação entre os dois casos, Martim? — A objetividade da pergunta e linha de raciocínio surpreendeu o delegado, que precisou de alguns segundos para elaborar a melhor resposta. Ele parou de encará-la e focou no deslizar da caneta.

— Posso perguntar como você associou os dois casos? — Devolveu com uma nova pergunta e o olhar desconfiado voltando a buscar o dela.

— Me chamou a atenção os comentários de outros jornalistas e do público, que começou a apontar para esse sentido. Falavam sobre possíveis coincidências e, principalmente, pelo fato de que os 27 corpos roubados no passado por Demétrio nunca foram encontrados. Ainda em Macatuba, comecei a achar que faz sentido. Algo me diz que essa é a pista quente. Existem ossadas que podem ser do roubo da década de 80 em diante.

Com a resposta, Alana recuperou a confiança que estava escondida dentro dela. Pela primeira vez, não achou sua linha de raciocínio infundada, talvez pela reação do delegado. Pensou que Martim estava certo: ela era uma boa profissional e sabia ouvir o seu sexto sentido. Boa parte dos casos em que trabalhou foram direcionados assim, dando a devida atenção à sua sensibilidade e percepção aguçada para além do que era possível enxergar ou racionalizar. Intuição também é informação.

— Estamos começando a receber alguns resultados de testes de DNA. O que tem obrigado a equipe a voltar em casos que foram arquivados em função do tempo. Se for mesmo apenas intuição, nunca duvide da sua — pontuou Martim, parando de mexer com a caneta e, em seguida, apontando-a para Alana, como se ela tivesse descoberto algo que merecesse a admiração dele.

— O que quer dizer com isso, delegado? — retrucou, com o intuito de confirmar sua observação.

— Que, se ninguém tiver vazado informações confidenciais da investigação aqui de dentro, você conseguiu direcionar suas pesquisas para o caminho certo — devolveu, sem meias palavras.

— Não existe nenhuma fonte na sua delegacia, pode ficar tranquilo quanto a isso. — Apressou-se em dizer. — Então... os corpos que foram encontrados são mesmo dos cadáveres raptados pelo Ladrão de Corpos. — Apesar de dizer a última frase em voz alta, Alana estava afirmando para si mesma, finalmente, a conclusão.

— Sim. Bom, claro que os que estavam ali de 1983 a 2003. Com os primeiros testes já realizados, tudo indica que 30 dos 50 corpos foram roubados por Demétrio.

— 30? Todas as matérias da época creditaram a ele 27 roubos.

Martim permaneceu calado, ignorando a colocação dela. Alana entendeu que ele havia dito mais do que deveria.

— Existe então, de fato, um padrão estabelecido. — A jornalista retomou, mudando de assunto. Retirou seu bloco de anotações da bolsa, que estava posicionada — depois de ter caído do colo — na cadeira ao lado da sua, e voltou aos seus rabiscos iniciais. — Foram 10 corpos por ano. Em um intervalo de também 10 anos, entre uma ação e outra — continuava a refletir em voz alta, como se o delegado não estivesse ali. — Agora esses números fazem mais sentido ainda.

— Exatamente. Quem fez isso posicionou os corpos em covas e filas de acordo com o seu respectivo ano — Martim complementou o raciocínio dela.

— A questão passa a ser: quem fez isso ajudou Demétrio desde o começo ou apenas replicou tudo que ele fazia nas últimas duas décadas?

— É isso que vamos descobrir. Quem continuou seguiu o mesmo padrão, em todos os aspectos. Sem contar que todos os corpos foram encontrados juntos.

Alana estava surpresa com a profundidade da conversa entre os dois. Devido à sua postura inicial e fama de durão, esperava que Martim não desse tanta abertura e muito menos fornecesse informações como as que teve acesso através dele. Tratou de aproveitar a oportunidade e abertura do delegado.

— Isso significa que 10 corpos são de pessoas mortas em 2013 e 10 corpos de pessoas que desapareceram este ano?

— Bingo. De forma proposital, pedi que fossem realizados exames de DNA em paralelo à identificação das ossadas dos corpos em decomposição, um da quarta fileira e outro da quinta. As datas e registros dos desaparecimentos batem. — Martim assentia com a cabeça enquanto falava.

O rosto expressivo de Alana sugeriu ao delegado que essa conclusão já era esperada por ela. Então foi a vez de ele aproveitar.

— Suas pesquisas revelaram algo nesse sentido, talvez um nome suspeito? — quis saber até onde ela havia chegado.

Alana sabia que não podia dizer a ele que procurou Kalina, muito menos que encasquetou com Darlan ou que seu próximo passo seria ir atrás de perfis falsos de fãs de Demétrio. Muito provavelmente, ele iria tentar impedi-la de seguir com suas ações, tudo que ela não precisava agora.

— Não, delegado, na verdade estou tentando assimilar todas essas informações. — Preferiu não se comprometer e desviou o olhar para uma das carrancas em cima da mesa.

— Ok. Mas caso descubra algo, ou tenha uma nova intuição, você sabe como me contatar. Como você bem disse, não se esqueça das trocas de informações que podem ajudar. — Sua voz imponente e sua posição deixavam claro que, na verdade, se tratava de uma ordem, emitida numa espécie de alerta. — Tudo que conversamos aqui ainda é confidencial. Estou aguardando todas as identificações para poder informar a população e os familiares. Não preciso nem dizer a você que, caso isso venha à tona sem o respaldo necessário, irá causar apenas comoção e preocupação em massa. Vamos divulgar oficialmente quando eu tiver a lista fechada com os 50 nomes.

— Entendo perfeitamente, delegado. Não se preocupe comigo, que não vou divulgar nada antes da hora. — Concordou Alana, assentindo com a cabeça, indicando entender a gravidade de tudo e seu papel naquele momento.

— Tenho certeza absoluta disso.

— Apesar de agradecer pela confiança, posso saber por que tem tanta certeza assim? — quis saber.

— Porque você é esperta e inteligente. Lido com todo tipo de pessoa. Na maioria das vezes, com as piores. Com o tempo, a gente aprende também a reconhecer de longe quem vai dar trabalho. Além disso, imagino que seja interessante para você manter esse canal de comunicação comigo aberto. Se você pisar na bola, quem perde é você.

— Recado entendido — respondeu Alana, com um sorriso fraco. — Acho que começamos bem o que quer que essa relação seja — completou.

— Também acredito que sim. Só você chegou aqui com o direcionamento correto. Os demais que apareceram fizeram perguntas genéricas, mais especulação do que fato, tentando me induzir a dizer algo que não deveria para publicarem com exclusividade.

— Nem todos os jornalistas são iguais, Martim. Mas isso você já sabe.

Depois de se despedir do delegado, Alana estava elétrica. Suas suposições se tornaram fatos. Ela cumpriria a promessa que fez a Martim de não revelar nada antes da hora, mas o delegado estava muito enganado se achou que ela esperaria por novas declarações oficiais sobre o caso.

Assim que entrou no carro, gravou um áudio para Roger: *"Preciso da sua ajuda. Consegue descobrir para qual IML os corpos encontrados foram levados? Sei que você tem contato com alguns médicos legistas. Poderia tentar descobrir também quem tem assinado as autópsias? Estou no caminho certo, Roger. E os corpos são apenas a ponta do iceberg".*

20

O Farol

Três horas depois, Alana estava na porta do IML. Já era noite, e ela, sob efeito da adrenalina produzida por seu corpo, não sentia cansaço. Estava pronta para ter acesso a novas emoções, como se estivesse prestes a descer em uma montanha-russa ou praticar um esporte radical.

Ela e Roger formavam uma boa dupla: eram ágeis e sabiam acionar as pessoas certas no momento ideal. Ele, sempre na retaguarda, fornecia a ela contatos, endereços e informações que a permitiam entrar em lugares e falar com pessoas que, sozinha, não conseguiria ou levaria muito tempo para fazê-lo. Alana, em contrapartida, aprendeu a se tornar invisível. Sempre que necessário, entrava e saía de lugares sem ser vista por quem não deveria.

Naquela noite, a temperatura oscilava entre 13 e 15 graus, e a ameaça de chuva forte, a julgar pela quantidade de raios e trovões, fez com que as pessoas saíssem de casa com mais roupa do que gostariam para se proteger, o que ajudou Alana. Quando chegou, o médico-legista já a aguardava na porta dos fundos do local. Ela usou um casaco impermeável com capuz que ficava no carro para cobrir o rosto. A rua estava pouco movimentada, e, depois de desviar das caçambas de entulho que aparentemente serviam como lixeira do Instituto

Médico Legal, só teve tempo de certificar-se de que ninguém a tinha visto. Olhando novamente para trás, entrou rapidamente, apenas cumprimentando o médico com um leve aceno de cabeça.

O que eles estavam fazendo não era certo, e Alana não quis perguntar a Roger como conseguiu persuadir o médico a recebê-la e revelar informações que haviam sido enviadas à polícia. Algumas coisas era melhor não saber, mas imaginava que a dívida—baseada em troca de favores do namorado com algumas pessoas—era enorme.

Em toda a sua trajetória, no geral, Alana cumpria as leis e sequer cogitava fazer coisas que pudessem prejudicá-la ou a qualquer outra pessoa. Diferente das outras histórias que já cobrira, essa mexia com ela de uma forma diferente, íntima. Ela estava disposta a pagar o preço, caso fosse pega. E isso a assustava, mas, ao mesmo tempo, era um combustível. Não queria parar. Não agora.

Sua conexão com o caso era um elo forjado pela dor. Sabia que as famílias daqueles corpos roubados os haviam buscado, chorado por eles. Por anos. Por uma vida. Sem nunca obter uma resposta. Sempre que pensava nisso, sentia o embrulho no estômago aumentar. Era como se todo o seu sofrimento pudesse ser resumido nas contorções que sentia, somadas à queda de pressão e ao suor repentino nas mãos e na nuca. Para Alana, o corpo humano sabia identificar as aflições mais profundas e reagia como um lembrete, indicando que tentar ignorar os sintomas físicos apenas potencializava o desastre interior.

Assim que percorreram os largos corredores do local e tiveram a sorte de não cruzar com ninguém pelo caminho, menos de cinco minutos depois, eles estavam trancados no que parecia ser a sala de trabalho do médico que a recebera. Ele estava visivelmente tenso com a situação e, sem cerimônia, voltou-se para Alana. Quanto antes conversassem, logo terminaria.

— Você sabe que estou me arriscando por recebê-la aqui, certo? Então, muito cuidado com o que vai fazer com tudo que vou te mostrar e falar de agora em diante — alertou o legista, segurando-a com a mão direita. Ele não colocou força, mas fez questão de olhar Alana nos olhos e tocar seu ombro.

— Sem câmeras ou gravação. Pode começar — respondeu Alana, tentando mostrar a ele que sabia o que estava fazendo e que estava pronta para o que estava por vir.

O médico a conduziu para perto de um dos freezers metalizados—havia vários deles, que lembravam gavetas e eram identificados apenas por códigos numéricos. Ele puxou uma das macas, que revelou um corpo em seu interior. Era um homem, posicionado de costas e praticamente todo aberto entre o pescoço e a lombar.

Alana colocou a mão sobre a boca de forma instintiva. Não estava com ânsia de vômito, mas aquela cena era, no mínimo, bem desagradável. Não era a primeira vez que ela se deparava com um cadáver, tampouco sua primeira visita a um IML. Mas aquele homem estava incompleto, literalmente com partes faltando, e a sensação que teve—não sendo uma especialista—era que poucos órgãos cumpriam o papel de não permitir que aquele corpo se partisse em duas. A coluna vertebral, nesse contexto, parecia um fio frágil, prestes a se quebrar a qualquer momento.

Já o médico parecia fascinado com as descobertas que fizera. Só nesse momento foi possível notar que ele estava um pouco mais relaxado; seu corpo não estava mais rígido como minutos antes. Alana não pôde deixar de pensar, ao perceber a mudança corporal do médico, em como algumas pessoas lidam bem com a morte e tudo que ela tem a revelar.

Ele manuseava cada parte com muito cuidado, e era fácil perceber o respeito que tinha por aqueles corpos que, para ele, não eram apenas evidências ou instrumentos de trabalho. Em uma autópsia médico-legal, o estudo do corpo permite determinar a causa e as circunstâncias de uma morte, sendo mais comumente usado em casos de morte violenta ou quando é preciso identificar cadáveres ou restos humanos. Essa perícia também permite o estudo de peças anatômicas, como ossos, órgãos e partes do corpo — como era o caso ali, à frente deles. Mais do que identificar as vítimas, o objetivo maior era compreender o que haviam feito com elas, os corpos roubados. Compenetrado, ele continuou.

— Veja, as incisões são perfeitas. Quem retirou essas costelas sabia o que estava fazendo — disse o legista, apontando para o interior do corpo para mostrar a Alana o que acabara de dizer.

— Em todos os corpos, as costelas foram retiradas? — perguntou a jornalista, atenta à movimentação do legista que, com o indicador direito, percorria de forma ilustrativa o espaço onde a costela deveria estar.

— Sim, em todos. Inclusive nos que estavam ali há anos. Nesses, foi possível notar que outros ossos faltavam também. Muito provavelmente foram retirados após a decomposição total dos tecidos e órgãos.

— Isso indica que os corpos roubados tinham suas costelas retiradas de imediato e que, depois—talvez anos depois—, o criminoso voltava para retirar outros ossos? — quis confirmar Alana.

— Exatamente. Quem fez isso não se preocupava em ser pego ou em ter pressa para concluir esse processo — ponderou o médico com pesar. Sua testa estava franzida, e sua voz refletia uma certa aflição. Ele realmente parecia sentir por aqueles corpos que haviam sido encontrados daquela maneira.

— Isso explica o fato de as covas serem rasas. Eles não foram totalmente enterrados e muito menos esquecidos. Quem os levou para lá os usou em diferentes períodos. Caramba, que sinistro tudo isso — refletiu em voz alta, agora sim sentindo o impacto de tudo que vira e ouvira até aquele momento. Alana se afastou da maca e, por alguns segundos, precisou controlar a respiração. Estava com as mãos sobre as coxas e a cabeça baixa.

— Você está bem? — perguntou o legista, com medo de que ela precisasse de socorro—torcendo para que não.

— Sim, não se preocupe. Podemos continuar — respondeu, erguendo novamente o corpo, mas agora mantendo certa distância da maca.

— Bom, sobre as covas rasas, é isso mesmo—foi estratégico. E essa pessoa tinha um estômago e tanto, porque o cheiro daquele sítio devia ser insuportável — disse o médico, esboçando um sorriso fraco e fazendo uma careta, revelando que conhecia bem o fedor da morte.

— Era sim, infelizmente pude comprovar de perto — Alana concordou com ele com mais propriedade do que gostaria. Sentiu uma leve náusea em função da recordação que invadiu seu corpo e a transportou para aquele sítio. — O que mais você descobriu de relevante? — emendou a pergunta; agora era ela que queria sair logo dali.

— Observando todos os corpos, notei que quem está por trás desse processo tinha uma certa fixação pela medula óssea.

— Que, se não me engano, está localizada nas costelas, certo?

— Isso mesmo. Não apenas nas costelas, mas também nas vértebras, esterno, crista ilíaca, ossos do crânio, nas epífises do fêmur e úmero. Ou seja, no interior dos ossos, mais precisamente na cavidade dos ossos esponjosos e no canal medular dos ossos longos — complementou o médico, percebendo, pela cara dela, que era melhor não aprofundar nos termos técnicos.

— E, deixa eu adivinhar, os ossos que eram retirados posteriormente eram desses que você acabou de citar? — disse em tom de ironia.

— Sim, Sherlock Holmes — devolveu o médico no mesmo tom. — A pessoa que fazia isso abria os corpos para retirar basicamente a medula óssea. Como se seguisse uma espécie de fio condutor. Nenhum outro osso aleatório foi retirado. E aqui cabe outra consideração: os crânios foram preservados intactos.

— Também, né?! Já tinha desmontado o corpo todo — soltou Alana sem perceber, fazendo o médico rir pela primeira vez. — E você consegue imaginar um uso para o que foi retirado desses corpos? — Fez a pergunta que ele aguardava.

Agora, eles estavam de frente um para o outro. Como já havia mostrado o que precisava, o médico voltou à maca e fechou a caixa cinza e fria que, somada às outras nove, tomava boa parte do espaço daquela sala—cinco em cima e cinco embaixo.

— Confesso que já refleti muito sobre isso. Não vou aprofundar na explicação técnica para que você possa compreender melhor meu raciocínio. A medula óssea pode ser dividida em dois tipos: vermelha e amarela. A primeira é rica em hemácias e é responsável pela produção de células sanguíneas. A amarela, por sua vez, é rica em tecido adiposo e não produz células sanguíneas. A medula é ainda uma fonte de células-tronco para outros tecidos, mas nem vou entrar nesse campo porque, embora os resultados sejam promissores, esses estudos ainda estão em desenvolvimento. Bom, o fato é que o transplante de medula óssea é uma opção de tratamento recomendada em alguns casos de doenças que afetam essas células, como leucemias e linfomas. Eu cheguei a cogitar no começo... — Ele fez uma pausa e coçou a cabeça. Tentava explicar para ela algo que não estava totalmente formulado para ele.

— E é possível usar a medula de um morto em transplantes? — Alana não conseguiu esperar que o raciocínio do médico continuasse sem interromper. O que pareceu ajudá-lo.

— O tráfico de órgãos é, infelizmente, uma realidade mundial e mais presente nesse submundo do crime do que imaginamos. Mas, assim como acontece em qualquer transplante de órgão, a medula do doador precisa ser compatível com a do paciente para que diminua consideravelmente as chances de rejeição. Além disso, nesse caso em específico, o tutano—como é conhecida popularmente a medula óssea—não foi retirado. Nos pedaços de costela que foram encontrados perto das covas no sítio, toda a matéria que preenche as cavidades ósseas estava preservada. O que descarta totalmente essa possibilidade — continuou coçando a cabeça. Pelo visto, não havia concluído sua reflexão.

— Então quem cometeu esses crimes ia atrás de medula óssea, mas não a retirava do interior dos ossos. Tem como essa história ficar pior? — Alana sorriu sem graça, nervosa. Sentia-se mais perdida do que antes de ter acesso a essas informações.

— Tem, sim. O pó branco que encontramos no sítio—tanto nos frascos quanto no triturador e no pano preto—nada mais é do que tutano triturado. Logo, quem fez tudo isso não retirava a medula porque a triturava junto com o resquício do osso que a abrigava e que, provavelmente, era descartado em sua maioria — disse, parando de coçar a cabeça e talvez concluindo o relato de suas descobertas.

— Nada disso faz sentido. Não consigo imaginar uma utilização ou justificativa para o que descobriu. O que uma pessoa faria com tutano triturado? — Alana começou a dar pequenos passos na sala e a estalar os dedos das mãos, inquieta.

— Sinceramente, também ainda não consigo. Em mais de 20 anos de profissão, nunca vi nada parecido com isso. Todos esses resultados foram enviados ao delegado. Acredito que a polícia conseguirá montar esse quebra-cabeça ao reunir as demais provas e analisar todas as evidências.

— Eu soube que praticamente todos os corpos já foram identificados também. Como você bem lembrou, todas essas peças soltas, juntas, vão nos conduzir a uma visão macro desse caso—não existe outro caminho. Uma última pergunta, doutor... — encarou o médico novamente, forçando-se a ficar parada. — Qual é o tamanho de uma medula?

— A medula óssea compreende aproximadamente 5% da massa corporal total em humanos adultos saudáveis, de forma que um homem com 80 kg terá cerca de 4 kg de medula, aproximadamente. Considerando 50 corpos, acredito que muitos frascos foram preenchidos.

— Foi o que pensei. Agora nos resta saber para que e como foram usados.

21

Nos dias seguintes, Alana precisou cumprir sua escala de trabalho e fingir que não sabia de nada. Primeiro, porque havia cometido uma série de infrações; depois, um dos principais fatores que a fizeram se tornar respeitada no meio jornalístico era sua credibilidade, que se estendia no relacionamento com suas fontes. Sabia esperar a hora certa para divulgar algo e respeitava as pessoas que confiavam nela. Optou, inclusive, por precaução, por se esquivar de algumas conversas dos amigos de trabalho para não correr o risco de dizer o que não deveria — mesmo sem querer.

Nas reuniões de pauta, absorvia o que lhe convinha, mas não demorou a perceber que ninguém havia conseguido informações prévias como ela. O que também era percebido em relação a outros veículos de comunicação: nada de novo ou relevante havia sido divulgado.

Roger era o único com quem ela compartilhava suas descobertas, mas ainda assim preferiu guardar para si alguns detalhes da conversa com o legista e, principalmente, tudo que tomava sua mente. Como ainda não havia respostas para as principais perguntas sobre o caso, não seria prudente ficar especulando em voz alta — precisava avançar.

No estágio em que a investigação se encontrava, a jornalista sabia também que não conseguiria arrancar mais nenhuma informação, nem da polícia, nem dos contatos de Roger que trabalhavam nos bastidores do caso. Por isso, dedicou-se a aprofundar suas pesquisas paralelas, com a intenção de progredir e, quem sabe, entender parte dos mistérios que circundavam aquela história.

Com a certeza do caminho que deveria percorrer, passou a focar nos fatos, no que era sabido e concreto. Alguém havia dado continuidade ao que Demétrio começara e o fizera de forma discreta, bem elaborada, nas últimas duas décadas. Os corpos que sumiram em 2013 e 2023 não foram reclamados e muito menos associados a um legado do Ladrão de Corpos. Fosse quem fosse, o imitador não era um amador.

Por ora, concluiu que seria melhor não entrar em contato novamente com Kalina ou Darlan. A qualquer momento, o delegado iria confirmar publicamente que os crimes do passado e do presente estavam conectados, o que tornaria os dois, mais uma vez, verdadeiros chamarizes da imprensa e da sociedade como um todo. Então, direcionou sua busca para identificar os grupos de fãs declarados de Demétrio.

Quanto mais pesquisava, mais Alana se surpreendia — não apenas com a quantidade de pessoas, mas com a forma como o admiravam e expressavam seus sentimentos mais íntimos sem nenhum pudor ou receio. Essa atração por pessoas que cometeram uma atrocidade ou um crime violento, como estupro, assalto ou assassinato, tem nome: hibristofilia.

Assim como no caso de Demétrio, boa parte—senão todos—os criminosos cujos casos ganharam visibilidade e repercussão nacional experimentam essa sensação, um misto de atração e desejo por parte de admiradores de todas as partes. Em 1998, Francisco de Assis Pereira ficou conhecido como o "Maníaco do Parque", após ter matado sete mulheres e atentado contra a vida de outras nove no Parque do Estado, na zona sul de São Paulo. O assassino em série foi condenado a mais de 280 anos de prisão por crimes de estupro, estelionato, atentado violento ao pudor e homicídio.

Um mês após ser preso, o *serial killer* brasileiro já havia recebido cerca de mil cartas de mulheres interessadas em conhecê-lo e outras se declarando apaixonadas por ele. Quando Alana teve acesso a essa informação, ficou alguns minutos fixada nessas linhas, sem conseguir seguir na leitura. Como mulher, não conseguia entender a motivação delas—como seria possível desenvolver o mínimo de interesse por um homem que foi capaz de atrair suas vítimas com falsas ofertas de emprego de modelo e que, depois de estuprá-las, as matava com requintes de crueldade?

Quanto mais lia, mais se sentia atormentada. Tão impressionante quanto os desejos e a mente humana eram os subterfúgios das leis no Brasil. Como no país não existe prisão perpétua, a condenação em regime fechado recebida por Francisco pouco valeria. A legislação brasileira não permite que um detento fique mais de 30 anos privado de liberdade — ou seja, preso naquele mesmo ano, o Maníaco do Parque poderia ser posto em liberdade em 2028.

No caso do Ladrão de Corpos, ele não havia matado as vítimas, nem cometido tentativas de homicídio. Mas seus atos também eram puníveis e condenáveis pela sociedade. Em suas pesquisas, Alana descobriu que destruir, subtrair ou ocultar cadáver ou parte dele é um crime cujo nome é pouco conhecido: vilipêndio de cadáver.

Quando acessou o Código Penal Brasileiro, descobriu que dois dispositivos legais — os artigos 211 e 212 — abordam essa prática com clareza, indicando que vilipendiar significa menosprezar, ultrajar, tratar com desprezo e sem o devido respeito um cadáver ou suas cinzas.

O vilipêndio de cadáveres é considerado crime contra o respeito aos mortos. Tudo o que Demétrio e seu imitador fizeram.

A jornalista observou que, em todas as matérias que acessou sobre o Ladrão de Corpos, havia centenas — às vezes milhares — de comentários. A grande maioria expressava indignação: havia xingamentos, condenação por parte dos leitores, repúdio contra os seus atos e menosprezo. Mas Alana se ateve aos que iam na contramão, aos que manifestavam qualquer tipo de inclinação positiva sobre seus atos.

Não foi difícil chegar a grupos — alguns abertos, outros fechados — nas redes sociais. Quanto mais rolava as páginas e era apresentada aos comentários e discussões que sequer haviam sido realizadas de forma privada, Alana só conseguia imaginar como o ser humano pode ser cruel e surpreendentemente atraído pela podridão. Se para uns por curiosidade, para outros por puro prazer. E os dois grupos a assustavam. Diferente do que prega o senso comum, para muitos, a escuridão parecia ser um convite tão natural quanto inevitável.

22

Marcou uma entrevista com um psiquiatra, profissional a quem a jornalista recorria sempre que precisava compreender mais a fundo alguma característica ou diagnóstico dos criminosos que investigava e sobre os quais precisaria escrever ou gravar. Pela primeira vez, Alana foi fisgada de uma forma diferente. Queria entender o outro lado, as pessoas que faziam parte desse grupo com hibristofilia.

Em todos os casos que teve acesso, ela se empenhava em tentar compreender as motivações e a mente de quem cometia as atrocidades. Dessa vez, sentia um incômodo inédito, talvez por abominar em seu íntimo os relatos e comentários a que teve acesso, principalmente feitos por mulheres.

Em diferentes momentos, sentiu o estômago embrulhar. Para além do seu julgamento particular, somava-se ainda o fator desaparecimento dos corpos, que para ela era uma fonte inesgotável de gatilhos que não era capaz de controlar. Aquele caso realmente mexia com ela.

Durante a entrevista com o especialista, descobriu o que era a parafilia, um distúrbio psíquico caracterizado pela preferência e/ou obsessão por práticas sexuais que não são aceitas socialmente, tais como a pedofilia, o sadomasoquismo, o exibicionismo, o voyeurismo, entre outras.

— Pode-se dizer então que se trata de uma espécie de fantasia? — questionou a jornalista no decorrer da conversa por vídeo. Quando se tratava de assuntos complexos ou delicados, Alana fazia questão de ver a pessoa que estava do outro lado, mesmo que através de uma tela.

— Não seria errado usar essa palavra, pois pode envolver a atração por objetos inanimados, crianças ou outros adultos não consentidores, levando ainda ao sofrimento ou humilhação de si mesmo ou do parceiro, com potencial para causar dano. — Aprofundou o psiquiatra na explicação inicial.

— E as pessoas nascem assim? — Não encontrou outra forma de fazer essa pergunta senão a mais objetiva possível.

— Parafilias, como a hibristofilia, não são consideradas transtornos mentais, a princípio. Como não é necessariamente um transtorno, o estudo sobre questões epidemiológicas dessa condição é limitado, não havendo um padrão estabelecido ou algo concreto. A parafilia costuma ter início durante a adolescência, que é quando se começa a descobrir o corpo e a sexualidade, e pode ser desencadeada pelos mais diversos motivos, pois isso depende da história de formação e das experiências de cada pessoa.

Além de gravar, Alana anotava todos esses pontos e termos para voltar depois e ler mais sobre as explicações citadas. Para ela, esse olhar era novidade e, com os primeiros esclarecimentos, já começou a ter a sensação de que depois dessa conversa seria mais fácil identificar e lidar com possíveis fontes do caso. Continuou, interessada.

— Quando esse desejo passa a ser considerado um crime?

— É preciso ter em mente que as parafilias e os transtornos parafílicos possuem significados distintos. As parafilias são fantasias e comportamentos que as pessoas têm de forma intensa com estímulos sexuais, como já citei no início da nossa conversa. Já os transtornos parafílicos causam sofrimento ou prejuízo para o indivíduo, ou ainda, uma parafilia cuja satisfação implica dano ou risco de dano a outro. No que tange o aspecto jurídico, a parafilia, por si só, não implica em qualquer comportamento ilegal ou prejudicial. No entanto, quando essas preferências, principalmente as de cunho sexual e contra a dignidade sexual, se concretizam, a Justiça Brasileira precisa ser acionada para que sejam imputadas penas que envolvem esse tipo de comportamento.

— E existe algum tratamento? O que pode ser feito em casos assim?

— A discussão sobre parafilias é estudada em boa parte do mundo. Especialistas lutam para que o diagnóstico seja mais amplamente divulgado, e a razão para que isso aconteça é simples: o conhecimento sobre as parafilias pode evitar que as preferências sexuais se tornem crime e, logo, que haja menos vítimas. Como é de se imaginar, no geral, esses comportamentos se tornam de difícil acesso, às vezes até mesmo para as próprias pessoas que os carregam. Mas, com as ferramentas e estratégias corretas e aplicadas de maneira eficaz, o que pode ocorrer é uma reestruturação dos comportamentos tidos como delituosos ou desviantes e, por consequência, disfuncionais. — Esclareceu o psiquiatra, fornecendo a Alana um panorama desafiador e uma visão mais clara de como abordar e até mesmo absorver as variantes que se propôs a pesquisar.

Depois que finalizou a conversa, Alana não conseguiu se desvencilhar do assunto de imediato. Continuou a refletir sobre tudo que o médico disse. Estava sozinha em casa, o silêncio combinava com ela e mais ainda com o seu estado atual. Tudo que foge do entendimento limitado de qualquer pessoa sobre o que for merece reflexão, espaço e disposição para ganhar contornos sóbrios e minimamente justos.

Depois de alguns goles de café e de manter o olhar fixo no computador desligado, levantou-se e fez alguns exercícios para alongar o corpo. Não saberia dizer ao certo quantas horas ficou sentada, entre pesquisas e a entrevista que durou quase uma hora. Não se importava se havia resumido sua vida àquele caso. Sentia que, a partir dele, muita coisa mudaria e essa era sua motivação intrínseca.

Diante da complexidade da mente humana, ela se sentia um bebê, engatinhando rumo a qualquer mínima possibilidade de compreensão. Se, segundo o especialista, não existe ainda uma única explicação que justifique essa atração, em contrapartida, sabe-se que aspectos biológicos, psicológicos e sociais interagem de forma simultânea e estão sempre no pano de fundo de todas as ações humanas.

Decidiu continuar, não havia espaço para o sono em sua mente agitada. Sentou-se novamente na sua cadeira ergonômica preta, que combinava com o seu escritório, cuja decoração era basicamente uma mesa de trabalho de 2 metros posicionada no centro, e uma mistura de pequenas peças de escultura decorativas, porta-canetas de metal e organizador de mesa combinando. Sem dúvida, era o local da casa onde ela passava mais tempo quando estava ali. E a ideia de o ambiente ser clean, de certa forma, contribuía para que ela organizasse seus pensamentos com maior facilidade. Lugares que acumulavam objetos demais e espaço de menos deixavam Alana com a sensação de desorganização e acúmulo desnecessário de coisas que nunca seriam usadas.

Antes de ligar novamente o notebook, pensou em como cada pessoa nutria de alguma forma os seus "fantasmas" mal resolvidos, aqueles que se tornam capazes de dominar o seu universo psíquico e parecem zombar da realidade, seja ela qual fosse. Seria capaz de enumerar dezenas, talvez centenas desses fantasmas. Incluindo os seus.

De volta ao Google e com o apoio das suas anotações e gravações, achou relevante o fato de que, embora o perfil predominante seja de mulheres, e a explicação mais plausível seja o fato de o número de homens que praticam crimes violentos ser muito maior se comparado ao gênero oposto, não significava dizer que não existam casos de hibristofilia em homens.

Escreveu em caixa alta, dando o devido destaque, o nome que se destacava dos demais nos grupos nas redes sociais que passou a analisar. No caso de Demétrio, seu maior fã era um homem. Alana mapeou cerca de 30 grupos que faziam referência direta ao Ladrão de Corpos. E, ao cruzar as informações, notou que Herbert Ramos estava não apenas presente em todos eles, mas parecia uma espécie de líder. Era ele quem puxava boa parte das discussões e publicava ativamente nas páginas.

Alana pediu para entrar em cinco grupos que eram fechados. Confirmou sua suspeita: Herbert era o mediador das páginas e administrador desses grupos também. Ela não pôde deixar de reparar na frase marcada como destaque no próprio perfil pessoal dele, que dizia: "Tudo, aliás, é a ponta de um mistério, inclusive os fatos. Ou a ausência deles. Duvida? Quando nada acontece, há um milagre que não estamos vendo".

Ela conhecia a frase de Guimarães Rosa. E ficou ainda mais tentada a descobrir quem era esse homem que idolatrava Demétrio e postava, em meio à sua devoção, frases enigmáticas. Não era nenhuma especialista, mas observou que, muito provavelmente, pelo que viu nas redes sociais e após a conversa com o psiquiatra, Herbert se enquadraria na hibristofilia.

Depois de buscar o máximo de informações disponíveis sobre ele, finalmente encontrou três fotos. Apesar de publicar com certa constância, seu perfil era basicamente a alternância de frases e vídeos de outras pessoas sobre diferentes assuntos, sendo que, no máximo, Herbert inseria um texto seu para reforçar a ideia ou complementar o conteúdo repostado.

As três imagens eram de épocas diferentes, a julgar pelas roupas e referências no fundo das imagens. Ainda assim, suas características eram inconfundíveis. Desde jovem, ele tinha olheiras profundas e bem marcadas. Essas áreas escurecidas embaixo dos olhos conferiam ao seu rosto um aspecto de doente. Seu nariz era desproporcional ao tamanho do seu rosto largo; era impossível não perceber que parecia faltar espaço para o ar entrar e sair das pequenas vias achatadas. Era um nariz minúsculo em um rosto grande. Ele, nas três imagens, estava visivelmente acima do peso e com o cabelo liso milimetricamente dividido ao meio.

Para além das características físicas, era possível identificar outros pontos que também chamavam a atenção. Ele não sorria em nenhuma das fotos; seu semblante era de uma pessoa carrancuda. E, embora em situações e lugares diferentes, estava sempre sozinho, sem qualquer vestígio de outras pessoas por perto.

Alana desviou o olhar das imagens que estavam abertas em sua tela quando ouviu o psiquiatra dizer, em tom de alerta, em sua gravação que continuava rodando, que apresentar essa preferência não significa ter alguma patologia ou que a pessoa também tenha necessariamente propensão para a violência e para cometer crimes.Instintivamente, Alana abriu uma das fotos, a mais recente, e encarou o homem por longos segundos. O que Herbert seria capaz de fazer motivado por sua obsessão? Seria ele o imitador ou apenas um fã declarado que se protegia atrás das telas? Novas perguntas surgiam em sua mente, e ela não mediria esforços para conseguir respondê-las.

23

Herbert Ramos

2003

De longe, Herbert era um cara comum. Estava longe de se enquadrar em qualquer padrão de beleza da sociedade e, talvez, justamente por isso, passava quase sempre despercebido. Dedicou-se aos estudos, trabalhava em um laboratório e, vez ou outra, se arriscava em suas próprias pesquisas.

De perto, sabia que suas predileções assustariam a maior parte das pessoas. Cursou biologia e, além do seu interesse pelos diferentes seres vivos, nutria uma admiração secreta por tudo que envolvia crimes e assassinatos, principalmente aqueles cometidos em série.

Em situações simples e corriqueiras, seu raciocínio o direcionava de forma natural rumo a imaginar como essas pessoas lidariam com os acontecimentos em seu lugar. Era um exercício que ele adorava fazer: imaginar também o inverso, o que ele faria caso fosse um dos criminosos analisados. Principalmente quando eles eram pegos, Herbert criava em sua mente diferentes planos que, segundo ele, o impediriam de ser descoberto, caso fosse ele. Assistia às entrevistas, via documentários com atenção. Quando gostava de alguma fala, voltava diversas vezes até decorar o que o *serial killer* dissera.

Criou um hobby que adorava. Sempre que possível, utilizava os produtos e aparelhos do laboratório em que trabalhava para testar algumas teorias e comprovar se tudo que lia funcionava na vida real ou era ficção. Quando suas misturas davam errado, ele ficava frustrado, principalmente porque não tinha sequer com quem reclamar ou compartilhar suas estranhas constatações. E quando dava certo, ficava eufórico. Tinha um caderno onde anotava todas essas experiências; caso precisasse um dia, teria várias fórmulas que poderia usar para ajudar a encobrir suas ações.

Na infância e adolescência, era tímido e inseguro. Na vida adulta, tornou-se cada vez mais recluso. Em uma das poucas tentativas em que houve esforço da sua parte para interagir no trabalho, aproveitou o horário de almoço e sentou-se no refeitório com mais quatro pessoas aleatórias do seu setor.

— E aí, cara, quais são as novidades? Você nunca almoça com a gente — disse, tentando puxar assunto, um dos homens sentados na mesa, quem Herbert mal sabia quem era, mas que fez questão de se mostrar receptivo.

— Acredito não ter nada de interessante para compartilhar com vocês. — Respondeu, sendo sincero, após avaliar rapidamente o pequeno grupo à sua volta, que era composto por dois homens e duas mulheres padrão. — Mas agradeço por me deixar ficar. — Complementou.— Sempre que quiser, pode sentar com a gente. — Continuou o homem simpático, que era o único a olhar Herbert de frente. Ele já havia notado o biólogo em outros momentos, sempre solitário e excluído das rodas no trabalho.Houve dois longos minutos de silêncio total na mesa. As pessoas manuseavam seus talheres e marmitas sem interagir. Herbert não sabia se deveria fazer o mesmo ou tentar uma nova possibilidade de conversa.

— Você sabia que, melhor do que água fria com sal para retirar manchas de sangue, é o uso da água oxigenada de 10 volumes? — Foi o que saiu da sua boca. Quando percebeu que todos da mesa, após sua colocação aleatória, o encaravam, ficou na dúvida se aquilo era bom ou ruim, mas resolveu concluir sua observação: — Basta aplicar direto na mancha, esperar e retirar o excesso com um pano úmido e limpo. — Complementou com naturalidade. Duas pessoas se retiraram da mesa na mesma hora, e as outras duas ficaram, incluindo o homem receptivo, observando-o de canto de olho sem dizer nada. Até que ele se levantou e desistiu de almoçar naquele dia.

Quando se olhava no espelho, odiava o que via. Tinha 1,76 de altura e estava distante do seu peso ideal, que seria 77 kg, mas não conseguia sair dos 115 kg. Odiava mais ainda o destaque que seu nariz ganhava, bem como os olhos profundos que ele mesmo dizia parecerem com olhos de cachorro carente, sem dono. Basicamente, ele se vestia com calças de tactel e blusas de algodão, e nos pés, o inseparável Adidas Hellbender. E, com a sua nova fascinação, inseria aos poucos no guarda-roupas peças e acessórios camuflados ou na cor verde militar.

Naquele ano, além do foco em seu universo peculiar, estava obcecado com a Guerra no Iraque, que teve início em março de 2003. Começou a comprar revistas e jornais que faziam a ampla cobertura sobre a guerra e passou a entender mais sobre armas e munições. O seu gosto atípico por livros, filmes VHS, fitas cassete e recortes de jornais com temas de mortes e investigação criminal nunca fora compartilhado com ninguém. Nas raras vezes em que deixava a mãe entrar no quarto para limpá-lo, dizia que eram materiais para pesquisas e trabalhos da escola e depois do curso superior.

Ainda estava na faculdade em 1993, ano em que o Ladrão de Corpos se tornou novamente assunto recorrente nas primeiras páginas. Era novo em 1983 e, na época, deu pouca atenção à saga do Ladrão. No campus e já consciente do seu gosto mórbido, assim que as primeiras notícias saíram, Herbert se manteve atento e interessado. Não era sempre que um dos seus ganhava destaque, afinal, não era todo dia que surgia um criminoso dessa magnitude no Brasil. Pensar assim o aproximava, de certa forma, de pessoas como Demétrio e o fazia se sentir menos isolado no mundo.

Por mais que eles nunca tivessem se encontrado ou trocado cartas, o fato de o Ladrão de Corpos ser inteligente, misterioso e macabro deixava Herbert genuinamente empolgado. Uma empolgação que provocava nele uma admiração diferente.

Ainda em 1993, em meio a uma discussão sobre o Ladrão de Corpos, assunto que estava na boca do povo, conseguiu identificar facilmente outras pessoas que pensavam como ele. Talvez não em todo o seu extremismo, mas que buscavam entender quem estava por trás de tudo aquilo, sua motivação, sua petulância por driblar instituições e certamente rir da cara da sociedade sem que ao menos as pessoas soubessem quem ele era.

Não demorou muito para que esse grupo se tornasse próximo. Enquanto todos estavam na faculdade, os encontros eram realizados uma vez por semana no próprio campus. Depois, à medida que se formaram e suas rotinas mudaram, passaram a se ver uma vez por mês. Nesses encontros, falavam sobre assuntos que estavam em evidência nas páginas policiais. Gostavam de discutir como o crime poderia ser feito de outras formas, o que e como cada um faria, inclusive se fosse pego pela polícia.

Além de ser um grupo fechado, onde outros participantes só ingressavam com a indicação de um membro antigo, ainda eram realizados testes com os pretendentes, que só eram aprovados quando comprovavam que sua mente e ideias eram compatíveis com as do grupo. Formaram uma espécie de comunidade mórbida. Ali, todos que participavam não tinham medo de expor suas opiniões, crueldade e até mesmo indiferença pela dor alheia. Com eles, Herbert se sentia protegido e não era visto como um ser estranho.

Em 2003, quando Demétrio foi preso, Herbert se tornou ainda mais aficionado por ele e por sua história. Apenas com a prisão, a identidade do Ladrão foi revelada. Começou então a escrever cartas, chegou a enviar três para o presídio, mas nunca soube se elas chegaram até o Ladrão de Corpos, que logo tirou a própria vida. Gostava de pensar que Demétrio as havia lido e que ele sabia que tinha deixado um legado, fãs, admiradores.

Na época, foram muitas as especulações sobre o porquê de Demétrio roubar corpos. Ele mesmo nunca se manifestou, e seu mistério foi enterrado junto com ele. Kalina também nunca deu uma declaração oficial ou indícios de que soubesse o que motivava o marido. Durante os anos que se seguiram, por mais que Herbert se interessasse por um ou outro criminoso, sua fixação ainda era o Ladrão de Corpos.

Sentia-se indignado por mais ninguém comentar sobre o assunto. Os 27 corpos roubados confirmados por Demétrio nunca foram encontrados, e parecia que ninguém mais se importava com isso. Mas Herbert não tinha esquecido, pelo contrário. Em 2007, quando o Facebook chegou ao Brasil, foi finalmente convencido a criar um perfil. Ele havia se cansado de ouvir os amigos do grupo, desde a época do Orkut, relatarem como isso poderia ser benéfico para eles. Começou a usar a rede para ampliar os seus contatos e a abrangência deles, que até então existia apenas no mundo real e de forma limitada.

Com as possibilidades do universo digital que se apresentavam para ele, a sensação de impunidade e anonimato se tornou ainda mais forte dentro de Herbert. Atrás de uma máquina, poderia ser quem ele quisesse, sem que isso interferisse em sua vida. Sem ter que encarar ninguém de frente, sem ter que fugir ou se esconder. Conectado à internet, ele tinha acesso ao mundo, no escuro do seu quarto.

Tornou-se ativo nas redes sociais, à medida que elas iam aparecendo no país, e, com o número crescente de pedidos para participar dos grupos fechados, perdeu o controle que tinha dos integrantes, passando a aceitar as pessoas sem saber quem eram de fato. Acreditava que isso não era um problema, afinal, quem estava ali sabia o que ia encontrar e que estaria seguro. No fundo, achava incrível o número cada vez maior de pessoas como ele, tentando se encontrar. Eles eram cúmplices, se defendiam, se apoiavam. Se compreendiam.

No digital, acreditava que tinha centenas de amigos, de semelhantes. Na realidade, tornava-se cada vez mais solitário e metódico. Para aumentar sua privacidade, mudou-se da casa da mãe, e o contato entre eles era cada vez mais espaçado. Ia de casa para o trabalho e se limitava a contatar outros profissionais, quando necessário, apenas para cumprir com suas obrigações. Trabalhava por necessidade, precisava manter seus vícios e pagar a internet.

Preferia acreditar que não tinha interesse por romances românticos, tinha vergonha do próprio corpo, e sua dedicação era integral à sua causa. Havia muito trabalho a ser feito. Demétrio não seria esquecido. Herbert se encarregaria disso.

24

Vulcão Adormecido

2023

Quando Alana bateu a campainha da casa de Herbert, ele estava concentrado em seus dois monitores de 21,5 polegadas e demorou um pouco para ter certeza de que alguém realmente estava do lado de fora da sua residência em pleno sábado à tarde. Não costumava receber visitas, e poucas pessoas sabiam o seu endereço. Ainda desconfiado, abriu parcialmente o portão manual e analisou a jornalista com certa curiosidade, de canto de olho.

Alana não sabia o que ia encontrar e muito menos se seria recebida por ele. Conseguiu o endereço, mais uma vez com a ajuda de Roger, e optou por não telefonar antes, caso tivesse uma negativa. Assim, poderia tentar pessoalmente uma abertura. O dia estava especialmente quente, naquele momento fazia 35 graus, e Herbert transpirava em excesso, de uma forma que dava para ver sua camisa colada ao corpo, molhada. Alana preferiu, ainda assim, realizar a visita de calça jeans e uma blusa social de botões branca. Estava com o cabelo preso, o que não foi suficiente para evitar o suor na nuca e embaixo dos braços.

Os dois permaneceram calados por alguns segundos, até que Alana se apresentou de forma cadenciada, após esboçar um leve e forçado sorriso de canto de boca.

— Olá, Herbert — disse, o reconhecendo das fotos. — Eu gostaria de falar rapidamente com você. Meu nome é Alana, você ainda não me conhece...

Antes de continuar sua apresentação, foi interrompida por ele.

— Te conheço, sim, da televisão — respondeu com certa rispidez na voz, que não pôde deixar de ser notada por ela, que não esperava essa intervenção e demonstração prévia de insatisfação com a sua presença logo de cara. Definitivamente, ela não estava dando sorte com as suas últimas visitas que havia feito.

— Ok. Então você sabe que sou jornalista. Eu gostaria...

Mais uma vez, não concluiu sua frase como planejou. Herbert abriu um pouco mais o portão, o suficiente para encará-la de frente, enquanto tentava enxugar com a palma da mão o suor da testa que insistia em escorrer.

— O que você quer de mim? Por que está aqui? — perguntou, reforçando sua postura de defesa, mantendo o olhar fixo e a cabeça levemente erguida. Ele a encarava de cima para baixo.

— Prometo que nossa conversa será rápida, não vou tomar seu tempo. Só preciso esclarecer algumas coisas com você — apressou-se em dizer, com medo de ele fechar o portão na sua cara.

Ele a fitou por alguns segundos, deixando seus olhos percorrerem todo o corpo de Alana, sem pressa. Seu olhar profundo e arredio provocou um arrepio nela, que a invadiu e causou um breve mal-estar. Sentiu-se desnuda. Agora era ela que não sabia mais se deveria estar ali.

Justamente pelo fato de ir até a casa de um homem, sozinha, não quis se vestir de forma mais confortável, usar uma bermuda ou vestido, o que fazia muito mais sentido naquele clima abafado. Achava um absurdo ter que pensar nisso antes de sair, mas preferia evitar qualquer tipo de constrangimento, exatamente como o que estava passando agora.

Enquanto aguardava a resposta dele, de forma mecânica, desviou o olhar e soltou o comentário mais aleatório e clichê que poderia, com o intuito de tentar desviar a atenção dele. — Que calor! Vindo para cá, vi que os termômetros estão marcando 35 graus, com sensação térmica de 38.

— Entra. Já que veio até aqui, fala logo o que você quer — respondeu finalmente, demonstrando zero interesse pela condição meteorológica. Saiu da frente do pequeno portão para que ela pudesse passar. Não disse mais nada, e Alana apenas o seguiu também em silêncio.

Entraram na sala e, com o indicador esquerdo funcionando como uma bússola, ele mostrou a Alana uma poltrona surrada para se sentar. A casa era muito simples, visivelmente pequena e pouco arrumada. Havia sacos de salgadinhos vazios e um prato com restos de pizza esparramados em cima da pequena mesa de MDF. Com receio de ser interpretada por ele como intrometida, apenas sentou-se, cruzou as pernas e evitou ao máximo olhar para qualquer parte da residência. Ela cogitou pedir a ele um copo de água, mas preferiu não estender sua visita ali mais do que o necessário.

— E então? Vai ficar calada? O que você disse mesmo? Que queria esclarecer alguma coisa comigo? Não faço ideia do que pode ser. — Ele se sentou em uma poltrona maior, igualmente deteriorada pelo tempo e uso. Fez questão de demonstrar sua impaciência não apenas com o que disse, mas soltou em seguida um suspiro longo.

A cabeça de Alana estava a mil. Ela não se sentia segura naquele lugar, não teria como pedir ajuda para Roger ou qualquer outra pessoa se precisasse. Ao mesmo tempo e na mesma proporção do seu medo, sentia que precisava ir até o final. Teria que pagar para ver.

— Estou investigando o caso do Ladrão de Corpos — respondeu, sem hesitação na voz.

Embora soubesse que Alana trabalhava em um programa de investigação e cobria crimes, por ter visto algumas de suas reportagens no passado recente, Herbert foi pego de surpresa. Demorou algum tempo para assimilar a frase, que pareceu um soco no estômago dele. Como ela o havia associado a Demétrio? Como conseguiu o seu endereço? O que Alana sabia sobre ele? Todas essas perguntas passaram pela cabeça dele em fração de segundos.

Herbert sentiu um medo inédito. Talvez a sensação de liberdade e anonimato que sempre acreditou ter nas redes sociais não fossem tão confiáveis assim. Tentou manter a postura agressiva. Sabia que se vacilasse dali em diante naquela conversa, se tornaria investigado. Primeiro por Alana e depois certamente pela polícia. Jornalistas sempre atrapalhavam seus ídolos. Precisava se manter no controle da situação e de si mesmo. Tentou mais uma vez conter o suor da testa, que parecia ter aumentado.

— E o que eu tenho a ver com isso? Continuo sem entender a sua visita. Não faz o menor sentido uma jornalista aqui em casa.

— Herbert, se você já me conhece, sabe que sou boa no que faço. Acredito que podemos pular essa parte e irmos direto ao assunto. Eu sei que você é o administrador de páginas que contêm verdadeira devoção ao Demétrio. Se, sozinha, cheguei até aqui, você é inteligente o suficiente para pressupor que a polícia provavelmente também chegará. Veja então essa visita como uma oportunidade real para você explicar algumas coisas. Além disso, caso realmente não tenha nada a ver com o caso, como mencionou, não será um problema qualquer tipo de investigação, correto?

— Alguma coisa a ver com o caso? Você só pode ser maluca. Como eu teria algum envolvimento? Nem sequer conheci Demétrio!

Alana não tinha certeza se havia ultrapassado algum limite, mas um novo arrepio, dessa vez mais insistente, tornou a dominá-la. Herbert escutou atentamente cada palavra. À medida que ela o confrontava de forma segura e com respaldo, ele ia ficando com o rosto cada vez mais vermelho e os olhos esbugalhados. Abaixou a cabeça, que foi suportada pelos braços posicionados em cima das pernas. Ele parecia refletir sobre tudo que escutara. Esfregou o rosto com força, três vezes.

— Desde quando ter grupos no Facebook ou publicar minha opinião na internet é crime? O fato de eu ser o administrador ou falar sobre o Demétrio não me torna um criminoso ou suspeito de nada, seja lá o que estiver na sua cabeça. Ninguém do grupo está fazendo nada de errado. — Esboçou uma reação.

— Não necessariamente. Mas alguns pontos da sua relação com toda essa história chamam a atenção. Por exemplo, o fato de, mesmo após a morte de Demétrio, você manter os grupos ativos. Por mais que eu acredite em coincidências, todos esses corpos que foram encontrados agora...

Mais uma vez, ele a interrompeu. Mas dessa vez levantou-se bruscamente e recuperou as forças e o ímpeto agressivo de uma forma inesperada. Aproximou-se o máximo que pode de Alana, que recuou assustada, descruzou as pernas e se encolheu na poltrona. Com os braços, cada um em uma lateral da poltrona e o seu próprio corpo na frente do dela, deixou claro que a dominava, pelo menos fisicamente.

— Olha só, sua jornalistazinha de merda, se você acha que vai entrar na minha casa e me acusar de coisas que eu não fiz e sair ilesa daqui, está muito enganada, sua idiota. Quem você pensa que é, hem?

O rosto de Herbert estava totalmente vermelho, os olhos pareciam querer saltar das órbitas oculares. Sem muito pensar, Alana tentou pegar o seu celular, que estava no bolso da frente da calça jeans. Nesse momento, percebendo a sua intenção, Herbert retirou o aparelho das mãos dela e o arremessou para longe, no sentido do portão e saída da casa. Ambos puderam ouvir o aparelho cair no chão e se desmontar.

A porta da sala permanecia aberta. Alana cogitou gritar, mas temeu tornar a situação ainda pior. Na verdade, acuada, não conseguia pronunciar sequer uma palavra. Sentiu-se totalmente vulnerável, não tinha o que fazer. Estava à mercê do temperamento e agressividade de Herbert.

— Presta bastante atenção, porque eu vou te falar apenas uma vez. Esquece essa história! Não conte para ninguém que você esteve aqui e pare de pesquisar meu grupo, se quiser continuar viva.

— Não tenho medo de você. — Sem entender por que ainda o tinha confrontado, arrependeu-se logo depois que essas palavras saíram da sua boca. A sua voz estava trêmula, e o seu intuito era o de tentar intimidar o seu opressor. A tática não funcionou.

— Mas deveria ter. Vamos lá, Alana! Você vai mesmo insistir nisso? O recado foi dado, e talvez você seja mais estúpida do que eu pensava. Esquece que eu existo, sua vagabunda, ou o próximo corpo a ser encontrado será o seu. Some da minha casa! — disse, enfurecido, saindo praticamente de cima dela, deixando a saída livre.

Alana se levantou o mais rápido que pôde. Suas pernas estavam tremendo, mas ainda assim conseguiu se equilibrar no sapato anabela. Recolheu as duas partes do seu celular, que se havia aberto, e que estavam no caminho. Atravessou o portão sem olhar para trás. Estava ofegante, e seu coração disparado. Nunca havia passado por nada parecido.

Jogou as partes do aparelho desmontado dentro do seu carro, que estava estacionado na porta da casa, arrancou de primeira e esqueceu de passar a segunda marcha. Os vizinhos que, por ventura, estivessem vendo aquela cena, com toda certeza notariam que aquela conversa não terminara bem. Alana só queria sair dali.

A alguns quarteirões de distância e sentindo-se segura, precisou parar o carro. Ligou o pisca-alerta e tentou retomar o controle da sua respiração. Todo seu corpo tremia. O suor de antes dera lugar a um corpo gélido e pálido. Abriu os botões de cima da camisa social, precisava respirar, estava sufocada. Não teve muito tempo para se recuperar; os carros que desviavam dela começaram a buzinar, impacientes.

Engoliu o choro e soltou o ar preso nos pulmões. Deu seta para a esquerda e seguiu caminho. Não percebeu que, parado a poucos metros de distância dela, dentro de um carro, um homem todo de preto e com o rosto coberto por um capuz a observava. Assim que ela arrancou, ele a seguiu.

25

Realidade forjada

Cinco dias após o encontro com Herbert, Alana estava mais confiante de novo. Não que o medo a tivesse abandonado. As ameaças dele e os conselhos em forma de alerta de Kalina a fizeram refletir. Não era nada agradável sentir-se pressionada como estava sendo e muito menos constatar que o seu trabalho e suas escolhas individuais se tornaram perigosos em um nível que Alana jamais imaginou experimentar.

Com os últimos acontecimentos, a jornalista passou a lembrar ainda mais do pai, com a intensidade que há tempos não acontecia. Talvez o fato de se sentir desprotegida e em risco iminente fosse algo próximo ao sentimento que ele e tantas outras pessoas e famílias viveram e precisaram enfrentar dia após dia no período da ditadura militar.

No caso dela, quando exposta ao medo extremo, travou. Não conseguia parar de pensar em como os jornalistas foram corajosos em uma fase em que eram perseguidos, vigiados, intimidados constantemente e, ainda assim, continuavam o seu ofício com convicção e entrega. Admirou ainda mais os que não se acovardaram diante da luta.

Na época da faculdade, e ainda jovem, Alana chegou a enfrentar alguns percalços impostos pela ditadura, mas nada que a fizesse sentir na pele a materialização do medo. Sempre que tinha acesso a algum relato dos sobreviventes ou se recordava da censura e do clima inóspito da época, sentia que havia sido poupada das grandes mazelas.

Nos primeiros dois dias, teve pesadelos com Herbert e acordou assustada, sentindo o peso do corpo dele em cima do seu. Preferiu não contar tudo a Roger, sabia que o namorado se preocupava com ela e não gostaria de perder a liberdade de continuar sua investigação do seu jeito, nos seus termos. Roger já tinha coisas demais com que se preocupar; se dependesse dela, não estaria no topo da lista dele.

De forma acanhada, no terceiro dia, começou a retomar o seu trabalho e pesquisas. Por precaução, saiu dos grupos que havia pedido permissão para participar, não antes de tirar dezenas de prints de tudo que viu ali. Imaginou que Herbert não seria capaz de apagar as postagens que formavam o histórico de anos de devoção. E quis, sendo estratégica, dar um recado, sugerindo que não continuaria com suas pesquisas em relação a ele ou Demétrio.

Em um ponto, ela concordava veementemente com Herbert. Se dependesse dela, nunca mais gostaria de vê-lo. Herbert, provavelmente, seria um problema para a polícia resolver, e Alana queria distância dele. Cogitou contar o ocorrido para Martim, mas sabia que ele, assim como Roger, ficaria no seu pé, por isso também recuou.

Ao retomar a rotina, abriu uma velha pasta que guardava em uma caixa de papelão e ficava escondida no guarda-roupas do seu quarto, no fundo e no alto. Era para, toda vez que abrisse a porta, não se deparar com ela porque, além de alguns pertences pessoais do passado, essa caixa reunia matérias assinadas pelo pai e jornais antigos que, de alguma forma, o aproximavam dela. Sentiu uma vontade imensa de abri-la, o que não acontecia com frequência. Por isso, sentou-se no chão do quarto e esparramou o que retirou do interior. Quase tudo estava devidamente plastificado, e o que não era de papel, em sacolas próprias, para tentar impedir a ação natural do tempo e o acúmulo de poeira.

Ficou algumas horas perdida ali, em meio às lembranças. Os risos fracos eram de saudade, não de dor. Logo focou no que foi buscar na caixa: os materiais que faziam alusão à ditadura militar capturaram sua atenção. Releu tudo que tinha sobre o assunto, e, quanto mais se abastecia, mais sentia sua força interior voltar. Sentiu-se amparada.

Era como se cada uma das pessoas que passaram por aquilo estivesse ao seu lado, dizendo a ela que a luta não tinha acabado. Nunca ia acabar. A liberdade exige coragem diária, enfrentamento sem descanso. Sempre seria necessário amplificar essa voz, lutar pelos direitos e dignidade humana, apoiar a justiça com respaldo dos fatos.

Segurou em suas mãos algumas folhas avulsas que foram impressas por ela em 2019, quando a Universa UOL, uma plataforma online voltada para o público feminino, publicou no dia 27 de março uma matéria contendo sete histórias chocantes de mulheres que foram torturadas na ditadura. Três delas foram relidas por Alana duas vezes. Não era apenas para relembrar, era para agir. Para nunca esquecer.

"Zuzu AngelUma das estilistas mais importantes do Brasil, Zuzu Angel virou referência não só na moda. Seu filho, Stuart Angel, era militante do MR-8 (Movimento Revolucionário 8 de Outubro) e foi sequestrado por agentes da repressão em 1971. Seu corpo nunca foi encontrado. Zuzu passou a vida lutando para que pudesse encontrar Stuart.

Em 14 de abril de 1976, Zuzu morreu, após seu carro ter sido encurralado e capotado na saída do Túnel Dois Irmãos, no Rio de Janeiro. Logo levantou-se a hipótese de ter sido uma emboscada para matá-la. Um ano antes, a estilista tinha deixado uma carta a Chico Buarque e outros amigos, dizendo: 'Se algo vier a acontecer comigo, se eu aparecer morta, por acidente, assalto ou qualquer outro meio, terá sido obra dos mesmos assassinos do meu amado filho'.

O relatório da CNV, em 2014, chegou à conclusão de que a morte de Zuzu Angel não foi um acidente, e que houve envolvimento dos militares. O túnel onde ela morreu foi renomeado para Túnel Zuzu Angel."

"Míriam LeitãoA jornalista Míriam Leitão foi presa em dezembro de 1972. Ex-militante do PCdoB, ela revelou, em 2014, as torturas que sofreu no quartel do Exército de Vila Velha, no Espírito Santo, em depoimento ao Observatório da Imprensa. Míriam contou que tinha 19 anos e estava grávida de um mês quando foi capturada. Ela ficou presa em uma cela escura, completamente nua, com uma jiboia à solta; levava tapas, chutes e socos durante os interrogatórios; ficou sem comer por dias e foi ameaçada de estupro diversas vezes. Os soldados soltavam pastores alemães perto dela e gritavam a palavra 'terrorista' para que eles ficassem enraivecidos e ameaçassem atacar a jornalista. Ela foi solta em 1973."

"Amelinha TelesMaria Amélia de Almeida Teles, a Amelinha, foi torturada juntamente com o marido, a irmã e os dois filhos durante a ditadura. O coronel Carlos Alberto Brilhante Ustra foi seu torturador, e ela era constantemente agredida por ele na frente dos filhos. Entre as torturas, Amelinha relatou à CNV que passou pelo pau-de-arara, levou choques no corpo inteiro, apanhou de palmatória e sofreu violência sexual. Seus filhos eram levados para vê-la nua, cheia de sangue e urina. A família Teles ganhou, em primeira instância, uma ação contra o coronel Ustra pelos crimes que sofreu, fazendo com que ele fosse o primeiro a ser reconhecido como torturador, em 2008."

Embora não faça sentido comparar traumas ou julgá-los como maiores ou menores, ao final da leitura, Alana voltou a acreditar que precisava continuar, não podia ceder às intimidações. Deixar essa história de lado não era uma opção. Não àquela altura do campeonato e por tudo que já havia descoberto. Era por ela, mas também, de certa forma, para honrar todos os que vieram antes dela e não sucumbiram. E, com toda certeza, muitos jornalistas mundo afora continuavam sofrendo ameaças e retaliações. Alana não era exceção e provavelmente não seria a última vez que passaria por aquilo.

26

Enquanto se arrumava para sair, percebeu como o seu trabalho e a TV eram importantes para ela. Foi tomada pela sensação de ter feito as escolhas certas. Sabia que, ao não abrir mão de aparecer na TV, de viajar, namorar, optar por não ter filhos, sair para beber sozinha ou acompanhada e morar sozinha, inspirava outras centenas, milhares de mulheres que ela sequer conhecia. Gostou da ideia de pensar que sua luta também era maior do que ela mesma, assim como foi com o seu pai.

Esforçou-se para manter o foco na maquiagem; aquele dia prometia muitas emoções. Mandou uma mensagem de texto para Roger informando que estava de saída, rumo à coletiva de imprensa marcada pelo delegado Martim e que se encontraria com a equipe direto no local. Não queria passar antes na sede da TV. Estava concentrada e inquieta ao mesmo tempo. Resolveu sair logo de casa para ver se sua ansiedade diminuía.

Quando desceu do carro, se assustou com a quantidade de pessoas e veículos de imprensa no local. Demorou um pouco para conseguir acessar a entrada principal da delegacia. Quando conseguiu finalmente entrar, notou aproximadamente 30 cadeiras posicionadas para receber os jornalistas no pátio. Pelo visto, a assessoria da polícia também subestimou a quantidade de pessoas que estariam ali naquela manhã. Os primeiros logo se acomodaram, mas a grande maioria estava em pé, e nos fundos, no sentido oposto ao onde estavam posicionados o banner da polícia e o microfone para pronunciamento, vários cinegrafistas disputavam espaço com suas câmeras ligadas.

Assim que Martim chegou, um silêncio sincronizado tomou o ambiente. Era impressionante como sua presença impunha respeito e ordem sem grandes esforços. Nesse momento, foi possível escutar apenas os movimentos das câmeras, páginas de bloquinhos sendo manuseadas e algumas pessoas que respiravam de forma mais intensa. Alana estava na terceira fileira de cadeiras e conseguia ter uma visão direta do delegado. Embora Martim fosse realmente bom em esconder suas expressões, talvez Alana tivesse sorte de pegar algo para além de suas palavras, que eram cirúrgicas e calculadas.

Como sempre, ele estava impecável, alinhado. Mas a jornalista notou também que sua postura tensa, testa enrugada e tentativa de desviar o olhar para não focar em ninguém que estava ali reforçava a ideia de que o delegado teria um desafio pela frente que, no mínimo, o incomodava profundamente. Alana se perguntou se esse desconforto seria por causa do caso e tudo que ele teria que revelar ou dos jornalistas por si só.

Com a atenção de todos, o delegado começou repassando alguns avisos gerais. O mais importante era que, após a revelação das descobertas até o momento, não haveria espaço para perguntas. Segundo ele, eram muitas informações e seria mais produtivo repassar tudo que a polícia já sabia do que discutir sobre as provas encontradas.

Alana e os demais profissionais ali sabiam que, nas entrelinhas, estava o fato de que essa era uma estratégia utilizada principalmente quando as investigações não haviam sido concluídas e, principalmente, para evitar que o porta-voz caísse em contradições ou deixasse alguma informação escapar fora da hora.

Martim começou a falar e, à medida que ia pontuando as informações, era perceptível a cara de espanto e surpresa da maioria das pessoas. De fato, poucos jornalistas haviam atrelado as histórias, e quando o delegado disse que 30 corpos identificados foram roubados entre 1983 e 2003 por Demétrio, precisou conter os ânimos na sala pela primeira vez. Da mesma forma que o silêncio inicial se instaurou, houve uma agitação natural das pessoas que pareciam não acreditar naquele enredo.

No caso de Alana, que já sabia quase tudo que o delegado expôs, a novidade era a confirmação de que realmente foram 30, e não 27 corpos atribuídos ao Ladrão. Dez corpos a cada década.

— Silêncio! Eu não vou continuar enquanto não houver condição de falar sem precisar gritar — disse Martim, exaltado.

— Mas, delegado, como isso é possível? E os outros 20? Estamos lidando então com um imitador, um novo criminoso contemporâneo que agiu durante 20 anos seguindo a cartilha de Demétrio? — Eram tantas as perguntas que o delegado sequer conseguia identificar se vinham do auditório improvisado ou de alguém do fundo. Ignorou todas.

— Posso continuar, ou vocês não querem saber o que mais temos de informações para repassar? — Foi incisivo, demonstrando que, caso o alvoroço continuasse, a coletiva corria sério risco de terminar pela metade.

Depois de controlada a euforia, Martim disse que, ao final, os jornalistas teriam acesso aos nomes de todos os 50 corpos que já haviam sido identificados. Agradeceu ainda a mobilização da polícia e os demais órgãos envolvidos para realizar a identificação em tempo recorde. Sabia da quantidade enorme de profissionais necessários para que esta ação fosse concluída como aconteceu.

Continuou então seguindo sua linha de raciocínio e lógica, e falou sobre a questão da retirada dos ossos, principalmente costelas, e da confirmação de que o pó branco encontrado no sítio era, em sua maior parte, medula óssea triturada. Nesse momento, a cara de espanto só não era mais evidente do que a de curiosidade dos jornalistas. Cochichavam entre si; realmente não dava para interromper Martim.

O delegado informou que não havia respostas para todas as perguntas que ele sabia que estavam na cabeça deles. Lembrou ainda que a polícia estava seguindo algumas linhas de investigação para descobrir quem foi responsável pelo roubo dos outros 20 corpos, após a prisão e suicídio de Demétrio. Reforçou que todo o seu time estava empenhado e, segundo ele, avançando de forma satisfatória.

Embora ainda não soubessem por quê, assim como o Ladrão de Corpos, essa outra pessoa também triturava os ossos e os transformava em frascos que eram armazenados no sítio, se não em sua totalidade, pelo menos grande parte do que era extraído. Ainda sobre fatos constatados, excluiu qualquer possibilidade de tráfico de órgãos, produção de outras substâncias ou até mesmo fertilizante orgânico que serve para nutrir plantas e aumentar a fertilidade do solo. O estudo da terra do local também passou por análise minuciosa.

— Quem usava o local sabia perfeitamente o que estava fazendo. Não conseguimos coletar nenhuma impressão digital na casa, frascos ou ferramentas utilizadas. E essa pessoa não se ateve a esconder apenas as atividades escusas que eram realizadas lá. O sítio era alugado e mudou de locatário diversas vezes. Muito provavelmente eram laranjas utilizados justamente para dificultar a rápida identificação de quem está por trás dos atos lá cometidos e que de fato frequentava o local — Martim soltou um breve pigarro e continuou embalado.

— Em relação aos próximos passos, não vou detalhar aqui abertamente as nossas estratégias e ações que serão executadas. Como puderam perceber, talvez este caso seja um dos maiores da história do país e requeira cautela extrema. Neste momento, estamos trabalhando para tentar achar possíveis vínculos entre os corpos roubados. Ainda existem muitas pontas soltas, mas talvez as novas análises que estão sendo realizadas em paralelo, nos corpos e frascos, possam nos fornecer novas pistas e maior compreensão em relação ao caso como um todo — informou, com aparente exaustão.

Por fim, o delegado, praticamente já sem voz, lembrou que agora eles teriam acesso aos nomes dos corpos identificados e que, à medida que as famílias se manifestassem, seria possível também tentar entender se havia alguma relação entre essas pessoas e seus respectivos desaparecimentos.

Para encerrar, enquanto a lista impressa com 50 nomes começou a circular entre os presentes através de cópias desse material, Martim complementou:

— E para os que estavam ansiosos, chegou o momento de vocês contribuírem. Conto com a divulgação em massa para chegar às famílias o quanto antes. Precisamos unir forças. Este não é um caso comum e vai exigir de todos nós dedicação.

Assim que recebeu a sua cópia da relação de nomes, Alana notou que estavam distribuídos em ordem alfabética. Sequer conseguiu avançar até a letra B. Chegou a conferir três vezes para se certificar de que não havia sido enganada por seus olhos ou mente. Talvez tudo aquilo estivesse mexendo mais com ela do que seu subconsciente gostaria. Respirou fundo e concentrou-se novamente na lista. Não havia dúvida. Não havia erro. Um dos primeiros nomes listados era Antônio Andrade, seu pai.

O mundo à sua volta desapareceu instantaneamente. Ela não ouvia ou enxergava mais nada. Teve o ímpeto de levantar-se e sair dali, em uma reação automática do próprio corpo, que passou a comandar a mente. Esbarrou desajeitada em duas ou três pessoas e atravessou a porta de entrada sem falar com ninguém. Caminhou alguns metros; faltou-lhe fôlego.

O equilíbrio também não estava mais presente. A tontura a dominou por completo. Precisou apoiar se no muro de uma residência para não cair. Forçou novos passos, arrastados; precisava se afastar da multidão. Sem se preocupar se estava sendo observada por alguém ou não, desabou.

Alana estava se contorcendo, em uma espécie de tentativa de suportar o peso do próprio corpo. Queria gritar, correr, sumir. Mas só tinha forças para chorar. Cada lágrima era pesada demais. Eram gotas de desespero, angústia, renúncia, abandono e solidão. Estava atônita; por alguns minutos, permaneceu totalmente desorientada.

Finalmente, ela saberia o que houve com o pai, e esse encontro com a verdade, no qual se baseou toda a sua jornada e buscas, conscientes ou não, a assustava mais do que confortava. Sua intuição estava certa. E agora ela entendia por que aquele caso era também seu e mudaria a sua vida de forma definitiva.

27

A sensação era de ter recebido um soco no estômago. Mas não era um golpe comum. Esse era avassalador. Era para dentro, abriu um buraco, expôs suas entranhas, tudo que Alana tentou esconder durante a sua vida. Pouco mais de 30 minutos haviam se passado desde a constatação do nome do pai na lista, e uma ideia latente tomou a condução dos seus pensamentos já um pouco mais organizados: como aquilo era possível?

Pensou também se todas as pessoas que recebiam a notícia da morte de um ente querido experimentavam algo parecido com aquele aperto intenso no peito, nó no estômago e falta de ar sufocante que estava sentindo. No caso de Alana, era como se tivesse tido o pai arrancado dela de novo.

Ela já vivia com a ausência; agora precisava lidar com a concretização da morte. Esperou tanto por aquela confirmação que, quando a recebeu, se deu conta de que nunca esteve pronta para passar por isso.

Sua mente estava à beira de um colapso, mas seu corpo não reagia. Continuava na mesma posição desajustada na calçada. Sentiu o celular vibrando insistentemente. Imaginava quem era; apesar da tela do visor estar totalmente trincada depois do arremesso de longa distância de

Herbert, o aparelho ainda estava funcionando. Alana, em um gesto pouco cuidadoso, o retirou do bolso da calça e não quis atender Roger.

Ele, que havia acompanhado a coletiva em tempo real da sede da TV, talvez fosse o único que conseguia imaginar como ela poderia estar naquele momento. Ainda assim, recusou as chamadas dele, que parou de insistir alguns minutos depois.

Forçou-se a ficar em pé; seu corpo rígido deu sinais de que seria capaz novamente de sustentar seu próprio peso e que ela teria condições de ir embora dali sem a ajuda de alguém. Não era o momento de esvanecer. Sua força motora e vital tivera origem e impulso no sentimento de injustiça que se sobrepôs aos demais em sua alma calejada. Sua desorientação se transformou em raiva. Seu pai não merecia aquilo. Ninguém merecia.

Recuperou o controle da mente. Mandou a primeira mensagem para uma colega jornalista de outro veículo que estava sentada perto dela na mesma fileira:

— Não me senti muito bem durante a coletiva. Saí rápido e esqueci minhas coisas, inclusive meu notebook. Consegue trazer a minha bolsa que está na cadeira próxima à sua aqui fora, por favor? — limitou-se a digitar, irritada com a tela que não aceitava os comandos de primeira.

E a conhecida não demorou a responder e entregá-la para Alana, sem muitas perguntas. Não precisava ser uma pessoa muito sensível para perceber que algo havia acontecido com ela que, embora tivesse enxugado o rosto, permanecia com os olhos vermelhos e inchados. Pela movimentação na saída, a coletiva provavelmente já estava encerrada também.

A segunda mensagem foi para Roger. Com toda certeza, ele estaria aflito, aguardando por um contato dela. Continuou digitando; não queria que ele ouvisse sua voz naquele momento.

— Não se preocupe comigo. Finalmente terei a chance de entender o meu passado. Não vou voltar para a TV; fale o que quiser para o pessoal, se alguém perguntar. Preciso continuar, Roger. Agora é também pessoal. Estou a caminho da casa de Kalina. Quando der, mando mais notícias — enviou.

Como de costume, quando não estava disposta a conversar, Alana foi objetiva e não deu a menor brecha para que Roger tentasse persuadi-la a não ir. Assim que enviou a mensagem, colocou o celular em modo avião. Devia se concentrar.

Na cabeça de Alana, mesmo que eles não a recebessem, ficaria por perto. Observaria a movimentação da mãe e do filho. Como os corpos foram identificados, os nomes divulgados e atrelados a Demétrio, seria impossível eles não sentirem o impacto.

Mais de uma hora depois e ainda mais irritada por ter que enfrentar o trânsito de São Paulo, estava finalmente próxima à residência. Em diferentes momentos da pequena viagem, chegou a dar murros no volante, como se essa ação fosse capaz de pôr para fora a raiva que a consumia por dentro.

Em silêncio absoluto e tomada por pensamentos relativamente desconexos, foi surpreendida ao perceber que estava sendo seguida por um carro que se aproximava cada vez mais do seu. Ela não saberia precisar desde quando o carro estava atrás do dela, mas quem estava no volante fez questão de mostrar a Alana que queria sua atenção.

À medida que as avançadas do carro de trás se intensificaram, Alana quis se certificar de que o problema era mesmo com ela. Sinalizou com a seta que faria uma conversão à esquerda para entrar no quarteirão da casa de Kalina, mas no sentido oposto de onde ficava a casa. Nesse momento, quando precisou reduzir para virar, o carro que a seguia acelerou e tomou a frente, cortando Alana pela direita e a fechando bruscamente logo em seguida. A freada dos dois carros foi estridente.

Com o quase acidente, o coração de Alana estava disparado. Precisou de alguns segundos para entender tudo que havia acontecido; seu carro havia desligado, e ela permanecia com as mãos firmes no volante. Quando finalmente olhou para o interior do carro fechando a sua passagem à frente, sentiu um arrepio gélido percorrer seu corpo de forma instantânea.

Darlan a encarava sem tirar os olhos dela. Seu olhar era penetrante, intimidador. Os olhos verdes se destacavam ainda mais do que o habitual; a cor parecia mais intensa, pelo menos de longe. Ele estava vestido todo de preto, e o capuz da blusa de moletom encobria praticamente todo o seu rosto, o que conferia ainda mais força ao olhar direcionado a ela. Lembrou uma pantera que só conseguia enxergar a sua presa.

Alana permaneceu sem reação. Então ele desceu do seu carro e se encaminhou para a porta do lado do passageiro do carro dela. Bateu levemente no vidro, indicando que era para ela destravar a porta. Em uma fração de segundos, Alana pensou em tentar engatar a ré e sair dali. Pensou em gritar por socorro. Mas não havia movimentação na rua do bairro residencial e afastado do centro; as residências eram espaçadas, e muitos lotes vagos podiam ser notados por ali. Então, a única ação que teve foi destravar a porta e deixar ele se sentar ao seu lado.

— Imagino que você estava indo para minha casa — constatou Darlan, sem cerimônia, dando início à conversa. Ele virou seu corpo de lado, dobrou a perna esquerda em cima do banco, de modo a ficar de frente para Alana.

— Sim. Gostaria de falar com a sua mãe ou com você — respondeu, tentando não titubear e mostrar a ele que não havia nada demais em sua intenção, que ela não era uma ameaça, diferente dele naquele momento. Alana permanecia com o olhar fixo para a frente; não conseguia olhar para ele de volta.

— Qual é o seu problema? — perguntou de forma incisiva, fitando a jornalista sem desviar o olhar.

— A polícia acabou de divulgar algumas informações e... — Alana buscava as melhores palavras para dizer que o pai do homem que a estava intimidando estava relacionado de alguma forma com crimes recentes e com o caso do pai dela.

— Foda-se. Não quero saber. Por que você não cuida da sua vida? Minha mãe não foi clara o suficiente quando esteve aqui? — perguntou de forma ríspida ao perceber que ela havia travado.

Silêncio total. Ele começou a balançar a cabeça de um lado para o outro; o sinal de negativo refletia sua indignação.

— Dos 50 corpos encontrados naquele sítio, 30 foram roubados pelo seu pai. Darlan, a ossada do meu pai foi encontrada, e, pelo que tudo indica, seu pai roubou o corpo do meu. — Quando disse isso em voz alta, Alana percebeu como tudo aquilo era absurdo.

Darlan esboçou uma risada irônica, embora meio sem jeito. Coçou o queixo. Esse foi o único momento desde o encontro dos dois que ele desviou o olhar de Alana. Concentrou-se em olhar para o vidro da frente do carro também, como se observasse o interior do seu próprio carro atravessado. Depois de outro breve período em silêncio, voltou a encarar Alana, como se estivesse pronto para continuar aquela conversa. Mas ele, nitidamente, perdeu parte da sua confiança inicial.

— Não é que depois de tanto tempo ele ainda continua fazendo estragos? — ironizou. — Então é por isso que você está indo a fundo; ele fez mal pra você também.

Alana não esperava por essa reação dele. Não sabia se deveria tentar consolar Darlan ou aproveitar a brecha dada por ele.

— Não consigo nem imaginar tudo que vocês já passaram e o que significa viver essa história de novo. — Buscou o meio do caminho entre as duas opções.

— Ninguém consegue.

— Talvez... o melhor para você e sua mãe seja...

— Você acha mesmo que consegue decidir o que é melhor ou pior pra mim e minha mãe? — interrompeu, voltando a ficar furioso.

— Desculpe, não foi isso que quis dizer. Só quero ajudar de alguma forma. Na verdade, talvez possamos nos ajudar. Como você mesmo disse, nossas histórias se cruzaram.

— Não me importo com a sua preocupação ou piedade. Você não faz a menor ideia de onde está entrando, então não venha me dizer o que devemos fazer ou sentir. — Deu de ombros. — Ajudar... você acha mesmo que isso é possível? Você está mais perdida do que todos nós. — Nesse momento, soltou um riso frouxo, sarcástico. Alana enxergou Demétrio na sua frente.

— Pode ser que esteja certo, mas te garanto que não vou sossegar enquanto não descobrir por que seu pai fazia isso e quem continuou roubando corpos e os levando para aquele sítio maldito. — Havia revolta na voz dela, e Darlan entendeu que ela não iria parar.

— Não acredito em você ou em suas boas intenções. Minha mãe sempre esteve certa... vocês são melindrosos. Jornalistas sabem o que dizer na hora certa. Você achou mesmo que chegaria aqui com esse papinho de ajuda, colocando seu pai no meio e que eu ia cair? Não sou otário, Alana. E você não deve ser tão inteligente quanto parece.

— O que tanto incomoda você e sua mãe? Por que implicaram tanto comigo e com a minha investigação? Se não devem nada, poderiam apenas conversar como pessoas civilizadas, sem ameaças ou intimidações!

Alana também já estava sem paciência; não pensou muito quando tentou desarmar Darlan, mas poderia deixá-lo ainda mais agressivo com seu questionamento.

— Vocês eram próximos? — perguntou, pegando Alana de surpresa.

— O quê?

— Você e seu pai.

— Sim, muito. Ele simplesmente nunca mais voltou pra casa e me deixou sozinha no mundo — respondeu de forma sincera, não conseguindo compreender o porquê daquela pergunta. — E eu sequer sei o que houve realmente com ele. Descobrir agora que seu corpo foi roubado deixa tudo ainda mais indigesto. Talvez você esteja certo. Estou perdida no meio de tudo isso. — Admitiu, complementando sua resposta.

— Pelo menos tem boas memórias do seu. — respondeu, categórico.

A resposta atravessada revelou uma mágoa de fácil compreensão. Mesmo 20 anos depois, o pai dele ainda era motivo de investigação policial e dor para a família. Mais do que ter um pai ausente, Darlan e a mãe precisavam enfrentar a sombra das ações dele que os atormentavam, por mais que eles tentassem fugir dela.

— Fingir que as coisas não aconteceram ou que não nos importamos com elas não torna mais fácil ou resolve nossos problemas. Você e sua mãe precisaram ser fortes novamente. Quem sabe essa não seja uma oportunidade, mesmo que torta, de consertar as coisas e encerrar de vez essa história?

— O que você quer dizer com isso?

— Confia em mim, Darlan. Tem algo que você queira me dizer? — O tom na voz de Alana era de súplica. — Consegue imaginar por que seu pai começou isso ou talvez alguém que possa ter continuado?

— Tenho sim: eu não confio em ninguém! E chega dessa conversa, já deu. Nos deixe em paz, entendeu? — Enquanto dizia essas palavras, Darlan se inclinou e aproximou seu corpo do corpo de Alana. Ela tentou não se encolher no banco; ele cresceu em espaço, parecia ter mais de 1,80.

— Ok. Só quero falar uma última vez com a sua mãe e prometo...

— Que porra! Qual é a parte do que eu acabei de dizer que você não entendeu? — perguntou, dando um murro com o punho fechado no painel do carro. Com o barulho e impacto, Alana recuou e se aproximou mais da porta do veículo, tentando manter o máximo de distância dele, como se fosse possível no espaço limitado.

— Não tem ajuda, não tem nenhuma informação aqui que você possa conseguir e que vai te ajudar a superar a perda do seu pai. Quando o que sobrou dele for liberado, faça um enterro e supere, caralho. Discordo de você, acho que podemos escolher sim o que ignorar na vida pra seguir adiante. É você que está presa ao passado e não percebe o quanto isso te consome. Pobre jornalista traumatizada! Você não acha que já está passando da hora de tocar a sua vida? Olha pra você. Eu e minha mãe escolhemos seguir nossas vidas, independentemente do que aquele homem fez conosco e com outras pessoas. E é justamente por isso que não vou deixar você ou qualquer outra pessoa machucarem ela novamente. Eu não sou culpado, minha mãe não é e você também não. Então chega!

O desabafo de Darlan era legítimo e fez com que Alana questionasse suas convicções e postura. Talvez ele estivesse certo em relação ao que disse. E, principalmente, ela se deu conta de que a sua dor era dela e que não dava direito a ela de mexer nas feridas de outras pessoas que decidiram curar as suas próprias de outra forma.

Alana apenas assentiu e concordou com a cabeça, indicando que finalmente havia entendido a mensagem. Ele a encarou uma última vez, não disse mais nada, e saiu do carro batendo a porta e sem olhar para trás.

Ela o observou manobrar o carro e seguir rumo à sua casa. As palavras de Darlan surtiram efeito nela. Ela respirou fundo, secou algumas lágrimas que insistiam em cair, e seguiu rumo à sua casa também.

Enquanto fechava o carro na garagem do seu prédio e subia para o seu apartamento, remoía uma constatação. Durante toda a sua vida, ela se apegou ao que aconteceu com ela e o pai e fez dos seus dias uma eterna busca com o objetivo de suprir o seu vazio interior. Sem aquela história, quem era ela? Alana não encontrou uma resposta.

Sem perceber, havia criado uma obsessão pelo sumiço do pai e um fantasma de si mesma.

28

Cicatrizes ocupam espaço

Assim que chegou em casa, Darlan se deparou com a mãe vidrada no jornal local. As informações divulgadas por Martim estavam em todos os canais, cada um relatava a seu modo, e com um foco, as descobertas. Mas todos, sem exceção, enfatizavam a relação entre o presente e o passado, resgatando a história do Ladrão de Corpos. Ela sequer ouviu o barulho do portão abrir e o carro de Darlan entrar.

Quando notou a presença do filho na sala, em pé atrás do sofá onde estava, não hesitou e desligou a TV.

— Oi, querido, não vi você chegando. Demorou na rua, está tudo bem? — perguntou de forma afetuosa, tentando buscar o olhar do filho. Darlan deu a volta e se sentou ao lado dela.

— Mãe, não precisa mais fazer isso — respondeu, segurando as mãos dela com carinho. Eles se encararam de frente, sentados no sofá e com as mãos firmes, um segurando as do outro.

— Fazer o que, filho?— Tentar me proteger, como sempre fez. Não sou mais uma criança, eu sei tudo que está acontecendo e que eles vão vir atrás da gente, de novo.

— Darlan, ninguém vai te machucar. Eu prometo. Já passamos por isso uma vez, vamos superar tudo isso juntos.

— Nos machucar. A senhora acha que eu não sei como essa história dele te afeta? Não precisa mais se fazer de durona, mãe. Quer saber, agora sou eu que vou te proteger. Antes eu não tinha muito o que fazer, era um garoto. Agora tenho — disse, demonstrando consciência e empatia.

— Não sei o que isso significa, mas não quero que se preocupe com bobagens. Daqui a pouco esse povo arruma outro assunto para preencher as cabeças vazias e se esquecem de novo da gente, você vai ver. — respondeu, tentando deixar a conversa mais leve.

— Significa que você não precisa fazer tudo sozinha. Que eu estou aqui, que sou um homem e que você pode contar comigo.

— Em momentos bons e em dias ruins, lembra? — brincou, fazendo referência ao que sempre diziam um para o outro quando enfrentavam qualquer situação desconfortável.

— Eu nunca duvidei disso, filho. Sempre fomos nós dois, não é mesmo? E isso nunca vai mudar. Ninguém vai tirar isso da gente.

Eles não precisavam dizer mais nada, não era necessário. Sabiam que os tempos eram outros, mas o sentimento era o mesmo. Seriam novamente vítimas de Demétrio. Dessa vez, motivado por instinto ou pelo próprio medo, Darlan sentiu-se na obrigação de reforçar que cresceu e estava pronto para lidar com os fantasmas do passado.

No seu íntimo, só queria ver a mãe bem e segura. Ele era o único que sempre esteve ao seu lado. Não era igual ao seu pai, cresceu ouvindo isso. Sem o amparo e as orientações da mãe, não saberia dizer o que teria se tornado. Gostava de pensar que, de alguma forma, também fazia bem para ela. Não mediria esforços para agradá-la. Era o mínimo que podia fazer em forma de retribuição por tudo.

Kali, por sua vez, gostou da atitude do filho. Tinha total clareza de que ela era o alicerce da casa. Sua autonomia e ordens nunca foram um problema para Darlan. Ainda assim, não era ruim saber que seu filho reconhecia sua dedicação.

Depois de Demétrio, Kalina sequer cogitou se casar novamente. Continuou tocando os negócios em um ritmo cada vez mais desacelerado, tinha bens e aplicações que lhe rendiam a manutenção do seu estilo de vida com folga, e se empenhou a criar o filho, que se tornou seu maior companheiro na vida.

Quando tinha vontade, recorria a um ou dois números de homens que podia acionar e que não lhe cobravam qualquer tipo de envolvimento emocional. Aprendeu a satisfazer seus desejos da forma mais discreta que conseguiu. Não queria uma terceira pessoa na sua rotina. Não acreditava mais em romance, apenas em interesses que eram explícitos ou velados.

Entendia, de forma consciente, que as primeiras escolhas dela os levaram até aquele momento. Chegou a brincar em algumas ocasiões com o filho que ela poderia ter escolhido um pai melhor para ele, mas que, sem Demétrio, não teria o seu maior amor, Darlan. Ambos sabiam que, assim como toda brincadeira, havia um fundo de verdade.

Kali aprendeu cedo a integralizar-se ao caos. Não tentava mais fugir dele. Adaptar-se às situações mais complexas e desafiadoras era com ela mesmo. Tornou-se fria, distante, blindada dos seus próprios sentimentos. Criou mecanismos para se defender e proteger o filho. Eles tinham sido marcados e certos rastros não somem com o tempo; em alguns casos, superam a própria finitude da vida. Eles eram a prova viva de que o passado não pode ser apagado e que, vez ou outra, batia à porta.

Embora a realidade atual não fosse a ideal, eles tinham um ao outro. E estavam prontos para enfrentar quem fosse preciso. Darlan contou que havia afastado Alana, mas era uma questão de tempo ter que falar com a polícia e se esquivar dos outros jornalistas que não demorariam a encontrar a casa deles.

Por mais que eles tentassem se privar do mundo lá fora, essa opção não existia para aquela família. Kali só conseguia pensar que teria que refazer alguns planos, talvez recalcular algumas rotas. Eles precisavam seguir. Independentemente do preço que precisariam pagar dessa vez.

29

— E agora, como vai ser, Demétrio? Você tem noção do que a sua prisão significa para a nossa família? — indagou Kali, sentada de frente para o marido que parecia disperso. Eles estavam na pequena sala de visitas do presídio, que nada mais tinha além de uma mesa de ferro média, enferrujada, e quatro cadeiras do mesmo material, igualmente sem manutenção.

— Como sempre foi. Continue a viver a sua vida. Você nunca precisou de mim, Kalina, por que esse drama agora? — perguntou com desdém, enquanto girava levemente os braços presos a algemas, buscando uma posição mais confortável para os punhos e confirmando para ela que faltava a ele noção real dos acontecimentos.

— Você lembra que tem um filho de 11 anos? — perguntou, indignada.

— O moleque vai sobreviver. Ele nem vai entender tudo isso mesmo. Para de ser louca. — Deu de ombros, agora posicionando as mãos em cima da mesa, o que parecia ser a melhor posição encontrada, apoiando as algemas na mesa.

— Agora talvez não, mas e quando ele ficar mais velho? Você não imagina como tem sido desde a sua prisão. Sério, Demétrio, como você pôde...

— Como eu pude o quê? Fazer tudo isso ou ser pego? — retrucou com ironia. O sorriso fácil no rosto dele a deixou enfurecida.

— Você ainda consegue fazer piada disso tudo? Você não passa de um filho da puta egoísta. Sempre foi assim, não tinha como esperar algo que fosse diferente de um cara narcisista como você — disse, sem conseguir controlar as palavras que saíram da sua boca.

— Olha só, finalmente a verdadeira Kalina dizendo o que pensa.

— Vai se foder, seu idiota! Estúpido!

— Chega de show, mulher. O que você quer? Fala logo e não enche meu saco. — Nesse momento, Demétrio inclinou o corpo em direção a ela e a encarou com o semblante sério pela primeira vez naquela conversa. Ela devolveu a encarada, mas permaneceu calada. Então ele continuou.

— Já sei, que a polícia sinta pena da pobre mãe abandonada e esposa do Ladrão de Corpos, o criminoso mais procurado nos últimos anos? Eu te conheço, Kalina, melhor do que ninguém. Se a sua preocupação real é o Darlan, temos uma boa reserva de dinheiro; se ele não lidar bem com tudo isso, procura uma psicóloga boa pra ele. O dinheiro compra tudo, com certeza vai consertar a cabeça do seu filhinho.

— Nosso filho! Esse é o problema. Como eu queria voltar no tempo e nunca ter te conhecido.

— Tem certeza disso? — Deu um meio sorriso de canto. — Eu te dei a vida que sempre desejou. Com emoção, intensidade. Você não é uma mulher que aceitaria menos que isso, não é mesmo?

— Não sei o que se passa nessa sua mente distorcida. Mas não vou alimentar seu ego doentio. Quer que eu dê entrevistas dizendo que você era um marido exemplar e um pai dedicado? Vou fazer o oposto disso. Ninguém nunca vai escutar uma palavra da minha boca sobre você.

No que depender de mim, vou te apagar da nossa história. Sabe, preciso confessar que me conforta saber que você vai apodrecer aqui nessa cadeia.

— Do que você tem medo? Que ele seja como eu?

— Nunca mais repita isso. Ele nunca será como você. Nunca.

— Tá vendo, eu sempre sou o insensível, a má influência, o vilão da história! Você veio aqui e sequer perguntou como estou. Esse é o ponto, não se preocupa comigo faz tempo, você me abandonou muito antes de eu deixar vocês.

O contato das algemas com a superfície da mesa, enquanto ele se comunicava também com a agitação do próprio corpo, produzia um barulho maior do que era o ideal naquela situação. O policial que estava do lado de fora da sala e acompanhava Demétrio entrou e pediu para eles acalmarem os ânimos ou a visita seria encerrada antes do tempo. Ambos se ajeitaram nas cadeiras, respiraram, indicando ter entendido que precisavam conter suas emoções à flor da pele.

— Não venha tentar me culpar, Demétrio. Seus jogos psicológicos e com as palavras não me atingem mais. — disse Kali, balançando a cabeça de um lado para o outro, reforçando sua negativa, mas com a voz baixa. — Quer saber? Eu realmente não me importo com você. — Encheu a boca para falar. E continuou. — Fez suas escolhas e agora, finalmente, talvez tenha tempo e espaço para refletir sobre elas. Você foi capaz de fazer tantas coisas, Demétrio, será que consegue assumir, pelo menos uma vez, a responsabilidade por seus atos? Olha onde você está, acorda!

Eles ficaram calados, se evitando por alguns segundos. Não se reconheciam mais. Não existia o mínimo de afeto ou respeito entre eles. Apenas contas para acertar.

— Não há mais o que eu possa fazer. — Levantou os braços, destacando as algemas, demonstrando ter entendido o recado. — Mais do que nunca, agora você está no comando — disse Demétrio, retomando

o controle da sua voz e aparente sobriedade, parando de movimentar as mãos algemadas.

Ela o fitou, apenas fazendo movimentos lentos e ritmados com as mãos massageando as têmporas. Parecia precisar pensar sobre o que fazer. Então ele continuou, seguindo o lastro do sopro de lucidez repentino que o invadiu.

— Crie o nosso filho da melhor forma que você conseguir. Mas não tem como blindá-lo dessa merda toda. Tudo que foi feito até aqui, não tem volta.

— Eu sei qual é o meu papel e, diferente de você, não precisa me ensinar a ser mãe. Não vou trazê-lo aqui na prisão para ver você, pelo menos por enquanto. E vou tornar espaçadas as minhas visitas também. Não quero chamar mais a atenção da mídia ou da própria polícia. Acho que assim vai ser melhor para ele e para mim — refletiu Kali em voz alta.

— Não precisa vir mais aqui. Segue a sua vida. Cuide do Darlan. Faça o que precisa ser feito.

Kalina acordou assustada e com o coração acelerado no meio da madrugada. Pegou a garrafa de água que costumava deixar ao lado da cama, tomou um gole. Havia demorado para pegar no sono naquela noite e percebeu que não teria um sono reparador tão cedo. Mais do que isso, na verdade, sabia que aquele era o início de um pesadelo que precisaria enfrentar acordada.

A lembrança da última conversa com Demétrio, antes do suicídio, a fez refletir por longos minutos de insônia. Deitada em sua cama e no completo escuro do quarto, ela permaneceu, sem tentar forçar o sono que, nessa altura, não dava o menor sinal de querer se sobrepor aos seus pensamentos. A ausência de luz no quarto clareou a sua mente. Ela sabia o que precisava fazer.

30
Jogo de cartas marcadas

Todos estavam olhando na mesma direção. Pela primeira vez, desde que os corpos foram encontrados no sítio, a sociedade civil, jornalistas e investigadores seguiam pela mesma estrada desconhecida e cheia de perguntas sem respostas. Esse era o assunto do momento; não se falava em outra coisa. Assim como aconteceu a partir da década de 80, os brasileiros oscilavam entre a curiosidade e o assombro que esse caso representava. E agora, com um agravante: quem seria o imitador?

Quatro dias após o encontro com Darlan, Alana ainda estava confusa. Cogitou, depois de tudo que ouviu e viveu desde o início da cobertura em Macatuba, pedir para sair do caso. Ela sabia que, se levantasse essa bola na redação, ninguém iria se opor. Pelo contrário, até quem não a conhecia bem ou convivia com ela seria capaz de perceber que a jornalista não estava no seu melhor momento e que tudo aquilo mexia profundamente com ela. Apenas Roger sabia da identificação do corpo de Antônio. Além de companheiro, era também seu cúmplice no trabalho.

Internamente, havia uma luta que ela achou melhor não compartilhar com ninguém. Em momentos como o que viveu em sua casa ao abrir a caixa de recordações, sentia-se motivada, certa de que precisava continuar. Em outros, como o que viveu com Herbert, Darlan e Kalina, via suas convicções se esvaírem na mesma velocidade que suas ambições.

E agora, sabendo que uma das ossadas era do seu pai, pendia para o lado de que não tinha o direito de deixar essa história pela metade. Não seria justo com os dois. Geralmente, o seu lado racional predominava, mas, de uma forma inquieta e desgastante, neste caso em específico, Alana se via tentada a permanecer. A mergulhar, mesmo com a sensação de nunca alcançar o fundo.

Por ora, decidiu que iria continuar a trabalhar e que tentaria, como a maior parte dos profissionais, não se envolver demasiadamente com o caso. Sabia que não conseguiria ficar à margem, apenas acompanhando o desenrolar dos fatos, mas entendia também que era necessário ter cautela. Não procuraria mais ninguém, muito menos sozinha.

Na redação, Alana tentava juntar as peças. Precisava escrever pelo menos um artigo sobre o caso até agora. Estava atrasada e travada; escrevia e apagava as primeiras linhas que esboçava no documento do Word que, no final, permanecia em branco. Antes de gravar, era preciso estruturar a notícia, e esse conteúdo era editado e publicado também nas redes sociais e no portal da emissora, que contava com um número cada vez mais limitado de profissionais que precisavam se desdobrar para alimentar todas as redes e não ficar para trás em relação aos concorrentes, que também faziam o mesmo.

Os veículos de comunicação, através dos seus editores e investidores, sabem quando surfar uma onda e mais ainda como extrair dela o máximo de resultados e retornos possíveis. Mais visibilidade era igual a acessos, repercussão, patrocínios e lucro. E, no caso dos 50 corpos, nem era preciso muito esforço. As pessoas estavam ávidas por conteúdos, matérias, opiniões, análises de especialistas, entrevistas com familiares — tudo gerava engajamento orgânico.

Alana só não sabia o que gostaria de destacar. Eram tantas camadas, tanta turbulência, que até mesmo o raciocínio mais simples podia ser comprometido. Diferente do Word em branco, seu bloco de notas, inseparável, estava com quase todas as páginas preenchidas com suas ideias, esboços de raciocínios e teorias não concluídas. Ali, ela não precisava medir as palavras, desenvolver uma sequência lógica e muito menos se importar com a coerência dos seus pensamentos soltos e ambíguos.

Quando acessou as primeiras anotações, chegando rapidamente às últimas, se deu conta de que devia a si mesma essa conclusão. Não era mais sobre o pai, mas sobre ela e a vontade crescente de virar a página de vez. Decidiu que não permitiria mais que o passado e seus traumas continuassem a guiar sua vida. Darlan estava certo; precisava, de uma vez por todas, abandonar sua obsessão.

Para isso, era necessário obter um fechamento digno e conclusivo. Depois deste caso e de finalmente se despedir do pai, iria seguir novos rumos e explorar um universo desconhecido. Por sorte, quem sabe, descobrir quem era ela sem a sombra do passado. Mesmo não sabendo o que a aguardava no futuro próximo, sentiu-se um pouco mais animada com a possibilidade de recomeçar sem amarras.

— Alana, precisa de ajuda para escrever sua parte? — A voz da colega de trabalho a trouxe de volta à realidade e à redação.

— Oi, obrigada. Já estou quase concluindo o texto e já mando pra vocês — respondeu, fechando o notebook à sua frente para que a outra jornalista não notasse que não havia sequer uma frase escrita.

— Ok, ótimo. Os conteúdos serão complementares, como temos feito. Vamos subir tudo hoje ainda para publicar na sequência.

— Sem problema. Assim que eu finalizar o texto, gravo também o off para vocês usarem — pontuou, indicando estar ciente do que precisava fazer.

— Excelente. Se precisar de algo, é só chamar aqui do lado. Todo mundo tem se ajudado; este caso é gigante — reforçou, levantando a mão direita e balançando a cabeça de forma descontraída para chamar a atenção de Alana. A jornalista solidária ocupava outra estação de trabalho, mas na mesma mesa cheia de divisórias com pequena separação entre os profissionais, a poucos metros de Alana.

— Sim, gigante até demais. Bom, vamos trabalhar — se limitou a dizer, esboçando um sorriso fraco digno daqueles que estão encrencados e têm pouco tempo para arrumar uma solução.

Não queria mais provocar, mesmo que não fosse esse o seu objetivo, Darlan e muito menos Herbert. Achou prudente não escrever sobre o Ladrão de Corpos. Optou, então, em falar sobre o imitador. Fosse quem fosse, estava solto e, no momento, era uma das maiores incógnitas que conectava os roubos do passado e do presente.

Desenvolveu seus argumentos para mostrar como crimes que ganham repercussão podem ser reproduzidos por imitação ou contágio. Nesse caso em específico, se tratava de um admirador que ainda era secreto, uma peça solta, o que inclusive o permitiu ficar à margem e agir sem maiores dificuldades por duas décadas.

Construiu seu conteúdo em cima da pesquisa que fez sobre "O Efeito Imitador ou Copycat Effect", uma teoria que envolve crimes violentos. Segundo esta vertente, informações sensacionalistas e a superexposição dos casos teriam influência em alguns ataques futuros. Reforçou em seu texto que existem dois conceitos ao se tratar da repetição de crimes: a imitação e o contágio.

"A imitação, como o próprio nome sugere, nada mais é do que um mecanismo de repetição de um comportamento, que se aplica também ao comportamento criminoso. Mas relatar esses casos com riqueza de informações não significa necessariamente que vai inspirar

ou influenciar qualquer pessoa que tenha acesso e não tenha propensão a esse tipo de ação."

Alana usou como base pesquisas e entrevistas de profissionais que reforçam o fato de que boa parte das pessoas não vai simplesmente imitar atos violentos que são divulgados nos meios de comunicação de forma gratuita. Sua intenção não era minimizar a responsabilidade da mídia em coberturas desse gênero ou de profissionais que não entendem o poder que têm em mãos ao divulgar seus conteúdos, muitas vezes de forma irresponsável e nada empática.

Particularmente, ela acreditava que falar a respeito de acontecimentos violentos com ética, imparcialidade e mostrar o que aconteceu sem sensacionalismo, respeitando os limites, os envolvidos e as famílias, tende a surtir um efeito contrário na grande maioria das pessoas e que vai de encontro à reprovação das ações do criminoso.

E até mesmo pode servir de alerta para que não se permita chegar a novos extremos, seja ele qual for. Existem psicopatas que, conscientes do distúrbio da personalidade antissocial, buscam ajuda e são capazes de viver sem causar danos a outras pessoas. Em seu íntimo, era o que Alana queria acreditar. Por mais que tivesse acesso direto à escória da humanidade por causa do seu trabalho. Encarar de frente não era o caminho mais fácil para abordar assuntos delicados, mas sempre o mais indicado.

"Já o contágio, é uma ação que se replica em massa, mas que não é o caso do Ladrão de Corpos. Mesmo que neste caso tenha ocorrido mais de um acontecimento nas últimas décadas, não pode ser caracterizado como sendo um fenômeno de massa." Com essa linha dorsal, o texto fluiu. Concluiu o seu trabalho e entregou tudo antes do prazo final.

31

Roger acompanhou a concentração de Alana sem interferir. Enviou uma mensagem dizendo que a esperaria no café de costume para conversarem.

— Esqueceu de novo o nosso aniversário — disse Roger, sem meias palavras.

— Caramba! Perdão, é que essas últimas semanas... — Tentou se justificar, já percebendo que não seria possível fazê-lo.

— Ano passado você esqueceu também. Sempre uma história do momento que te abduz — brincou, mas seu semblante permanecia sério.

— Essa não é uma simples história para mim.

— E é isso que me assusta mais. Não quero ser insensível, Alana. Mas você não percebe o quanto tudo isso te consome. Por mais que não admita, os casos que trabalhou sempre diziam respeito a você. Essa sua busca incessante, como se alguém ou alguma resposta fosse resolver milagrosamente os seus problemas. E agora? Com a identificação do seu pai, qual será a sua desculpa?

— Eu sei o quanto estou em falta com você. Não precisa pegar tão pesado. Prometo que vou te compensar. Só preciso finalizar este caso, Roger.

— Não prometa o que a gente sabe que não vai cumprir.

— Eu estou tentando, tá legal? Sei que tenho sido uma namorada ausente, mas tenho muita coisa para administrar e estou dando o meu melhor.

— Exato. Tudo na vida é uma questão de prioridade, Alana. E eu não sou uma das suas — retrucou, evidenciando o seu desânimo.

— Ei, não desiste de mim. Não agora — devolveu na defensiva. Percebeu que Roger estava tão exausto quanto ela. A diferença é que a exaustão dele era fruto da insistência dela.

— Eu quero estar com você. Mas só com você, entende? Essa história não precisa de você para ser concluída. Isso vai acontecer; a polícia está empenhada, tem muitos interesses envolvidos. Então só me escuta, pelo menos uma vez.

— Você tem razão — se limitou a dizer, para encerrar o assunto e deixá-lo mais tranquilo. Ela disse o que ele precisava ouvir.

— Você não está sozinha, Alana, nunca esteve. Só precisa olhar para o lado certo para perceber que tem um homem que te ama e deseja se aproximar mais de você — brincou, fazendo referência com as mãos para o lado direito, onde ele estava. — Vamos dormir juntos essa noite?

— Prefiro deixar para o final de semana, se estiver de acordo. Tenho tido noites agitadas; acho que vou dormir melhor sozinha e na minha cama.

— Pelo menos dessa vez você me deu a chance de discordar. Apesar de não me dar muitas alternativas — os dois riram espontaneamente. Roger continuou: — Ok, vai descansar então. Vou pensar em algo especial para o nosso final de semana. Quem sabe uma viagem breve pelo Estado mesmo? Assim conseguiríamos desligar do trabalho — sugeriu com esperança.

— Pode ser. Vamos pensar nas possibilidades — retribuiu, entendendo que ele só a deixaria ir embora se houvesse a chance de passarem mais tempo juntos em breve.

Assim que chegou em casa, Alana fez o oposto do combinado. Era mais forte que ela. Tomou um banho e foi direto para o quarto ao lado do seu. Quem tivesse a chance de entrar em seu apartamento, mais especificamente no quarto destinado às visitas, se surpreenderia com o mosaico cuidadosamente construído na parede lateral do cômodo.

Alana dedicou algumas madrugadas e todas as suas horas vagas para construí-lo. As pequenas peças, representadas por símbolos ou fotos das pessoas envolvidas, se conectavam por linhas de lã coloridas que representavam suas suposições. Havia conexão direta entre Demétrio, Herbert e Darlan. Mais do que isso, em diferentes caminhos traçados pela jornalista, eles acabavam se cruzando.

A foto de Kalina estava um pouco mais distante. Alana não conseguia ainda vislumbrar como a ex-mulher se encaixava na história. Assim como as imagens retiradas da internet dos frascos encontrados e ossos triturados. Ela inseriu uma grande interrogação que se destacava perto da folha colada com a lista dos nomes dos últimos 20 corpos encontrados.

Na TV, alguns profissionais foram designados para investigar se existia alguma relação entre as pessoas que sumiram em décadas diferentes; não podiam ficar com os braços cruzados esperando o tempo da polícia. Nada neste sentido havia se confirmado. Pelo que tudo indicava, os corpos eram roubados de forma totalmente aleatória. Talvez seguisse algum ritual ou cronologia dos Ladrões de Corpos, mas ainda assim, a conexão entre eles era inexistente. O que fez Alana focar em outros pontos.

Para que Roger não tivesse a chance de encontrar no segundo quarto do apartamento a decoração comprometedora, Alana, nos raros dias em que dormiam juntos nos últimos tempos, ia para a casa dele. Ele não questionava; além de gostar de estar com a namorada, se sentia melhor por estar perto e poder, inclusive, se sentir mais útil. Roger sabia que ela não estava bem como fazia esforço para parecer, e o seu medo era que ela desabasse de vez. Por isso, precisava estar por perto. Na primeira oportunidade, talvez no final de semana, voltaria a tocar no assunto de terapia com ela. Não conseguia compreender a resistência dela de voltar a ter acompanhamento de um profissional.

Diferente do que Roger imaginava que fosse acontecer, após a descoberta da identificação do seu pai, Alana não falou sobre esse assunto. Se limitou a dizer que aguardaria a liberação da ossada para realizar um enterro e despedida digna. Ele não quis mais perguntar. Sabia que, quando ela estivesse pronta, falaria sobre. E sabia também que ela precisava de ajuda.

Enquanto se enfurnava mais uma noite no quarto de hóspedes, lembrou que precisava arrumar a sua casa, lavar algumas roupas e se alimentar melhor. Desde que passou a se dedicar ao seu mosaico e pesquisas fora do expediente de trabalho, a limpeza do apartamento e o cuidado com as suas roupas ou qualquer outra coisa passaram a ser preocupações secundárias. Amanhã pensaria nisso.

Com uma taça de vinho na mão e meia garrafa da bebida, Alana estava pronta para tornar a sua madrugada mais interessante. Recorreu às anotações e à gravação que fez durante a entrevista com o psiquiatra novamente. De frente para o mosaico, sentou no tapete do chão e, ao redor dela, estavam papéis avulsos e seu notebook. O que estava na sua frente e que ela ainda não tinha visto?

Quanto mais se aprofundava e lia sobre hibristofilia, mais a figura excêntrica de Herbert se encaixava. Ficou imaginando se ele fazia parte do grupo daqueles que romantizam essa relação entre admirador e criminoso. Ela leu que, no geral, quem se enquadra nessa subdivisão considera que a falta de amor foi o estímulo para o crime, e que o amor deles fará com que a pessoa se regenere. Quando chegou nessa última parte, desconsiderou sua primeira suposição. Herbert não parecia querer que Demétrio se regenerasse; pelo contrário, ele enaltecia sua conduta criminosa.

Continuou a ler o artigo que o psiquiatra havia indicado a ela e descobriu que existe também o grupo que se excita por estar com alguém, ou ter certa proximidade, que transgride o que a maioria, enquanto sociedade, suporta. E isso gera para elas um tipo de agitação, estímulos. Conseguiu visualizar Herbert neste grupo.

Por fim, quando estava terminando sua leitura e a garrafa de vinho, refletiu sobre a existência de um terceiro grupo, em que, de cara, Alana achou difícil Herbert se encaixar: o dos admiradores que buscam fama. Quando se trata de um criminoso notório, muitas vezes essas pessoas acabam conquistando fama distorcida por tabela, se tornando também objeto de notícia midiática e inclusive fonte para matérias. Enquanto dava os últimos goles, lembrou com facilidade de casos assim; agora conseguia entender por que alguém gostaria de vincular seu nome ou imagem à de um infrator.

Alana tentou encontrar o perfil de Herbert nas redes sociais para ver se tinha alguma atualização e se surpreendeu ao ver que ele havia deletado ou, pelo menos, desativado sua página pessoal. Foi tomada pelas lembranças do único e, a depender dela, último encontro com ele.

Tratou de tentar focar na voz do psiquiatra que era reproduzida para afastar a repulsa ao que viveu. *"É preciso considerar também que pessoas assim podem simplesmente se identificar com esse criminoso, alguém que está fazendo aquilo que ela mesma gostaria de fazer. Por isso existem duas categorias de hibristofilia: passiva e ativa. A primeira se refere à pessoa que vai atrás do criminoso na intenção de apenas manter um relacionamento. Já a ativa é quando a pessoa passa a também cometer os crimes ao lado do companheiro"*, ecoou a voz gravada do médico no quarto silencioso e na cabeça de Alana.

Estava absorta em seus pensamentos quando sua campainha tocou. Olhou para o relógio, que marcava 2h48, e estranhou mais ainda o fato de o porteiro deixar qualquer pessoa que fosse subir sem avisar. Levantou-se, receosa, e caminhou até a porta de entrada do seu apartamento na ponta dos pés. Olhou através do olho mágico e não viu ninguém.

Permaneceu com a porta trancada, embora o sentimento de segurança não existisse. Olhou para baixo e viu um envelope amarelo com o seu nome escrito à mão que fora jogado embaixo da porta. O "Para dona Alana, 807, bloco B" revelava a caligrafia do porteiro do prédio, que ela já conhecia de outras correspondências, o que justificava o fato de ninguém ter sido comunicado.

Abriu o envelope e retirou uma folha de papel A4. As frases eram formadas por letras recortadas de jornais e revistas. O que não permitia a identificação da letra do remetente ou um posterior exame para tentar capturar digitais. Quem fez aquilo sabia como manter o material livre de vestígios.

"Tenho as respostas que você procura. Me encontre hoje à noite no sítio em Macatuba, às 19 horas. Chegou o momento de você saber toda a verdade. Não conte a ninguém sobre esse encontro e vá sozinha. Estou de olho em você; não coloque tudo a perder. Caso tome a decisão errada, você nunca mais terá a chance de descobrir o que aconteceu com o seu pai."

Alana leu o bilhete algumas vezes. Quem o enviara sabia onde ela morava e sobre o seu passado. Havia muitas mensagens subliminares em poucas linhas. As palavras certas foram escolhidas. Escolher o sítio como ponto de encontro tornava tudo ainda mais interligado. Ela só conseguia se fixar nas frases "saber toda a verdade" e "descobrir o que aconteceu com o seu pai".

Com o dia quase amanhecendo, finalmente largou o papel em cima da mesa na sala e foi dormir. Precisava descansar para pegar a estrada sozinha dali a algumas horas. Enquanto fechava os olhos e se ajeitava na cama, torceu para que o cheiro que exalava naquele lugar estivesse melhor. Qual daquelas era a cova do seu pai? Foi o seu último pensamento antes de ser vencida pelo cansaço.

32

Pouco antes das 19h, o carro de Alana já estava posicionado na entrada do sítio. À noite e sozinha, aquele lugar parecia ainda mais assombroso. Quando saiu da capital para pegar a estrada, notou uma queda de temperatura considerável. Olhou para o banco de trás e agradeceu por ter mantido a blusa de frio ali, que sempre a salvava em situações inesperadas. Provavelmente por causa da agitação da decisão que tomou de ir encontrar com alguém naqueles moldes, não sentiu frio antes, nem medo. Apenas foi.

Preferiu não pensar, para não desistir. Focou em tentar não quebrar o carro no meio do caminho. Arrependeu-se por ter um carro alto. O modelo 2022, hatch 1.6, atendia suas necessidades na cidade, mas em uma estrada como aquela, deixou, e muito, a desejar. Na primeira vez que esteve ali, Alana não se deu conta de como o percurso, principalmente nos quilômetros finais, era tortuoso, sem estrutura e com pouca sinalização.

Além de não estar na direção, a van da TV certamente absorveu os impactos. Os buracos na estrada de terra seriam capazes de engolir pneus de aros menores que os de 17 com facilidade. Mentalmente, elogiou o motorista da TV que fez o trajeto sem reclamar. E sem se perder. O sinal era péssimo, e confiar apenas no Waze não era a melhor opção. Ela seguiu as poucas placas que havia e torceu muito para não ir parar em algum outro lugar do qual sequer saberia voltar.

Assim que parou no local combinado, sentiu uma sensação ruim, que era maior do que a de alívio por ter chegado. Preferia acreditar que nada mais era do que a combinação de uma noite fria, um lugar afastado da civilização, escuro e, claro, o fato de que estava prestes a se encontrar com alguém que lhe prometia revelações bombásticas e que ela não fazia a menor ideia de quem era. Não tinha como seu corpo reagir de forma diferente.

Buscou com os olhos algum sinal de que havia mais alguém ali. Não dava para enxergar muito, apenas o que o farol do carro conseguia iluminar. Percebeu, pontualmente às 19h, a silhueta, que mais parecia um vulto, de um homem que caminhava em sua direção. A sensação ruim e inominada aumentou.

Ele indicou, com as mãos e o auxílio de uma lanterna, que Alana descesse do carro e entrasse na propriedade a pé. A entrada principal ainda estava lacrada pela polícia; havia sinalização por toda parte. Seria impossível entrar com o carro sem que depois a polícia soubesse da visita inapropriada de alguém. Ela respirou fundo, vestiu a blusa de frio que encontrou e desceu do carro. Assim que desligou o veículo, utilizou seu celular como guia, mas a pequena lanterna do aparelho ajudou pouco diante da imensidão da escuridão predominante.

Enquanto caminhava rumo ao interior da chácara, pensou que, além de arrumar problemas sérios com a polícia se fosse pega ali, poderia arruinar a sua carreira. Por um instante, passou também pela sua cabeça que deveria pelo menos ter levado qualquer tipo de arma, mesmo que branca, mas agora já era tarde demais. Seguiu a luz maior da lanterna do outro lado da cerca.

Havia certa distância física entre os dois. Esse espaço era ocupado por uma avalanche de sensações. Não trocaram nenhuma palavra até que chegaram onde ele gostaria. Ele, na frente, com blusa de frio e galochas, parou. Estavam próximos às covas, agora vazias. Diferente do que sua memória olfativa havia registrado quando esteve ali pela primeira vez, o cheiro já era muito mais agradável. Ainda assim, ela respirava com certa dificuldade.

O silêncio só era quebrado pelo farfalhar do vento. Alana achou prudente esperar pelos comandos. Ele se revelou, tirando a toca da cabeça e direcionando a lanterna para o seu próprio corpo, de forma que a jornalista pudesse vê-lo praticamente por completo. O homem desfocado ganhou forma. E ela, um arrependimento instantâneo. A cena ficou ainda mais pitoresca quando ele passou a se divertir com a situação. Acendia e apagava a lanterna próximo ao seu rosto, de baixo para cima, e era só o que Alana conseguia ver na completa escuridão do sítio.

— Como as pessoas são presas fáceis, é inacreditável! Basta fazer promessas estúpidas e pronto, viram verdadeiros fantoches! Olha só você, veio correndo até mim — disse o homem em meio a um acesso de riso e de muita satisfação.

Alana permanecia petrificada na mesma posição. Já havia compreendido que sua decisão de estar ali era um erro. Um daqueles enormes, que talvez não tivesse volta ou como consertar.

— Não vai dizer nada? Sempre tem um argumento, se acha a dona da razão. E olha só onde você veio parar, não é hilário? — continuou, provocando. — Tenho que reconhecer, você é mesmo muito corajosa ou ingênua ao extremo. Achei que não viria. Se bem que ingenuidade não combina com uma senhora da sua idade. Sua mãe não te ensinou que não podemos confiar em estranhos?

— O que estamos fazendo aqui? Com certeza você teria formas mais interessantes para se divertir do que ficar me insultando — Alana arriscou perguntar, com os dentes semicerrados. — O que você quer? Fala logo.

— Calma. Por que a pressa? Você não vai mais sair daqui mesmo. E o que eu tinha para falar, eu já te disse. Por isso mesmo achei que você não iria aparecer aqui hoje à noite.

— Até que ponto você está metido nessa história? — Alana, quando acuada, tentava reagir atacando. Ainda assim, engoliu seco. Não tinha como demonstrar controle e segurança inexistentes.

— Pelo visto voltou a vontade de conversar e fazer suas perguntas chatas. Aliás, como você é insuportável, alguém já te disse isso? — Está louca pra saber, né? Tá bom, essa vou te dar de brinde. — Continuou seu quase monólogo. — Faço parte dessa história até onde eu escolho quem vai entrar ou sair dela. Não são todos que suplicam para ter permissão. Existe um legado que precisa ser preservado, você não acha? E claro, sempre tem alguém que tenta estragar tudo, consegue imaginar de quem estou falando? — Riu alto por longos segundos. A gargalhada dele fez eco. — No seu caso, sua participação termina aqui. — Pareceu concluir sua fala.

— O que você está dizendo? — perguntou Alana quase sem voz, e sem saber se realmente queria saber a resposta.

— Que a sua investigação, ou seja lá o que você estivesse fazendo, acaba aqui e agora. Eu te avisei para não insistir nessa história, a escolha foi sua. Me sinto zero culpado pelo que estou prestes a fazer — complementou, assumindo um novo semblante, sério e focado.

À medida que ele pronunciou as últimas palavras de forma cadenciada, deu passos curtos, se aproximando ainda mais dela. Em contrapartida, Alana andava com a mesma velocidade para trás e nem percebeu que se encaminhava, de costas, para perto de uma das covas. Em um ato de puro desespero, ela ainda tentou persuadi-lo.

— Calma, vamos conversar. Não precisa fazer isso. Aliás, só me deixa ir, eu entendi. Pego meu carro e sumo daqui e eu prometo que nunca mais toco nesse assunto. Saio da cobertura do caso e não conto para ninguém o que aconteceu aqui hoje. O que acha? Me dá só mais uma chance.

— Tarde demais. Seu bom senso demorou a aparecer. E nós dois sabemos que você ainda quer saber o que houve com o seu papaizinho. Pensa pelo lado positivo, agora vou antecipar o seu encontro com ele.

Alana não teve tempo suficiente para responder ou reagir. Sua última lembrança foi a pancada na cabeça que recebeu com a lanterna que estava nas mãos dele.

33

Quando acordou, Alana percebeu que estava dentro de uma das covas, o que a fez ter ânsia de vômito e uma pressa absurda para recobrar a consciência. Quando fez força para levantar-se, sentiu uma dor intensa na cabeça. Passou a mão esquerda na testa e no pescoço e percebeu que havia sangue misturado com terra. Provavelmente estava com um corte lateral próximo ao ouvido esquerdo; sentiu uma ardência. Depois de alguns segundos, conseguiu recuperar as forças, e sua visão não estava mais turva.

Fez o mínimo de barulho possível. Queria se levantar e sair dali sem chamar a atenção. Não sabia ainda o que tinha acontecido e muito menos se havia mais alguém ali. Pensou também que, quem a jogou na cova, pudesse achar que ela estivesse morta. Sentiu seu corpo tremer com essa ideia.

Quando saiu e se levantou, olhou para o céu. Precisava respirar ar puro. Percebeu que o dia estava clareando e foi surpreendida com um nascer do sol que contrastava com toda a morbidez daquele lugar. Deu algumas batidas leves no próprio corpo para retirar o excesso de terra e olhou para a esquerda. Não tinha ninguém. O único barulho que podia ser ouvido ali era o som dos pássaros que já haviam acordado. Olhou para a direita: nada. Nenhum vestígio de outra pessoa por ali.

Quando virou o corpo em 180 graus, congelou. Sentiu como se o seu coração tivesse parado de bater por alguns instantes. Roger estava jogado no chão, a poucos metros dela. Ela correu em sua direção e a primeira coisa que fez foi checar o pulso dele, que já não existia.

Nesse momento, ela começou a gritar por ajuda. Pediu socorro entre soluços. Agora, para o seu desespero, constatou que eles realmente estavam sozinhos no sítio.

— O que aconteceu, Roger? Fala comigo, por favor!!! Não me deixa, não me deixa — ela repetia, enquanto batia levemente no rosto dele, instintivamente, acreditando que essa ação poderia acordá-lo. — O que você veio fazer aqui? Não era para você estar aqui! O que está acontecendo? — Socorro, alguém me ajuda! — continuava gritando, e sem resposta para qualquer uma das suas perguntas.

Ficou alguns minutos debruçada sobre o corpo dele antes de pensar em tentar ligar para alguém. Percebeu que seu celular estava caído dentro da cova em que estivera; nem considerou a possibilidade de descer para pegá-lo novamente. Tateou o corpo de Roger e, com cuidado, procurou o celular do namorado, e o encontrou no bolso interno da jaqueta jeans que ele vestia.

Controlou o choro e torceu para que houvesse sinal. Ligou para a polícia e, embora a ligação não fosse limpa e estável, conseguiu falar. Tinha decorado o número da delegacia de Martim por tanto precisar ligar em outras ocasiões, mas que naquele momento havia valido o espaço e registro em sua memória. Rapidamente, depois de pronunciar as palavras mágicas — "corpo" e "sítio Macatuba" —, quem atendeu do outro lado repassou a ligação para o delegado.

— Alana, já estou a caminho. Não ligue para mais ninguém, vamos resolver isso. Que merda! — disse, tentando acalmá-la, mesmo sem entender tudo que ela tentou contar de forma afobada, e deixando escapar sua raiva no final.

— Ok. Para quem eu ligaria? Acabou, Martim... — Ela fez uma pausa necessária para continuar. — Venha o mais rápido que puder, por favor. Acho que estamos sozinhos aqui. Mas não tenho certeza de mais nada.

— Continue atenta. Se for o caso, busque algum lugar seguro para se esconder. Eu encontro você; o sítio não é grande. E vou chegar com as sirenes ligadas; se tiver alguém por aí, já vai espantar também. Não precisamos de mais problema, entendeu?

— Não me importo. Se algo acontecer comigo, só diga aos filhos do Roger que a culpa foi minha. O pai deles não vai mais voltar para casa. Ele não tinha que estar aqui. — Quando disse isso, ela não conseguiu mais controlar o choro copioso.

— Alana, já estou a caminho. Aguente firme. Sinceramente, se fosse para acontecer algo com você, muito provavelmente já teria acontecido.

Quando o delegado desligou, Alana deitou-se ao lado de Roger em posição fetal. Sabia que precisaria esperar por volta de três horas até que fosse resgatada. Ficou encarando o namorado sem vida e não conseguia acreditar que aquilo estivesse realmente acontecendo com ela. Com ele. Roger não merecia.

Em estado de choque e negação, ainda deitada na mesma posição, observou que perto de onde Roger caíra, havia sinais de uma provável luta. Descruzou os braços que seguravam suas pernas e sentou-se, analisando o cenário ao seu redor. O chão de terra estava marcado por pisadas que se misturavam e outras marcas mais longas, que indicavam que provavelmente uma pessoa arrastou outra por uma curta distância. Esses detalhes prenderam a sua atenção.

Voltou-se novamente para Roger. Com calma, observou que ele estava com um corte feito por uma faca ou algum objeto pontiagudo. Colocou suas mãos em cima do ferimento, em seu abdômen, como se sua dor fosse capaz de fechá-lo e de trazer Roger de volta. As mãos dele estavam cobertas de sangue, mas não era possível a olho nu afirmar que era seu próprio sangue ou de outra pessoa.

Ainda tinha tempo para lidar com a sua sina. Desbloqueou novamente o celular dele, cuja senha era a combinação da data de aniversário dela e dos filhos, e acessou suas últimas ligações e mensagens para tentar entender o que havia acontecido.

Não demorou a descobrir que ele havia colocado um rastreador no carro de Alana. O aplicativo ainda aberto revelava como ele chegou ali. Com o auxílio da tecnologia GPS, os dados eram recebidos via satélite. Assim, todas as informações do carro eram enviadas para ele em tempo real, mesmo com a oscilação da conexão e auxílio dos últimos registros que operavam no modo offline, o que era o caso.

Alana se sentiu ainda mais devastada. Roger foi atrás dela para tentar protegê-la. E conseguiu. Não era preciso ser nenhum perito criminal para imaginar que, caso ele não tivesse aparecido, seria o corpo dela naquela terra, sem vida. Ela só conseguia repetir em voz alta que deveria tê-lo escutado, que ele não merecia morrer daquele jeito.

Até aquele momento, ela não sabia que seria possível experimentar uma dor diferente das demais que já havia sentido. Sentiu-se culpada em um nível que Alana daria tudo para trocar de lugar com ele. Era ela que deveria estar morta.

Quando o delegado Martim e outros policiais se aproximaram da cena, só conseguiam escutar o pedido sussurrado de desculpas insistente de Alana. Ela estava com a cabeça de Roger posicionada em seu colo. Fazia carinho no rosto dele, beijava sua testa.

Martim, depois de ordenar aos policiais uma vistoria no sítio para certificar-se de que estava tudo sob controle na medida do possível, começou a tentar persuadi-la a soltá-lo para que eles pudessem trabalhar.

Quando Alana finalmente pareceu despertar do seu transe, encarou o delegado. Ela estava irreconhecível. Não apenas pela mistura de terra e sangue no seu rosto, roupas sujas e olhos inchados. Mas pelo ódio que transbordava de dentro dela.

— Precisamos pegar aquele filho da puta. Nem que seja a última coisa que eu faça nessa vida. Ele vai pagar por isso — disse com os dentes semicerrados.

— De quem você está falando, Alana? Aliás, antes de tudo, dá para me explicar que raios vocês estavam fazendo aqui e o que houve? — questionou, tentando finalmente entender o contexto básico que os levou até aquela cena.

— Vou te contar, Martim, não se preocupe. Agora eu sei quem está por trás de tudo. Como eu fui idiota e porque eu vim pra cá! Eu nunca vou me perdoar.

Nesse momento, Alana se colocou de joelhos e começou a socar o chão. Precisava tentar aliviar a sua pressão interna de alguma forma. Martim precisou contê-la. Segurou seus braços e tentou acalmá-la.

— Não adianta você se machucar, isso não vai trazê-lo de volta. — Alana, olha pra mim — disse de forma incisiva, virando o rosto dela para encontrar o seu. — Quem fez isso e, segundo você, está por trás de tudo? — perguntou, apontando para Roger no chão com uma das mãos, enquanto ainda segurava Alana com a outra.

— Herbert Ramos.

TERCEIRA PARTE

Mas que haverá com a Lua,
que sempre que a gente a olha,
é com um novo espanto?

Mario Quintana

34

Um refúgio de areia

Depois que prestou depoimento oficial na delegacia, ainda no mesmo dia do ocorrido, Alana tinha outra obrigação, e essa era ainda mais difícil. Foi até a casa da ex-esposa do namorado e precisou contar a ela e aos filhos dele o que tinha ocorrido. Pediu a Martim que a deixasse fazer isso, e ele não se opôs à solicitação. Para Alana, era o mínimo que podia fazer diante de tudo que aconteceu e do porque aconteceu.

— Eu sinto muito. Sinto tanto. Mas sei que a minha dor não é maior do que a de vocês. Se eu pudesse... — Alana não conseguiu concluir sua frase, que, em meio aos seus soluços descompassados, foi finalizada pela metade. Desde que entrou na casa, ela não conseguiu encará-los de frente, permanecia com a cabeça baixa enquanto falava.

Não houve resposta ou interação deles com Alana. Assim que contou, viu os três desmoronarem. Alana não sabia o que fazer. Na verdade, não tinha mais o que dizer ou algo que tornasse aquela notícia menos devastadora. Roger era o porto seguro deles. Simplesmente saiu dali e os deixou; eles tinham um ao outro e, definitivamente, a presença dela provavelmente só tornava tudo ainda mais doloroso.

Cinco dias sem Roger. Após conversar com a família dele, Alana voltou para casa e se isolou. Por motivos óbvios, foi afastada do trabalho por tempo indeterminado. Não teve forças ou coragem para ir ao enterro. O fato é que não conseguia encarar ninguém, muito menos os amigos dele, os colegas de trabalho dos dois, os filhos dele novamente.

Sentia-se culpada por colocá-lo naquela história. Por não ouvi-lo. Por não ter cumprido tudo que prometeu a ele. O sentimento de culpa era afiado, cortava-a por dentro, fazia-a sangrar ininterruptamente. Com o que aconteceu entre ela e o pai, colocou-se no papel de vítima. Com Roger, era a origem da dor.

Nos primeiros dias em casa, trancou a porta do quarto de visitas. Não queria olhar para aquele mosaico ou para nada que a lembrasse dos acontecimentos recentes. Precisou comprar um celular novo pela internet e se limitava a conferir o aparelho poucas vezes ao longo do dia e de forma superficial. Não respondeu a ninguém; havia mais de mil mensagens no WhatsApp não lidas e, principalmente, evitou ter acesso a qualquer notícia relacionada à morte de Roger. Ela não estava pronta para encarar a repercussão, que era inevitável.

Martim havia prometido a Alana que tentaria manter alguns pontos do ocorrido no sítio longe dos holofotes. Ele queria tentar preservá-la, mas ela sabia que seria uma tarefa praticamente impossível. As perguntas seriam tão naturais quanto o espanto com o fato novo inesperado.

Com toda certeza, a própria emissora em que eles trabalhavam faria a ampla cobertura da trágica morte de um dos seus. Por ter acontecido no sítio em Macatuba, marcado recentemente pela descoberta das covas, da associação com o Ladrão de Corpos, e a constatação de que existia um imitador à solta, eram muitos os ingredientes de uma história cada vez maior e complexa. Qualquer pessoa, mesmo a mais desinformada, seria capaz de deduzir que não existia inocência ou acaso; tudo estava ligado.

Deitada no sofá da sala em posição fetal, entre suas pernas havia dois travesseiros. Lá fora, o dia era bonito; o céu azul não dava qualquer indício de chuva ou virada no tempo, e a temperatura oscilava entre 26 e 28 graus. Seu apartamento estava totalmente fechado, nenhuma janela aberta, nenhuma chance de o sol invadir seu interior. Ainda assim, a luz teimava em estar ali. Um pijama preto de manga curta e bermuda de cetim era a única roupa que parecia caber em Alana naqueles dias.

Ela não se lembrava da última refeição que fizera; estava apática e anestesiada. Não sentia fome, sono, não sentia nada. Não se importou também com o que as pessoas iriam falar sobre a ausência dela no enterro ou falta de pronunciamento, considerando que ela estava presente na cena do crime.

Nos dias que se seguiram, Alana teve tempo para colocar as ideias em ordem, e ela só pensava em uma única coisa: justiça. Não se tratava de vingança, apesar de odiar Herbert com todas as suas forças, mas nunca desejara tanto que a polícia fizesse a sua parte. Não era mais sobre ela. E sua única certeza era que a morte de Roger não seria em vão. Essa era uma promessa que Alana fez em voz alta em seu apartamento vazio e iria cumprir.

Sempre que olhava o celular, seu objetivo era basicamente ver se havia alguma atualização de Martim. Estava ansiosa para que ele decretasse a prisão de Herbert. Embora soubesse que seria necessário o delegado fundamentar a investigação e solicitar, na sequência, a ordem de prisão, torcia para que o depoimento dela fosse o suficiente para levá-lo à cadeia. E, conhecendo minimamente Martim, ela sabia que muito provavelmente ele estava usando esses dias para achar algo mais que corroborasse com o que Alana relatou e que o permitiria colocar as mãos no fã de Demétrio de forma definitiva.

A prisão de Herbert não iria trazer Roger de volta, mas, na cabeça de Alana, seria o primeiro passo para honrar a memória, cumplicidade e o amor dele, que lhe custara a vida. Do quinto dia em diante, Alana passou a oscilar entre a apatia e a ânsia de fazer algo. Sua mente voltou a ficar inquieta. Naquela noite, tomou uma mistura de ansiolíticos e remédio para depressão que tinha guardado em casa para casos de emergência. Só queria dormir, parar de pensar. Apagou de forma forçada, vencendo a resistência do seu próprio corpo, abraçada a uma foto de Roger que ela tinha mandado imprimir de uma das viagens deles.

Os remédios foram cumprindo sua missão, mas seu subconsciente ainda parecia querer torturá-la. Teve sonhos bizarros, desconexos, nas horas que se seguiram. Mas em todos eles, seu pai e Roger apareciam.

No sonho que mais tempo durou, Roger entregava para ela um colar cujo pingente era o desenho de uma menina, de ouro. Alana conhecia bem aquele acessório; seu pai começara a usá-lo assim que ela nasceu e nunca mais o tirara do pescoço. Ele dizia que era a forma de ter Alana sempre com ele, em todos os lugares, a qualquer momento. Alana tinha lembranças claras dele acariciando o pingente com frequência, como se ele fosse a própria filha.

Não era a primeira vez que sonhava com esse objeto. Para ela, esse colar representava de forma simbólica a relação próxima e insubstituível deles, os laços sanguíneos e afetos, a vontade dele de tê-la por perto e próximo ao peito. O fato de Roger oferecê-lo a ela no sonho causou um impacto novo.

— Roger, o que isso significa? — perguntou de forma insistente. Mesmo no sonho, sua voz era ofegante e apressada. Não houve resposta. — Fala comigo, por favor! Conseguem me ver? — Os dois apenas a observavam, encaravam Alana com afeto no olhar e sorrisos singelos.

— Me perdoa? Eu sei que a culpa foi minha. Não era você que deveria ter morrido naquele sítio. Eu sei que você é uma pessoa muito melhor do que eu, só queria me ajudar. Mas se não conseguir me perdoar, eu entendo também. Nunca fui a namorada que você merecia. E o fato de não poder mais te dizer o quanto você é importante para mim é o pior. Eu tive todas as chances, tive você, e não soube aproveitar.

No sonho, quando disse essa última frase, Roger se aproximou dela, agora com um sorriso diferente. Era acolhedor, complacente. Alana sentiu um conforto inexplicável. Ele não parecia bravo, triste ou muito menos decepcionado com ela. Pelo contrário, oferecia de volta um sorriso leve, consciente e libertador.

Quando ela estendeu a mão para pegar o colar, despertou no meio da madrugada. Seu coração estava acelerado, e por alguns segundos ela continuou sentindo a presença dos dois. Aquele sonho, para ela, era real. Embora estivesse sozinha naquele momento em seu quarto escuro, não sentiu medo. Havia sido abraçada pelos dois.

Virou-se na cama, ficou de lado e deixou que as lágrimas escorressem livremente. Não tentaria mais esconder seus sentimentos e muito menos se prenderia ao passado, como fez durante toda a sua vida. Apesar de não ter pronunciado sequer uma palavra, Alana entendeu o que Roger desejava transmitir a ela. Endossou o que dizia em vida.

Apesar dos remédios que tomara horas antes, estava mais lúcida do que nunca. Ela iria até o fim para descobrir tudo que cercava ambas as mortes. Devia isso a eles e à nova mulher que se empenharia em ser. Tanto Roger quanto o seu pai só queriam a felicidade dela e que ela seguisse o seu próprio caminho. E era isso que ela ia fazer.

Alana não tinha mais nada a perder. E ansiava por encontrar a si mesma. Sabia, por experiência própria e, depois de entrevistar tantas pessoas que ressurgiram das cinzas, que poucas coisas são tão poderosas quanto a coragem e a determinação de quem consegue sair do fundo do poço. Era o seu momento de subir.

35

Afastada da redação, Alana não precisava mais se preocupar em cumprir prazos e sua escala; teria tempo para dedicar-se ao que realmente importava. Logo no começo da manhã seguinte ao sonho, abriu o quarto de hóspedes, as janelas do apartamento, fez um café forte e comeu ovos mexidos. Depois de um longo banho, sentiu-se pronta para retornar à vida.

Encarou de frente o mosaico. Usaria toda a sua revolta como combustível para seguir. Fez novos ajustes, após o ocorrido no encontro com Herbert, colocando-o no centro e traçando novas linhas e conexões. Espalhou folhas avulsas no chão e se debruçou sobre o seu caderno de anotações. Andou em círculos pelo quarto, sentiu o sol invadir o cômodo e aquecer sua pele. Havia vida lá fora e também dentro dela.

Esboçou algumas linhas de raciocínio novas. E, embora soubesse que qualquer novidade seria comunicada, não resistiu à vontade de ligar para Martim. Com tudo que acontecera, ela já tinha acesso direto a ele, que havia passado o seu número pessoal. A ligação foi diretamente para a caixa de mensagens.

— Olá, Martim, espero que esteja bem. Quando puder, me liga. Estou me sentindo melhor e gostaria de saber se houve algum avanço nas investigações e, principalmente, se conseguiu pegar o Herbert. Se eu puder contribuir com algo mais, estou à sua inteira disposição. Bom, é isso, aguardo seu retorno o quanto antes, por favor. — Deixou a gravação, com sinais claros de ansiedade, mas reforçando a mensagem principal de que estava de volta ao jogo.

Resolveu abrir o computador. Respirou fundo. Ela estava certa, em primeiro lugar, por não acessar nada antes e, em segundo, por perceber que a morte de Roger estava relacionada aos acontecimentos anteriores. O que a surpreendeu foi o fato de que algumas pessoas estavam especulando até onde os dois estavam metidos em tudo aquilo, já que Roger foi morto no sítio e Alana também estava lá. Não conseguia acreditar no que estava lendo. Ela saiu de vítima para uma possível suspeita que, no mínimo, estava mais envolvida do que deveria com o caso.

Não demorou para associarem o seu sobrenome com o do pai presente na lista dos corpos identificados, ou seja, a população, assim como os demais jornalistas, já sabia que a ossada de Antônio ocupava uma das covas do sítio. Era, de fato, uma série de informações e acontecimentos que a colocava diretamente no olho do furacão.

Apesar de ser da área e saber como a inquisição das redes sociais funciona na atualidade, assustou-se com a quantidade de comentários condenatórios e sem noção que encontrou. No geral, as opiniões eram distorcidas e estavam tão distantes da realidade que Alana começou a sentir ânsia de vômito quando leu que Roger poderia ser o imitador, o Ladrão de Corpos contemporâneo que teria sido pego e morto. Não se tratava apenas de especulações; havia maldade. Outras pessoas apoiavam esses delírios com milhares de curtidas e novos comentários sem o menor cuidado e muito menos respeito com os envolvidos. Alana só conseguia imaginar os filhos dele lendo tudo aquilo.

Como Alana também previu, não se falava de outra coisa no país. Com a identificação de todos os corpos e ossadas mais antigas, as famílias estavam também em evidência na mídia. Era fácil encontrar matérias onde os entes queridos falassem sobre suas perdas, dor e revolta. Alana conseguia se ver naqueles depoimentos. Pais, mães, filhos, esposas e maridos continuavam sem respostas, sem entender o porquê de tudo aquilo.

O caos midiático era barulhento, por vezes controverso e não fidedigno. O fato era que cada um lidava de um jeito com as suas decepções. Uns tentavam atacar os envolvidos, outros se colocavam no papel de cobrança constante e de todos, da polícia, do Estado. Alana preferia o terceiro grupo que, assim como ela, não ficava esperando de braços cruzados. A sensação de ser útil de alguma forma fazia bem a ela.

Em um exercício forçado, começou a anotar tudo de que lembrava daquela noite no sítio, cada detalhe. Embora tivesse desmaiado, começou a resgatar alguns flashes em sua memória. Lembrou de receber a primeira pancada e logo em seguida de ser empurrada para dentro da cova. Colocou a mão no abdômen de forma instintiva. Não sentia dor, mas recordou de ter recebido outros golpes pelo corpo com a lanterna, antes de cair de costas para o fundo do buraco. Provavelmente, Herbert só parou de atacá-la porque deve ter ouvido o barulho do carro de Roger chegando.

Quando colocou tudo no papel e visualizou novamente o mosaico em sua parede, seu olhar parou na imagem de Herbert, fixada a poucos metros dela. Alana percebeu que algumas matérias já apresentavam o nome de Herbert e, assim como ela identificara lá atrás, associaram o fã ao Ladrão de Corpos. Mas até aquele momento, a associação parava aí. Ela sentia por ele o que nunca sentira por ninguém: ódio. Não via a hora de Martim pegá-lo e de todos saberem que ele era o culpado e mais ninguém, muito menos ela e Roger.

36

Pouco se falava sobre Kali e Darlan. Eles eram citados, no geral, como referência ao passado. Alana constatou que eles haviam conseguido se blindar das coberturas em 2023, dos sensacionalistas aos veículos mais confiáveis, como aconteceu quando Demétrio foi preso em 2003. Não havia qualquer citação ou declaração oficial dos dois.

A semelhança física entre pai e filho não passou despercebida, nem pelos jornalistas, nem pelo público. Algumas fotos recentes de Darlan foram divulgadas, e ele chegou a ser atacado também em algumas postagens; esses agressores seguiam a mesma linha da desinformação e julgamento prévio gratuito. Ou seja, o que as pessoas não sabiam, inventavam, compartilhavam e acreditavam ser verdade.

Seus pensamentos e leitura foram interrompidos com a vibração do seu celular em cima da mesa do escritório improvisado no quarto. Depois de ter o vidro praticamente estraçalhado por Herbert e do antigo aparelho cair na cova em que foi jogada, o novo smartphone era, sem dúvida, a melhor compra que ela havia feito nos últimos tempos.

— Obrigada por retornar. Preciso saber em que pé as coisas estão. — Adiantou-se em dizer Alana, assim que atendeu.

— Pelo visto está realmente melhor. Isso é bom. — Devolveu, e não era uma constatação automática ou uma preocupação falsa de praxe adotada em massa nas conversas. O delegado parecia realmente se importar com ela. Havia cuidado no tom imprimido em sua voz, o que a fez se abrir de forma sincera, sem medir as palavras.

— Não há tempo para lamentações ou arrependimentos, é hora de agir. Sei o que preciso fazer e, embora esteja em casa, sinto que posso ser útil de alguma forma e contribuir com você e a investigação.

— Opa, espera aí. Você não precisa e não pode fazer nada mais, Alana. Esse não é o momento de ajudar. Aliás, quando decidiu agir por conta própria... — Martim não precisou concluir sua frase para que ela entendesse o que gostaria de dizer.

— Eu sei que errei ao não compartilhar com você minhas suspeitas e o bilhete que recebi. Por isso estou fazendo tudo diferente agora.

— Ótimo, aprendeu a lição. — Não se preocupou em verbalizar sua satisfação com este ponto em específico.

— Martim, por favor. Eu preciso saber. Se você prefere me manter afastada de tudo, ok, eu já entendi e não vou forçar a barra. Você tem motivos suficientes para me querer longe. Mas pelo menos me diz se o Herbert será preso, está mais perto de resolver esse caso do que antes? — Revelou em tom de súplica.

— Com você não existe a possibilidade de aguardar pronunciamentos oficiais ou ligações espontâneas. — Deixou escapar um breve sorriso irônico.

— Eu sei que você disse que me ligaria assim que resolvesse a questão do Herbert. Mas até agora, nada. Se coloca no meu lugar.

— Não estou gostando nada desse tom de cobrança, Alana. Na verdade, se eu te liguei de volta é justamente porque estou sendo empático com você. Então muito cuidado com suas palavras e intenções. — Martim ponderou com sobriedade.

— Me perdoe. Vou tentar controlar minha ansiedade. Eu não quis de forma alguma questionar o seu trabalho ou dos investigadores envolvidos da sua equipe. Muito pelo contrário, confio em você e é por isso que fiz questão de te ligar. — Reforçou, sem titubear.

— Ótimo. Podemos continuar então. Embora eu não lhe deva nenhum tipo de satisfação, posso te garantir que você pode confiar em nosso trabalho. Não é só você que está aflita e pode ter certeza que estou sendo cobrado de todos os lados.

— Claro, delegado. Desculpa, mais uma vez. — Reconheceu com sinceridade sua precipitação.

Se Alana pudesse vê-lo, perceberia que ela prendia a atenção do delegado. Martim se ajeitou em sua poltrona e tomou um café sem pressa. Além de ter feito sinal negativo com o dedo indicador direito duas vezes, para não ser interrompido na ligação por policiais que ameaçaram entrar em sua sala para falar com ele.

Já ela, enquanto falava com ele, se movimentava lentamente pelo apartamento. A pequena caminhada pelos cômodos conferia a ela a sensação de movimento que, associada à ligação, ajudava a amortecer sua inquietação crescente.

— Nunca desejei tanto por justiça, Martim. — Complementou.

— E ela será feita. — Retrucou, não deixando transparecer qualquer ponta de dúvida no outro lado da linha.

— Então você encontrou Herbert? Verificou tudo que eu te disse?

— Conseguimos comprovar, através de DNA, que Herbert realmente não apenas estava no sítio naquela noite, como possivelmente está diretamente ligado à morte de Roger. A perícia, com o auxílio das análises, vestígios, projeções e reconstituição dos acontecimentos prováveis, relatou que houve luta física entre os dois. Embaixo das unhas de Roger havia resquícios de pele e sangue de Herbert. — Respondeu de forma objetiva.

— Eu sei que foi ele. Estávamos apenas nós dois naquele lugar maldito. — Respondeu Alana, com a mesma convicção que imprimiu em seu depoimento.

— Alana, não se trata de duvidar de você, mas seria a sua palavra contra a dele. Por isso não fizemos nada antes; você sabe como eu trabalho, com base em provas e não apenas evidências. Esse caso é grande demais para dar um tiro no escuro e não acertar quem deveria. Então esses últimos dias foram de trabalho intenso da minha equipe para chegar nas afirmações que estou compartilhando agora. Além disso, quando encontrei com você... estava nitidamente abalada.

— O que quer dizer com isso, delegado? — perguntou de forma ríspida, com foco na última frase dele. Não conseguiu reagir de outra forma ou deixar que ele concluísse seu raciocínio. — Acha que eu inventei alguma coisa?

— De novo, não estou duvidando da sua versão dos acontecimentos, mas vocês não estavam sozinhos no sítio. É natural que você tenha uma interpretação enviesada, de acordo com o que viveu e da sua própria percepção do ocorrido.

Essa informação pegou Alana desprevenida. Ela levou alguns segundos para tentar processar o que Martim disse.

— Tinha mais alguém naquela noite? Não éramos apenas nós três?

— Exatamente.

Silêncio, dos dois lados.

— Ainda está aí? — questionou Martim depois de alguns segundos.

— Sim. Pode continuar. — Falou Alana, com a voz fraca.

— Encontramos também um segundo DNA, que ainda não foi identificado e não está no nosso banco de dados. Quando conseguimos comparar o DNA, a verificação é muito mais rápida, o que infelizmente não é o caso. De qualquer forma, essa descoberta indica que, no mínimo, não eram apenas vocês três, como você havia imaginado. E que Roger não agiu ou está sozinho nisso. — Disse em tom reflexivo.

— Talvez essa outra pessoa tenha aparecido quando eu já estava desmaiada. — Pontuou Alana, tentando entender a sequência dos acontecimentos.

— Pode ser que sim. Mas isso não importa agora. O fato é que você sempre esteve envolvida demais, Alana, e não é difícil pressupor que está emocionalmente abalada. Com tudo que passou e sofreu, pode ter cometido alguns equívocos ou até mesmo ter deixado passar algo. É comum em casos assim.

— Realmente foi tudo muito rápido e, com a pancada que recebi... consigo perceber agora que, de fato, não sou a melhor pessoa para relatar o que houve ali. — Recuou em voz alta, demonstrando ter entendido o recado do delegado, e continuou: — Sequer eu sabia que Roger estava me seguindo.

— Ter seguido você foi uma decisão do Roger. — Tentou amenizar Martim, observando a voz desolada do outro lado do aparelho.

— Mas ter me enfiado naquele sítio sozinha foi uma decisão suicida minha. — Disse a ele, mas como lembrete da sua responsabilidade.

— E o corte na sua cabeça, chegou a ir ao hospital pra ver isso? — Achou melhor mudar o rumo da conversa.

— Não foi necessário. Quando cheguei em casa e lavei o rosto, percebi que era um corte superficial, apesar de considerável. Apenas limpei e tenho cuidado sozinha. Já está bem melhor, agradeço por perguntar.

— Ótimo. Preciso ir, tenho muito trabalho.

— Claro, delegado. Consigo imaginar como estão as coisas por aí. Você ter retornado significa muito para mim, acredite. — Sua colocação era genuína. Ela sabia que Martim a estava tratando com um zelo e atenção pouco comuns aos policiais.

— Nunca fui indiferente à dor das vítimas. Quis seguir essa carreira por admirar o trabalho do meu pai, imagino que assim como você. Esse caso tem mexido com muita gente. O que cabe a mim, vou buscar fazer da melhor forma possível.

— Não tenho a menor dúvida sobre isso. E que bom que existem pessoas como você na polícia.

— E Alana, um último pedido...

— Fica tranquilo, depois dessa conversa ficou claro que não estou em condições de ajudar. Pelo contrário. Prometo que não vou me meter mais em nenhuma confusão.

— Só de não voltar a Macatuba, principalmente sozinha, por ora, é o suficiente pra mim.

Ambos riram da situação. E Martim continuou, entendendo que era melhor ela saber por ele as atualizações.

— Só mais uma coisa. Com as provas que obtive, eu já havia solicitado ao juiz a prisão preventiva do Herbert, até que a investigação seja concluída. E fui informado há pouco que o pedido foi deferido. Hoje ainda ele estará atrás das grades. Minha equipe já está a caminho para cumprir o mandado. Acredito que ele possa cooperar para que possamos esclarecer todos os acontecimentos daquela noite infeliz.

— Com todos os fatos e pessoas reveladas, significa também que automaticamente eu me torno parte da investigação e uma fonte para os meus colegas de trabalho. — Lembrou Alana, tentando esboçar um sorriso de canto que era reflexo do seu nervosismo e que demonstrava que ela já conhecia os procedimentos de praxe em casos como esse.

— Exato. Vamos revelar o porquê da prisão de Herbert e o que já sabemos sobre aquela noite no sítio. E, para o seu próprio bem, acho que é melhor evitar qualquer tipo de entrevista ou contato com os jornalistas. Vão tentar descobrir o que você estava fazendo naquele sítio, qual a sua relação com Herbert, como era o seu relacionamento com Roger, o fato de um dos corpos resgatados ser do seu pai...

— Não se preocupe, Martim, já entendi. E sinceramente não tenho a menor intenção de alimentar tudo isso.

— Não saia da cidade e, caso necessário, precisaremos colher um novo depoimento oficial, ok?

— Não vou a lugar algum. Estou à disposição da polícia. Não vou mais tomar o seu tempo, afinal, você tem uma prisão pra fazer. — Tentou descontrair um pouco. — Obrigada. Por tudo.

Assim que desligaram, Alana experimentou um misto de sensações. As coisas estavam finalmente caminhando. Com a prisão de Herbert, se ele cooperasse, teriam muitas respostas. E ela mal podia esperar para desvendar tudo que estava por trás de todo o mistério. Sentia que estavam próximos da verdade. Herbert e quem quer que fosse que estivesse com ele pagariam por tudo que fizeram. Agora, era uma questão de tempo.

37

Entre pontes e celas

A prisão de Herbert colocou ainda mais lenha na fogueira. Quem nunca tinha ouvido falar dele antes considerou o novo elemento como um tempero a mais daquele enredo, que poderia ser o roteiro de qualquer livro de suspense ou série de streaming. Não apenas pelos mistérios sem resolução, mas também porque, à medida que os acontecimentos iam sendo apresentados, novos personagens apareciam, tornando tudo ainda mais intrigante e inesperado.

Antes de ser preso, Herbert estava se divertindo. Achou interessante a quantidade de vezes que seu nome foi citado na mídia. Fazia buscas diárias para saber o que estavam dizendo sobre ele. Só conseguia imaginar como todos aqueles tolos estavam enganados. Eles não tinham noção do que estava por trás. Herbert acreditava que nenhuma pessoa jamais chegaria à verdade e ria por dentro, sentindo-se privilegiado por saber o que ninguém mais sabia. Ele foi escolhido. Sentia-se especial pela primeira vez na vida.

Depois do encontro mal-sucedido com Alana e de ter desativado as páginas que administrava por precaução, além do seu próprio perfil pessoal, Herbert precisou se ocupar nas horas vagas, fora do trabalho, e passou a consumir tudo o que diziam sobre o caso. Foi orientado a ficar quieto e manter a sua rotina. Por sorte e medo, Alana seria prudente no seu depoimento, e a morte de Roger entraria no combo da investigação que não levaria até ele. Para Herbert, apesar dos contratempos, estava tudo sob controle.

Ele tirava prints das matérias ou comentários que gostava mais. Quando retomasse as publicações das páginas, divulgaria tudo nelas também. Por ora, seguia as ordens e sabia que não poderia comentar ou fazer nada que pudesse gerar indícios.

Quando os policiais invadiram sua casa, não resistiu. Não achou que eles chegariam até ele daquele jeito, mas estava calmo e seguro. De forma insistente e repetitiva, Herbert apenas sorria com sarcasmo.

— Vocês estão perdendo o tempo de vocês aqui. Vocês não têm mais nada para fazer, não? — tentou provocar os policiais, que o ignoravam.

— Eu sou inocente. Seja lá o que esperam encontrar aqui, é perda de tempo. Só vão me levar para dar uma volta, daqui a pouco estarei em casa de novo. Será que tiro a carne do congelador para comer quando voltar?

— Cala a boca! Você acha mesmo que isso aqui é uma brincadeira? — reagiu um dos policiais, sem paciência. — Vamos ver se você vai continuar com essa mesma ironia quando chegar à delegacia.

— Sou réu primário, embora não tenham faltado momentos em que eu gostaria de ter usado esse benefício — continuou brincando e rindo. — Tenho residência fixa, trabalho... você sabe como funciona, né?

Em um momento de inocência atípica, Herbert realmente acreditou que logo seria liberado e continuaria a tocar a sua vida longe dos holofotes, escondido atrás de suas máscaras e telas, como sempre. O que ele esqueceu de considerar é que, fosse atrás de um computador, no trabalho como biólogo ou até mesmo à frente de um grupo pouco convencional, o problema era ele.

Assim que teve o primeiro contato com o delegado Martim, logo percebeu que seus planos seriam frustrados. Sem desviar os olhos de Herbert, o delegado entrou na sala e jogou sobre a mesa uma pilha de papéis contendo uma vasta pesquisa sobre o suspeito. Estava tudo ali: toda uma vida de delitos, mensagens rastreadas, IP de computadores identificados.

À medida que Martim expunha os conteúdos, Herbert foi progressivamente perdendo o senso de humor com que havia chegado. Eles ainda não haviam trocado uma palavra. Por fim, de forma proposital, o delegado abriu a última pasta e indicou com o dedo algumas linhas no texto, que fez questão de ler em voz alta, destacando que o DNA de Herbert fora encontrado no corpo de Roger.

Ele não fazia ideia de como isso era possível. Diferentemente da outra pessoa envolvida, que ainda precisariam identificar, como Alana relatou a participação de Herbert nos acontecimentos daquela noite, policiais devidamente identificados foram até a empresa em que ele trabalhava e recolheram amostras dele sem alarde.

Com a ajuda e supervisão do seu chefe direto, foi fácil encontrar fios de cabelo em sua mesa de trabalho e próximo à cadeira que ele usava, contendo o bulbo capilar necessário para identificar o material genético. Chegaram ainda a isolar e levar para o laboratório um copo plástico usado que estava na mesa, mas nem precisaram utilizá-lo. Com o primeiro resultado, foi só comparar com o material retirado do corpo de Roger.

A julgar pela palidez repentina do seu rosto e pelas mãos suando frio, Herbert finalmente havia entendido que estava encrencado e que sua estadia ali poderia ser mais longa do que imaginara.

— E então, o que você tem para me dizer, Herbert? — Essa foi a primeira pergunta direcionada a ele.

— Nada.

— Tem certeza? — provocou Martim, apontando para a pilha de documentos entre eles. — Se você for inteligente, acho melhor abrir a boca e começar a se explicar.

— Comentários na internet não são crimes — ameaçou desenvolver um diálogo, estrategicamente ignorando a constatação mais grave apontada pelo delegado.

— Podem ser, sim. Já ouviu falar em calúnia, difamação e injúria? Nem precisei ler tudo o que tem aqui para perceber que você realmente gostava de interagir e dar sua opinião nas redes sociais. Achou mesmo que ninguém estava vendo? São crimes contra a honra e, olha, acredito que você conseguiu ofender muita gente. — Martim continuava a encará-lo com a mesma firmeza e sobriedade. Antes que ele tivesse a chance de responder, continuou: — E, claro, no seu caso, principalmente, incitação e apologia ao crime.

Herbert permaneceu calado, parecia absorver tudo o que ouvira. Não estava preparado para essa conversa, muito menos naquelas circunstâncias. Então, Martim continuou:

— Se não quiser falar sobre isso, tudo bem, não precisa ser agora. Podemos começar pelo mais interessante e recente: o que você foi fazer no sítio Macatuba naquela noite? Acredito que seu alvo não era o Roger, acertei?

Martim desabotoou os botões do blazer que usava e inclinou o corpo para frente, queria intimidar ainda mais Herbert, e conseguiu. Cruzou as mãos sobre a mesa que separava os dois e olhou dentro dos olhos dele.

— Você tem uma decisão importante agora. Podemos tornar essa conversa mais rápida e produtiva se você cooperar.

— Tenho direito a um advogado, não tenho? — perguntou, com a voz fraca e titubeante.

— Sim. Mas você pode facilitar as coisas para nós dois. Vai preferir fazer do jeito fácil ou do difícil?

— Não vou dizer nada, apenas na presença do meu advogado. — Reproduziu a frase que já tinha ouvido em dezenas de filmes e séries.

— Jeito difícil. Ok.

Com a negativa, Martim entendeu que não conseguiria muita coisa naquele momento. Recolheu todas as pastas e saiu. Deixou-o por mais duas horas sozinho, algemado na sala vazia, de propósito. Herbert precisava sentir que não era ele que dava as cartas por ali.

— Vem comigo, você tem direito a fazer uma ligação — disse um policial que foi buscá-lo na sala de interrogatório da delegacia.

Quando o policial entregou o telefone a Herbert, sem titubear, ele já sabia para quem ligar. O número já estava decorado, afinal, nunca se comunicara tanto com outra pessoa como nos últimos tempos. Para sua surpresa e decepção, o telefone tocou uma primeira vez, e a chamada foi ignorada. Na segunda tentativa, quem estava do outro lado da linha se antecipou e desligou o aparelho. Herbert havia entendido o recado: estava sozinho. Informou ao policial que o acompanhava que precisaria de um defensor público, pois não teria condições de contratar um advogado particular para acompanhar o seu processo e representar os seus interesses.

Durante os três dias seguintes à prisão, Herbert estava confuso. Sentiu raiva, depois tentou justificar a falta de apoio tentando encontrar possíveis desculpas. Por fim, estava no estágio do desespero. Quando a ficha caiu, deparou-se com uma realidade que não imaginava enfrentar. Era confortável demais fazer coisas no anonimato, atrás das telas; agora, ele tinha um rosto e era indefeso.

Agora, dividia uma cela de 10 metros com outros sete presos. Não tinha com quem contar nem a quem recorrer. Estava assustado. Com os companheiros de cela, sequer cogitava levantar a voz ou tentar se impor — ouvia tudo calado. Chegou a tomar algumas porradas apenas porque demorou a responder ao líder da cela no segundo dia. Ainda estava se adaptando às regras internas. Entendeu que precisava aprender logo o que deveria ou não fazer, se não quisesse mais hematomas pelo corpo ou problemas maiores.

38

Acerto de contas

Quando um carcereiro veio até ele informar que ele tinha visita, Herbert sentiu uma sensação de alívio imensa. Supôs que era a ajuda que esperava, afinal, eles estavam juntos nisso. Ficou indignado e frustrado quando percebeu que quem o aguardava na pequena sala reservada para as visitas individuais era Alana.

Cogitou recusar a visita. Mas, como já estava ali e não havia qualquer tipo de comunicação com o mundo lá fora, resolveu conversar com ela para ver se conseguia alguma informação.— Considerando o nosso último encontro, achei que a última pessoa que você gostaria de ver no mundo seria eu. E olha só, veio atrás de mim na prisão, estava com saudade? — disse com desdém.

— Eu queria olhar na sua cara. E, pelo visto, você está sendo muito bem tratado aqui, da forma que merece — devolveu, séria, e o encarou de frente, fazendo referência aos machucados no rosto dele. A reação de Alana não surtiu efeito aparente nele, então ela continuou: — Seu filho da puta! Achou que eu não ia sobreviver ao seu ataque naquele sítio, né? Maldito dia que resolvi te encontrar. Você vai pagar pelo que fez com Roger, nem que seja a última coisa que eu faça nessa vida.

Embora estivesse tentando controlar a sua raiva, ver Herbert novamente despertou nela os piores sentimentos. Sua última frase saiu truncada, entre os dentes. Seus punhos estavam fechados sobre a mesa, que, além das cadeiras onde estavam sentados, era o único objeto da sala.

— A sua sorte é que aqui não consigo te pegar. Eu gostaria tanto de terminar o que comecei, você não faz ideia.

— Você só cresce para cima de mulher, né? Me conta, como tem sido com seus colegas de cela? Teria coragem de ameaçar ou "pegar" algum deles também? — devolveu ela, com imensa satisfação por vê-lo daquele jeito.

— Quer saber, não sou obrigado a ficar olhando para essa sua cara enrugada. Fala logo, o que você quer aqui? — expôs a sua dúvida, mas agora também com o semblante sério. Continuou antes que ela pudesse dizer algo. — Será que o seu namoradinho bosta já encontrou com o seu papaizinho?

O desprezo na voz de Herbert, somado ao fato de ele ter falado de Roger, despertou alguns gatilhos em Alana, que partiu para cima dele. Seu ímpeto de fúria deu a ela uma agilidade desconhecida; com praticamente um pulo, ela já estava do outro lado da mesa. Algemado e com o impacto do golpe de Alana em seu peito, Herbert caiu da cadeira e bateu as costas no chão. Bateu a cabeça também com força, não conseguiu controlar seu tronco e o peso do corpo.

Dois carcereiros que monitoravam a visita, ambos posicionados do lado de fora, ao lado da porta, logo intervieram e tiraram Alana de cima dele. Ela ainda conseguiu dar alguns socos nele e cuspir em seu rosto. Enquanto tentava limpar o cuspe que escorria com o auxílio dos braços, Herbert tentava se colocar de pé, ainda zonzo. Ele começou a gritar para quem quisesse ouvir:

— Tirem essa louca daqui! Não quero falar com ninguém, muito menos com ela!

Antes mesmo dos carcereiros terem a chance de responder ou retirar Alana dali, a jornalista, que já estava em pé, buscou os olhos frios dele.

— Por quê? Eu só quero saber por que você fez tudo isso?

— Você nunca vai saber. Vocês acham que me prendendo aqui as coisas vão mudar, que nada mais vai acontecer. Estão enganados novamente! A verdade é que vocês prenderam o cara errado — disse, voltando a sorrir e expondo todos os dentes que tinha na boca.

Alana percebeu que ele estava se divertindo com o seu sofrimento, mas precisava tentar arrancar algo dele. Então resolveu ser mais estratégica, mesmo tendo vontade de simplesmente sair dali e nunca mais ver aquele homem. Precisava aproveitar a brecha e a raiva dele.

— Já deu para entender que você não está sozinho em tudo isso. Mas tem certeza de que pode contar com essa pessoa, Herbert? Desde que chegou aqui, teve ajuda? Recebeu algum contato? Acorda, seu otário! Você está defendendo alguém que não se importa com você, que vai te deixar apodrecer aqui nessa cadeia! Tem certeza de que ainda assim vai continuar a proteger esses segredos ou quem quer que seja? Vai responder por tudo sozinho? Eu achei que você fosse mais inteligente. — Provocou, usando a mesma frase dele.

As palavras de Alana acertaram Herbert em cheio. Ele sabia que provavelmente ela estava certa, só não queria aceitar isso. Havia feito tanto, se esforçado muito, para terminar ali, ignorado por todos, como sempre aconteceu. Sentia-se valioso e esperto demais para terminar daquele jeito. Sem contar que ele sabia muito, e quando se deu conta disso, um arrepio percorreu todo o seu corpo. Ali dentro, era uma presa fácil. Com uma única ordem de fora, poderia se tornar uma carta fora do baralho. Os segundos que se seguiram a essas reflexões foram aguardados por Alana, que permaneceu o encarando e buscando o olhar dele de frente. Herbert esquivou o olhar. Os carcereiros acompanhavam a troca inesperada, depois da agressão.

— O que te leva a acreditar que eu falaria com você, sendo que não falei nem com a polícia? — retrucou.

— Você me fez tanto mal, Herbert, que certamente nunca vai conseguir mensurar, porque eu duvido que já amou alguém e perdeu essa pessoa da forma que aconteceu comigo. Não espero de você nenhuma atitude empática ou tentativa de retratação. Você não pensa em ninguém, então pense pelo menos em si mesmo. Você sabe que, sem proteção ou ajuda, nunca mais vai sair daqui. Então, sugiro que comece a cogitar abrir essa sua boca maldita. Se quiser ter a mínima chance de retornar para aquela sua vida de merda, esse é o único caminho.

Herbert se virou para os carcereiros que estavam na sala e pediu para retornar para a cela. Com o movimento do corpo, entre o tombo e o ato de levantar-se, sua camisa estava pela metade nas costas e permitiu que Alana visse uma tatuagem próxima à sua lombar. O desenho revelado era de uma teia de aranha, com uma mosca dentro. Parecia recente, a julgar pela cor vívida da tinta preta e a vermelhidão da região.

Ele logo percebeu que ela estava olhando e desceu a blusa de forma desajeitada, mas que cobriu o seu corpo. Na sequência, e ainda na frente dela, ele pediu que informassem ao delegado do caso que gostaria de dar um depoimento oficial. Com sua atitude, ficou claro que ele não falaria com Alana, mas a jornalista saiu satisfeita dali, sabendo que, em breve, pelo que tudo indicava, Herbert falaria com Martim. Sua missão foi cumprida.

Conseguiu entrar na cadeia pública através do contato que tinha com o atual diretor, que era uma das fontes confiáveis de Roger. Alana usou o argumento de que precisava entender a morte do namorado e que estava afastada da TV. Era uma visita de cunho pessoal, e o diretor acabou cedendo, deixando-a ficar menos de 20 minutos com Herbert.

Mais cedo, antes de ir, Alana chegou a ligar na delegacia para se informar do paradeiro de Martim. Não queria correr o risco de cruzar com o delegado; afinal, prometeu a ele que não agiria por conta própria. Definitivamente, não era boa com promessas. Foi informada de que ele não estava no local naquele momento, que tinha uma agenda externa para cumprir e só retornaria no dia seguinte. Embora não soubesse qual era o compromisso fora, resolveu arriscar. Seria uma tremenda falta de sorte ele passar pela cadeia no mesmo intervalo que ela.

Alana estava ansiosa antes, agora mais ainda, depois da reação de Herbert. Faltava pouco para obterem algumas respostas, quem sabe, todas. Assim que chegou em casa, foi pesquisar o significado da tatuagem que viu. Ela sabia que criminosos gostavam de expressar códigos através de desenhos que representavam seus crimes ou predileções.

Enquanto dirigia, lembrou-se inclusive que, no documentário produzido por Roger, um dos episódios sobre facções tratava exclusivamente dessa forma de comunicação. Sobre como alguns bandidos tatuavam por vontade própria para deixar explícita a mensagem que gostariam de passar ou ainda o fato de que, dentro das prisões, existia a tatuagem punitiva, feita à força, como a de arame farpado, por exemplo, cuja imagem indica que aquele preso é dedo-duro, o popular "X-9".

Depois de alguns minutos de busca, entendeu que pessoas que tatuam a teia com uma mosca dentro são engenhosas. Trata-se de bandidos que se consideram ardilosos e pacientes, capazes de preparar seus crimes com calma. Mesmo sem conhecer Herbert o bastante, aquele significado parecia combinar com ele. Sabia que ele nunca havia sido preso antes; talvez agora, na cadeia, ganhasse outros desenhos com o tempo e dependendo dos grupos que fosse integrar.

Lembrou-se que, no documentário, dizia que o bandido que tatua nas costas uma cruz com um crânio no meio é alguém considerado extremamente leal a seus colegas de cela, ou seja, em algum momento essa pessoa esteve na prisão e soube guardar segredos, tornando-se alguém em que outros detentos puderam confiar. Pensou que essa poderia ser uma marca conquistada por Herbert com o tempo. Ele era inescrupuloso, provavelmente saberia se adaptar para sobreviver.

Desejou, em seu íntimo, que dessa vez seus planos, sua teia, fossem descobertos. E que ele fosse devidamente punido por todos os seus crimes. E já que ele não agia sozinho, quem mais fazia parte dessa trama? Seria Herbert a aranha ou a mosca? Ele seria capaz de roubar os 20 corpos e imitar Demétrio sozinho ou também contou com ajuda para isso? Alana sentiu uma leve dor de cabeça, riu sozinha quando concluiu que era de pensar demais.

Cogitou mandar uma mensagem para Martim, mas resolveu apagar antes de enviar. Não queria ser invasiva e muito menos ser evitada pelo delegado, que já havia quebrado alguns protocolos por ela. Resolveu esperar por notícias no dia seguinte. Por mais que não acreditasse na recuperação do caráter dele, torcia para que dessa vez Herbert fizesse a escolha certa.

39

Redemoinho

No dia seguinte, Martim não conseguiu ir cedo para a delegacia. Havia recebido novos relatórios mais aprofundados sobre os corpos e praticamente não dormiu. Diferente dos casos habituais, cujos prazos para análises e equipe eram reduzidos, este exigia uma força-tarefa. Muitos profissionais estavam envolvidos e buscando por qualquer indício que pudesse ajudar a esclarecer os fatos ou contribuir para tal. Preferiu ficar em casa para não ser interrompido; tudo o que estava lendo exigia concentração máxima. Informou ao seu time que só o acionasse se fosse de extrema urgência.

Desligou o celular e dedicou algumas horas para entender tudo que havia chegado e para construir uma narrativa que seria utilizada na próxima coletiva de imprensa. Precisava se preparar, afinal, tanto os jornalistas quanto os familiares e a sociedade civil aguardavam por respostas conclusivas. Sentia-se em uma corrida contra o tempo, como nunca experimentara antes.

A essa altura da investigação e com os acontecimentos recentes, não havia mais espaço para respostas superficiais, vagas e soltas. Seus superiores também o estavam pressionando; apesar dos acontecimentos terem ocorrido na cidade e Estado de São Paulo, a visibilidade nacional tornava tudo ainda mais desafiador. Ele precisava entregar uma solução. Precisava achar o imitador e, se descobrisse a motivação de ambos os criminosos, conseguiria ainda resolver o que seu pai não alcançou e concluir de vez essa história que já havia atravessado cinco décadas.

Depois que entendeu e processou tudo, começou a escrever o seu discurso. Queria deixar tudo pronto antes de chegar na delegacia, porque sabia que lá — além do barulho constante em função da quantidade de pessoas que circulavam — teria que lidar com outras questões, tais como novos crimes que não haviam parado de acontecer e a visita constante de jornalistas ou familiares dos corpos roubados identificados. Devido à importância do caso, ele estava trabalhando com foco total nesse inquérito, todo o resto teria que esperar.

"O motivo de convocar essa coletiva é porque avançamos na investigação e obtivemos novas respostas. Para começar, gostaria de repassar a vocês a informação de que temos provas suficientes para afirmar que os 20 corpos encontrados e que visivelmente eram de mortos mais recentes são, 10 de 2013 e os outros 10 de 2023. Ou seja, quem cometeu o roubo desses corpos seguiu absolutamente tudo que Demétrio fazia, inclusive os números de raptos — 10 a cada nova década e com o final 3.

E este é um fato novo que agora posso compartilhar com vocês também. A única exceção se deu na primeira década, no ano de 1983, quando Demétrio retirou 7 corpos do cemitério e completou sua lista com três corpos que eram de presos políticos. Provavelmente nunca saberemos o porquê dessa divisão ou exceção, considerando o tempo do ocorrido e o suicídio do criminoso original. De qualquer forma, a constatação numérica nos ajudou a perceber que o padrão e assinatura de Demétrio foram estabelecidos desde o início e replicados pelo imitador com precisão.

O ponto é que conseguimos concluir em tempo recorde a identificação dos 50 corpos e suas famílias; a partir de hoje, poderão dar início ao processo de enterro ou cremação dos restos mortais de seus entes queridos. Além disso, todos os objetos que foram encontrados com eles em suas respectivas valas serão enviados aos familiares. Todas as peças foram devidamente catalogadas, e achamos que nada é mais justo do que as famílias as terem de volta.

Podemos afirmar, a partir do avanço da investigação, que não existe a menor relação entre os corpos roubados. Isso significa dizer que Demétrio, e depois o seu imitador, escolhiam de forma totalmente aleatória os corpos que seriam capturados e levados ao sítio em Macatuba. A única observação em relação a este ponto é que, após o roubo do primeiro corpo, eles não levavam mais de uma semana para ter acesso aos 10 e completar a lista. Ou seja, determinavam uma semana específica e, a partir dos enterros que eram realizados naquele período, colocavam a ação em prática. Estamos trabalhando agora para entender se todos esses números e rituais têm alguma relação ou significado.

Por fim, como vocês já sabem, Herbert Ramos foi preso, e temos indícios suficientes para mantê-lo sob nossa tutela. Pelo que tudo indica, ele está diretamente envolvido nos casos. Não apenas na morte de Roger Freitas, mas provavelmente também com o roubo recente dos 20 corpos, em 2013 e 2023. Por opção, em um primeiro momento, ele preferiu não se pronunciar, mas agora deseja oficializar o seu depoimento. Logo teremos mais respostas, e acredito que, com a cooperação e possível delação de Herbert, vamos chegar ainda mais rápido na pessoa ou grupo que cometeu os crimes recentes. Peço mais uma vez a compreensão e paciência de todos e garanto a vocês que, em meu próximo pronunciamento público, teremos todas as pontas amarradas e poderemos concluir esse caso, trazendo à tona a verdade e oferecendo o consolo que nos cabe às famílias e à sociedade como um todo."

Assim que concluiu o discurso, dobrou o papel e colocou no bolso. Estava satisfeito, em partes. Seu time estava próximo de descobrir outros detalhes que ajudariam a montar esse quebra-cabeça. Abriu sua segunda lata de energético do dia, trocou de roupa, pegou suas chaves e celular para ir para a delegacia.

Antes de sair e de ligar o aparelho móvel, foi surpreendido com o som do telefone residencial tocando. Poucas pessoas tinham aquele número; lembrou-se de que seu celular estava desligado desde a noite anterior, ou seja, se tratava de algo urgente. Assim que atendeu, reconheceu a voz de um dos investigadores que trabalhavam com ele do outro lado da linha. Escutou atentamente tudo que ele disse e informou que já estava de saída, agora, rumo à cadeia pública.

Assim que desligou, usou todo o seu repertório de xingamentos. Talvez tenha criado novos, tamanha era a sua raiva. Não estava acreditando que mais uma vez aquele caso apresentava reviravoltas. Enquanto dirigia e esmurrava o volante, só conseguia pensar que teria que mudar o seu discurso já escrito para a coletiva.

40

Em respeito às famílias, antes do comunicado oficial que seria realizado mais tarde, ainda naquela manhã, as caixas com os pertences e uma breve explicação sobre as provas obtidas foram enviadas pela equipe que conduzia as investigações. Alana havia acabado de tomar café da manhã quando seu interfone tocou. Assim que recebeu a caixa e a abriu, não conteve a emoção. Antes mesmo de ler qualquer coisa, segurou em suas mãos o colar do pai, o mesmo com que ela havia sonhado dias atrás. Tudo parecia estranhamente conectado.

Diferente das outras vezes e de alguns acontecimentos específicos, não sentiu vontade de chorar. Apenas apertou a peça contra o peito; estava mais forte e, de certa forma, era novamente acolhida. Talvez esse fosse o ponto da sua mudança e virada de chave. Não tinha mais o pai e Roger por perto, mas não se sentia mais sozinha. Eles fizeram muito por ela, e, de certa forma, pareciam continuar a protegê-la.

Depois de tantos anos, ter a chance de sentir uma conexão física com o seu pai de novo a fez sorrir. A sensação era boa. Vasculhou a caixa e encontrou ainda a armação dos óculos que o pai usava na época em que desapareceu. Ela estava com uma das lentes quebradas, mas ainda conservada. Leu as informações e instruções da polícia para retirada da ossada. Pensou em como aquele momento era importante para ela.

Nunca soube ao certo o que havia acontecido com seu pai, e agora teria a chance de organizar um enterro digno para ele. Teria um lugar para visitá-lo, para conversar com ele.

Descobrir que seu pai fora identificado como um preso político lhe trouxe ainda mais respostas. Fazia muito sentido, afinal, justificava o fato de ele simplesmente ter desaparecido e também de não ter sido encontrado antes, como infelizmente aconteceu com centenas, milhares, de outras famílias no Brasil.

Havia um breve texto contextualizando este ponto e que dizia que as pessoas que se manifestavam contra o regime militar e foram perseguidas tinham por objetivo lutar e reivindicar seus direitos, bem como a preservação da democracia; Antônio certamente havia se destacado nesta batalha. E que, no Brasil, a radiografia dos atingidos pela repressão política ainda está longe de ser concluída, mas, conforme levantamento da Comissão Especial sobre Mortos e Desaparecidos Políticos da SEDH-PR, sabe-se que pelo menos 50 mil pessoas foram presas somente nos primeiros meses da ditadura militar e cerca de 20 mil brasileiros passaram por sessões de tortura.

Obter essas respostas lhe trouxe alívio. Não sabia que poderia sentir ainda mais orgulho do pai. Que ele era um jornalista respeitado e admirado, nenhuma novidade, mas aquela descoberta o colocava no seleto grupo de verdadeiro patriota, um homem consciente de sua responsabilidade, do alcance da sua profissão e que perdeu a vida fazendo o que mais amava e em prol da liberdade que defendia. Acreditava que, com o seu trabalho e luta, estaria contribuindo para um futuro melhor para a sua filha. E ele estava certo.

Com o fim da ditadura, Alana não pôde compartilhar com ele suas conquistas e o próprio avanço da sociedade. Graças ao pai, e a outras pessoas que encabeçaram essa missão no passado recente, podia trabalhar segura, tinha acesso a órgãos aos quais poderia recorrer, se necessário. Podia se expressar sem medo de ser ameaçada, presa ou torturada. Não precisava se esconder, se retratar. Podia escolher os seus representantes e votar de forma democrática. Vivia a liberdade de poder ser ela mesma.

Sentada no tapete da sala, Alana se deu conta de como não era preciso se esforçar para ter acesso a lembranças boas do pai. Perdeu a hora entre devaneios que lhe fizeram bem para a alma. Como ela sempre acreditou que seria, saber o que havia acontecido de fato lhe trouxe paz de espírito. Era uma espécie de dever cumprido, em relação à memória dele e à história dela.

Decidiu que não faria nada aberto. Iria providenciar um enterro digno para o pai e uma despedida simbólica. Colocou o colar no pescoço. Não estava mais inquieta, mas não pôde deixar de pensar em como os corpos de presos políticos foram parar com Demétrio. Desejou mentalmente boa sorte a Martim.

41

Bifurcação

Herbert estava morto.

Assim que chegou à cadeia, Martim se encaminhou para a cela onde ele ficara nos últimos dias e que já havia sido isolada. Até a chegada dele, ninguém havia mexido no corpo ou retirado algo do lugar. Martim parou na porta e, antes mesmo de entrar, começou a analisar o local.

Havia pouca entrada de luz, que vinha da iluminação fraca do corredor. No quadrado minúsculo, quatro camas beliche disputavam espaço, e o cheiro forte acumulado de todos os detentos que passavam boa parte do dia ali exalava e podia ser sentido antes mesmo de entrar no local. Eram muitos homens juntos, pouco espaço, quase nenhuma higiene.

— Os indícios apontam para um suposto suicídio — antecipou um dos policiais da cadeia que já estava no local, situando Martim em sua chegada.

— Seria uma cópia perfeita do seu ídolo, Demétrio — comentou o delegado, olhando cada canto da cela de forma minuciosa. — O que os demais presos disseram? — questionou.

— Todos falaram que, quando acordaram, se depararam com a cena. Discurso combinado. Não viram ou ouviram nada — respondeu o policial.

— Claro que não. Como se isso fizesse algum sentido. Seria praticamente impossível, em um cômodo desse tamanho, não terem ouvido pelo menos Herbert agonizando. Só estão acobertando quem fez isso — disse Martim com os dentes semicerrados. — Quero a relação dos sete presos que estavam aqui, tudo que tivermos sobre eles.

— Ok, providenciarei hoje ainda. — O senhor está descartando a possibilidade de suicídio? — quis saber o policial, atento às análises.

— Sim. Acompanhe minha linha de raciocínio. Já sabemos que os demais presos estão mentindo. Definitivamente, esse lugar não garante privacidade a ninguém, nem mesmo para cometer um ato desses — Martim se agachou próximo ao beliche onde Herbert fora encontrado, olhando para o chão, concentrado. — Segundo ponto, o relato dos companheiros de cela compartilhado com você sugere que, quando acordaram, se depararam com a cena. Se fosse verdade, Herbert teria enfiado um objeto pontiagudo na própria jugular durante a madrugada, sem nenhum alarde. Embora, até aí, apesar de pouco provável, seria possível. Mas existe um detalhe crucial que chamou minha atenção.

O policial penal que acompanhava Martim era novo, não tivera contato com muitos casos e, principalmente, era a primeira vez que lidava com um suposto homicídio. Enquanto Martim apresentava suas observações, o jovem estava fixado nele.

— Herbert era canhoto. Logo, a perfuração do lado esquerdo do pescoço não faz sentido. De forma natural, e sem dúvida a mais fácil, ele usaria o lado direito do corpo para tal ação, teria mais ângulo e conseguiria colocar a força necessária. Quem deseja cometer suicídio geralmente não dá margem para erros. E, de fato, houve apenas um golpe, uma única perfuração profunda. Dificilmente ele conseguiria ser tão preciso com a mão esquerda acessando o lado esquerdo do próprio pescoço.

— Faz muito sentido, senhor. Notei também que a cama superior do beliche onde ele dormia está ensanguentada. Se fosse suicídio, ele teria simplesmente deixado o sangue se esvair do corpo, mas, ainda assim, provavelmente teria feito algum barulho. Qualquer corpo em um estado de morte iminente luta contra ela através de impulsos incontroláveis, grunhidos e até mesmo desespero. E se ele foi assassinado, essas reações aconteceriam de forma ainda mais contundente — apressou-se a dizer. Apesar de sua análise não trazer nada de novo, Martim assentiu com a cabeça, indicando que o novato estava certo.

À medida que o delegado olhava tudo e fazia suas anotações, indicou ao seu time, que também já havia chegado, a liberação da sequência dos procedimentos. Eles tiraram fotos, recolheram o objeto que serviu como arma e estavam se preparando para retirar as roupas de Herbert e deixar o corpo pronto para o médico legista trabalhar no IML, para onde seria levado.

Martim, assim como os demais investigadores, usava luvas de látex, e quando se aproximou do corpo e virou o pescoço de Herbert para tentar encontrar algo mais, antes da autópsia, uma espécie de desenho chamou sua atenção na parede, perto do rosto dele.

Para não precisar ficar praticamente em cima de Herbert, tirou algumas fotos com seu celular, o que lhe permitiu inclusive aumentar a imagem e observar os detalhes com mais precisão. Não encontrou mais nada suspeito. Saiu da cela e liberou o local para que os demais profissionais da sua equipe cumprissem suas obrigações.

42

Poucos minutos depois, Martim já estava na sua sala. A cadeia ficava relativamente próxima à delegacia, no centro urbano, e, por sorte, ele não precisou enfrentar muito trânsito naquele horário. Entrou, tirou o blazer e o colocou na cadeira, fechou a porta e desceu a persiana. Precisava raciocinar; sua cabeça estava fervilhando. Dali a pouco tempo, teria que enfrentar os jornalistas, e agora comunicaria a morte de Herbert. Não queria nem pensar no alvoroço que essa notícia iria causar.

Estava frustrado. A sensação era de que, toda vez que ele se aproximava da verdade, acontecia algo que lhe impedia de prosseguir. Martim já havia trabalhado em outros casos grandes, mas nenhum tão complexo. E precisou assumir para si mesmo que o que o incomodava ainda mais era o fato de que seu pai conseguira prender Demétrio, e ele sequer sabia o que fazer naquele momento, muito menos quem era o imitador.

Sentiu o celular vibrar; recebera uma mensagem do delegado-geral da polícia civil, seu chefe, e que Martim sabia que estava sendo igualmente pressionado por quem, na hierarquia, devia reportar: o governador do estado e o secretário de segurança pública. *"Já estou sabendo da morte na cadeia. Esse caso só aumenta de tamanho e confusão; onde vamos parar? Espero que você não tenha perdido o controle da situação. Quando te perguntei no início se precisaria de ajuda, você disse que não. Agora, precisamos dar uma satisfação a todos. Faça o que precisa ser feito, Martim. Estamos ficando sem tempo, e eu não suporto desculpas, você sabe disso. Vou acompanhar a coletiva de hoje e não aceito, em nenhuma hipótese, que o nosso estado e polícia sejam questionados. Resolva. E rápido."*

Essas palavras, sem dúvida, não ajudavam em nada. Depois de ler a mensagem, Martim se sentiu ainda mais desconfortável. No fundo, seu maior medo estava ganhando forma e força. Começou a questionar-se se seria capaz de concluir o seu trabalho sem manchar a sua reputação e decepcionar todos que confiaram nele. Respirou fundo e preferiu não responder de imediato à mensagem que recebera. Era o momento de acreditar nele mesmo; só assim resolveria os mistérios. Seu pai ficaria orgulhoso.

Ainda com o celular na mão, abriu novamente a imagem encontrada na parede ao lado da cama de Herbert. Ela fora feita com sangue, muito provavelmente enquanto ele morria. Com calma, analisou cada detalhe. Herbert havia deixado uma mensagem codificada.

ghphwulr qdr h d uhvsrvwd.

Martim se surpreendeu com o fato de ele ter pensado e feito isso enquanto sabia que ia morrer. Não fazia sentido ser um pedido de ajuda, então só poderia ser uma pista. Ele queria falar. Se fosse em outra circunstância, o delegado pediria uma averiguação para confirmar se a letra era realmente dele, assim como o sangue. Por ora, dedicou-se a tentar decifrá-la. Não tinha muitas alternativas.

Depois de esboçar algumas teorias e tentar achar um sentido para as letras, chegou a questionar em sua mente se aquilo não passava de uma brincadeira de mau gosto de Herbert, e que talvez ele estivesse apenas perdendo o tempo que não tinha. Uma hora com o Google aberto e várias pesquisas, e estava quase desistindo.

Resolveu então pedir ajuda. Quando o assunto era criptografias e até mesmo a interpretação de mensagens contendo idiomas antigos de civilizações que fascinam os historiadores e boa parte dos povos, ele podia contar com um amigo de infância que dedicara sua vida a esses estudos.

— Dá uma olhada na imagem que te mandei. Acredito ser uma mensagem codificada. Mas quem a fez pode estar apenas tirando sarro da minha cara. Nunca vi essa sequência de letras; enfim, veja se consegue me dar alguma luz a respeito. Não estou conseguindo sair do lugar — Martim enviou por escrito, junto com a imagem.

— Deixa comigo. Vou analisar aqui e te retorno o quanto antes — respondeu o filologista, praticamente na sequência.

— Fico te devendo mais uma. Sempre que preciso, sei que posso contar com você. Preciso ir para uma coletiva agora, vou deixar meu celular na minha sala. Quando eu voltar, eu olho sua resposta — informou, já se levantando para cumprir com o seu compromisso e torcendo com todas as suas forças para que o amigo pudesse ajudá-lo.

Mais uma vez, a coletiva durou pouco mais de 30 minutos. O delegado usou basicamente o texto que já estava pronto e mudou o final, informando a todos sobre a morte de Herbert naquele mesmo dia. Estava exausto. Sua cabeça pesava mais do que deveria e latejava.

Diferente das outras vezes, teve mais dificuldade para conter os ânimos dos presentes. Afirmou em alto e bom tom, mesmo sem a menor convicção ou respaldo, que o caso estava prestes a ser resolvido e que não demoraria a chegar ao fim. Disse o que todos gostariam de ouvir naquele momento, mesmo que não fosse verdade.

Tomou um remédio para dor de cabeça e sentou-se para conferir o seu celular. Como imaginava, o amigo havia conseguido decifrar a mensagem; ele se concentrou para ler a sequência de textos enviados por WhatsApp:

— Martim, assim que eu bati o olho, já suspeitei que se tratava da Cifra de César. No mundo da criptografia, a Cifra de César também é conhecida como cifra de troca, código de César ou troca de César. E nada mais é do que uma das mais simples e conhecidas técnicas de criptografia.

— Foi criada pelo imperador romano Júlio César, que utilizava esses códigos para proteger as mensagens enviadas a seus generais. Assim, se a mensagem caísse em mãos inimigas, a informação não poderia ser compreendida com facilidade, a menos que a pessoa conseguisse interpretá-la, percebendo essa estratégia.

— E olha que simples, meu amigo: cada letra do alfabeto é substituída pela letra três posições à frente. Ou seja, o "A" era substituído pelo "D", o "B" pelo "E", o "C" pelo "F", e assim sucessivamente. Qualquer código que tenha esse padrão é considerado uma Cifra de César.

Martim continuou rolando a tela para ler as mensagens. Revirou os olhos; Herbert realmente era um cara imprevisível.

— Se todas as mensagens que eu tenho que traduzir e decifrar fossem simples assim... Bom, dessa forma, chegamos à seguinte mensagem: *ghphwulr qdr h d uhvsrvwd.* = Demétrio não é a resposta. — Faz sentido pra você? — Foi a última frase enviada.

— Faz sim. Na verdade, estou ainda mais confuso que antes. E é claro que esse filho da puta ia deixar algo subentendido; por que escrever logo quem está por trás de tudo, ou quem o matou, né? — Depois que enviou a mensagem, que era mais um desabafo, Martim continuou: — Desculpa, você não tem nada a ver com isso. Só mais alguma coisa: encontrou alguma relação com o desenho da forca?

— Fica em paz, irmão. Tô acompanhando na mídia o seu atual caso; aliás, só se fala nisso. Não consigo nem imaginar como têm sido seus dias desde a descoberta dos corpos. Sobre a forca, não existe relação. Aí eu acredito que foi uma brincadeira de quem fez; esse cara deixou o número exato de traçados para que as 21 letras da mensagem se encaixassem.

— E ele não poderia ter escolhido uma analogia melhor. Só faltou colocar minha cara nesse enforcado aí — brincou Martim, valendo-se do senso de humor que lhe restava, e despedindo-se do amigo.

Demétrio não é a resposta. Martim ficou mais alguns minutos refletindo sobre o recado. Como, 20 anos depois de sua morte, ele ainda se fazia tão presente? Lembrou-se novamente do pai, que dedicara anos de sua vida e trajetória profissional para prender o Ladrão de Corpos e que precisara encerrar o caso sem as devidas conclusões e respostas, pelo fato de Demétrio ter cometido suicídio e nunca ter falado abertamente sobre suas motivações ou acerca de tudo que envolvia suas ações. Sabia que essa era uma das maiores decepções do pai, que falecera em 2007, quatro anos após Demétrio. Martim não queria que esse fantasma o perseguisse também.

Riu da ironia. Aquele era o único caso em que os dois trabalharam, em épocas diferentes. Por mais contraditório que fosse, à medida que a investigação avançava, menos certezas o delegado tinha. Essa constatação aumentou ainda mais a dor de cabeça que ele estava sentindo.Demétrio não era apenas a resposta. Para Martim, ele era a perturbação que reverberava e mantinha-se sólida e pulsante ao longo do tempo. Era um fio condutor quase transparente, que escorria pelas mãos sempre que alguém tentava pegar.

Pensou que, talvez, Kalina e Darlan pudessem ajudar, inclusive, a interpretar a mensagem deixada por Herbert. Eles conheciam Demétrio melhor do que qualquer outra pessoa. Embora já fosse noite, chamou dois investigadores e decidiu fazer uma visita a eles.

Ocupado com outras prioridades desde a descoberta das covas, Martim ainda não havia entrado em contato com mãe e filho. Agora seria um bom momento; talvez eles pudessem ajudar a iluminar aquela estrada escura e tortuosa onde todos, inevitavelmente, se encontravam perdidos.

43
O PARADOXO DA PERSUASÃO

Demonstrar qualquer tipo de insegurança não era uma opção para Martim. A começar pela equipe que liderava. Diante de todos, precisava manter a sua imagem e sobriedade intactas. Ele seguiu praticamente calado durante todo o trajeto até a casa de Kali. Os dois investigadores que o acompanhavam estavam nos bancos da frente. O analgésico fez sua parte; sem dor na cabeça, o delegado voltou a concatenar suas ideias.

— O que vamos fazer lá? Qual é o objetivo desse deslocamento, delegado? — quis saber um dos policiais, o que estava dirigindo.

— Buscar ajuda, seja ela qual for — respondeu com honestidade.

— É, a mulher do cara deve saber alguma coisa, não é possível — ponderou o policial que olhava atentamente para Martim no banco de trás pelo espelho retrovisor.

— Vamos descobrir. Na verdade, eu deveria ter conversado com eles antes, mas tanta coisa aconteceu nesses últimos dias... — disse, massageando as têmporas e refletindo sobre possíveis falhas na sequência da sua investigação.

— Se ela soubesse de algo, acho que já teria aberto o bico. Nem no passado nunca saiu nada sobre ela. Mas é isso, vamos ficar atentos a qualquer detalhe, contradição, incoerência. Vai dar certo, delegado. Vamos pegar quem quer que esteja por trás de tudo isso — pontuou o segundo policial, que até então estava calado.

Martim não estava interessado no que os dois achavam. Apenas balançou a cabeça em afirmação como resposta e permaneceu concentrado. Eles continuaram conversando entre si.

— Seria bom contar com um pouquinho de sorte também.

— Como assim, sorte? Desde quando você é supersticioso ou confia na sorte? — retrucou um deles em tom de brincadeira, mas que condizia com sua curiosidade.

— Tem coisas que dependem da gente, outras não. Já vi casos em que, depois do time desistir e jogar a toalha, as coisas se resolveram; a solução praticamente brotou na frente dos investigadores. Tem o nosso trabalho, mas tem o acaso também, que manda e desmanda em todos nós — argumentou com o semblante sério o motorista. O que fez Martim e o outro policial começarem a rir espontaneamente.

— É sério, não estou brincando — reforçou seu ponto de vista, tentando demonstrar aos demais que era no que ele acreditava.

— Não acredito em acaso e muito menos em sorte. Vamos fazer a nossa parte, que o resultado vem. É nisso que acredito: trabalho sério e capacidade resolutiva. E presta atenção nesse trânsito aí; desse jeito, não vamos ter a sorte de chegar lá hoje — encerrou o assunto o segundo policial, aderindo à introspecção de Martim pelo resto do caminho.

Quando anunciados pelo interfone da casa, não demorou para que fossem recepcionados por Darlan, que indicou a sala para receber os visitantes inesperados. Os quatro homens se encararam; não trocaram nenhuma palavra, houve apenas a troca de acenos com a cabeça.

— Não estávamos esperando vocês. Muito menos a essa hora. Minha mãe já vem; ela estava se preparando para ir dormir — foi a primeira frase dita por Darlan.

— Peço desculpas pelo horário e inconveniente, mas é realmente importante. Do contrário, eu não teria vindo — deixou claro Martim que aquela era uma conversa que não poderia ser evitada ou recusada pelos anfitriões.

— Ok. Aceitam uma água ou café? — ofereceu, mostrando-se gentil pela primeira vez.

— Água para todos nós, por favor — respondeu Martim, por eles.

Os policiais permaneciam calados. Estavam a postos, em posição ereta, observavam o local com atenção e vigilância. Martim se sentou para aguardar por Kali. Eles permaneciam em pé na sala, com a postura rígida, pareciam estar prestes a entrar em ação.

Cerca de cinco minutos depois da chegada deles, Kalina apareceu. Ela estava muito arrumada para quem ia se deitar. Mesmo sem muita maquiagem, dava para perceber que ela ou ia sair ou estava esperando por alguém. Nesse intervalo curto de tempo, ela não conseguiria escolher a combinação de roupas que trajava e muito menos passar máscara de cílios, base e sombra nos olhos. Estava de calça de linho bege e uma blusa preta de algodão. O delegado observou ainda que os brincos, cinto e sapatos eram acessórios que combinavam com o restante da montagem. Não foram escolhidos aleatoriamente ou de forma rápida.

— Agradeço por nos receber, Kalina — disse Martim, assim que ela parou em sua frente. Ele se colocou de pé, e eles se cumprimentaram apertando as mãos. — Darlan disse que você estava pronta para se deitar, mas pelo visto, acho que ia sair antes da nossa chegada — acrescentou, demonstrando não ter passado despercebido o comentário do filho na chegada e a forma como ela se apresentou.

— Sente-se novamente, por favor, delegado — disse, apontando para o sofá atrás dele, enquanto ela também se sentava, sem desviar os olhos de Martim. — Meu filho às vezes é um pouco disperso. Falei que ia para o quarto, mas não necessariamente dormir. Enfim, eu não pretendia sair. Estava aguardando por você — respondeu sem mudar o semblante petrificado.

Darlan sentou-se ao lado da mãe, de frente para Martim. Bebia um copo de água que ele próprio servira e relaxou a postura, encostando as costas no fundo da poltrona. Sua fisionomia era outra, apenas com a chegada de Kali, como se finalmente estivesse se sentindo protegido, seguro.

— Gostaria de entender melhor. Você se arrumou porque tinha certeza de que eu viria e justamente hoje? — perguntou Martim, inclinando o corpo para frente, cruzando as mãos e as posicionando em cima das próprias pernas.

— Vi a sua coletiva há pouco tempo na televisão. Deve estar buscando qualquer coisa que possa te ajudar. Não é difícil imaginar que você viria. É claro que, no atual contexto, nada mais previsível do que falar com a viúva e o filho de Demétrio — devolveu Kali, o semblante e a voz permaneciam serenos. Darlan apenas acompanhava a troca de perguntas, praticamente sem se mexer.

Martim não fazia ideia de como Kali era. Fisicamente, já tivera acesso a fotos dela e de Darlan. E, em poucos minutos e trocas, arrependeu-se profundamente por não a ter procurado antes. Estava totalmente focado nos dois, em cada palavra, postura e gestos.

— Entendo que você saiba mais sobre os processos de uma investigação criminal do que gostaria. Fez uma boa leitura, mesmo de longe. Confesso que eu não esperava por toda essa objetividade.

— O que esperava encontrar, delegado? — devolveu sem titubear.

— Isso não vem ao caso. O fato é que estamos aqui, frente a frente. E eu gostaria de ouvi-los. Já que você tem uma visão tão clara do caso e da sequência dos acontecimentos, o que está achando de tudo isso, Kali? — Havia curiosidade genuína na voz de Martim.

— Acho que essa história já rendeu muito mais do que deveria. Não sei o que o senhor veio buscar aqui ou o que gostaria que eu respondesse, mas sinto desapontá-lo: eu e Darlan não temos absolutamente nada a declarar. Permanecemos à disposição da polícia, como também estive no passado. Mas, sinceramente, Martim, não consigo pensar em como nós poderíamos contribuir com a sua investigação — falou com convicção, sem titubear, pronunciando um discurso aparentemente ensaiado.

— Entendi. Você estava esperando minha visita, o que indica que tem acompanhado de perto o desenrolar da investigação... não disse nada no passado e continua com a mesma postura. Ou você realmente não sabe de nada, mesmo tendo sido casada com o Ladrão de Corpos por tanto tempo e conseguiu achar uma forma de se blindar de tudo isso...

— Ou o que, delegado?

Martim estava visivelmente intrigado com a mulher à sua frente. Descruzou as mãos e fez um gesto como se estivesse arrumando as sobrancelhas. Antes mesmo que pudesse concluir, Kali prosseguiu.

— Eu realmente não sei quais eram suas expectativas. Esperava que eu te dissesse que sabia dos segredos de Demétrio, ou melhor, que eu era sua cúmplice, algo do tipo? Já sei, que tal um nome ou uma pista sobre quem é o imitador? Estou cansada de, mais uma vez, voltar ao centro dessa história. Como eu disse, sinto muito não poder ajudá-lo, mas acredito no seu trabalho e sei que irá encontrar todas essas respostas e resolver o caso, certo? — A presunção na voz de Kali incomodou ainda mais Martim.

— Não tenha dúvida disso — embora sua voz não fosse tão firme quanto a dela, Martim tentou manter sua convicção inabalada. Não era um jogo, mas não podia recuar e apenas se defender. Precisava contra-atacar.

— Que alívio. Não vejo a hora disso acontecer — Kali imprimiu certa ironia na voz. Pela primeira vez, deixou escapar um breve sorriso contido. — Então, terminamos por aqui — tentou continuar no comando.

— Ainda não. Na verdade, até o momento você deu as cartas, conduziu nossa conversa. Agora chegou a minha vez — disse, fazendo uso da sua autoridade. — Você consegue imaginar alguém que pudesse idolatrar Demétrio a tal ponto de repetir seus atos com tamanha perfeição?

Kali supunha tê-lo intimidado o suficiente para encerrar aquele encontro. Estava acostumada com essa estratégia. Não esperava a invertida de Martim. Assentiu com a cabeça, entendendo que era melhor cooperar se quisesse a sua sala livre de policiais e para evitar outros problemas. Caso negasse continuar a conversa teoricamente amistosa, sabia que a próxima jogada de Martim seria levá-los à delegacia para prestar um depoimento oficial. Teria que recorrer a um advogado. Preferiu evitar.

— Não faço ideia. Vamos voltar ao ponto inicial? — limitou-se a dizer.

— Antes de morrer, Herbert deixou uma mensagem que dizia que Demétrio não é a resposta. Algum de vocês dois consegue encontrar sentido nessa afirmação? — Martim fez questão de incluir Darlan, apontando com o indicador para os dois.

— Martim, eu também faço minhas pesquisas. Sei que seu pai foi o responsável por prender meu marido em 2003. E não precisa ser nenhum investigador para juntar as peças. Esse caso se tornou pessoal pra você — respondeu Kali, ajeitando-se na poltrona e revelando, pela primeira vez, certo incômodo com o rumo que a conversa estava tomando. — Você está obcecado por Demétrio como seu pai esteve, não percebe? A diferença é que o motivo da sua obsessão não existe mais. Vai querer mesmo dar esse palco todo para um imitador?

Mais uma vez, Kali o surpreendeu. Aonde ela queria chegar? Ele conhecia bem as técnicas usadas por ela; era o perfil de uma pessoa manipuladora. Kalina propôs a mudança de assunto tentando explorar as emoções de Martim e distorcer os fatos. Parecia não ter receio do que estava falando, muito menos de como seria interpretada.

— Deixa eu ver se entendi. Está sugerindo que eu ignore tudo que já sabemos até aqui, o fato de que existe um imitador à solta, e arquive o caso? Seria essa a melhor solução na sua opinião?

— Cada um de nós é responsável por suas escolhas e, claro, por ter que lidar com as consequências delas, delegado. Eu só acho que deixar o passado no lugar dele seria um bom começo.

— Acho que você é esperta o bastante para saber que isso não vai acontecer.

A resposta de Martim pesou o clima na casa. Havia tensão no ar, e o silêncio total só foi quebrado pela tosse proposital de um dos policiais, que lembrou a todos que eles também ainda estavam ali. Agora, eles estavam conversando de igual para igual. O olhar fixo e indecifrável de Kali, somado à segurança e precisão de suas palavras, não foram abalados. Para Martim, ela parecia poder enxergar dentro da alma.

— E você, Darlan? O que acha de tudo isso? Também não vai dizer nada? — perguntou Martim, depois de alguns segundos que pareceram minutos, dando continuidade à conversa e buscando o olhar dele, que vagava por toda a sala e vez ou outra cruzava com quem estava à sua frente.Antes de responder, Darlan olhou para a mãe, pedindo, silenciosamente, permissão para falar. Com um aceno leve de cabeça, ela indicou que o filho poderia prosseguir. Eles estavam conectados; talvez essa troca rápida não seria notada por algum observador pouco atento. Martim não apenas acompanhou o consentimento como achou a cena pitoresca. Em 2023, o homem completaria 31 anos, e se portava como uma criança diante da progenitora.

— Acho que Herbert teve o que mereceu — disse finalmente, olhando para Martim.

A resposta pegou Kali de surpresa. Certamente ela achou que o filho se manteria neutro ou que daria respostas genéricas, como ela. Tentou não demonstrar sua irritação; mexeu no cabelo três vezes — não havia o que alinhar — e tomou um gole de água do copo que estava na mão do filho. Quando o pegou, evitou olhar para ele.

— O que quer dizer com isso? Poderia ser mais específico? — instigou Martim para ver até onde Darlan ia, sem deixar de observar Kali.

— Ele era um fanático, iludido. Com certeza cometeu suicídio para copiar a morte do meu pai. Um doente — enquanto falava, Darlan não olhou para a mãe; manteve seu olhar fixo no delegado e vomitou as palavras entre os dentes, com aparente raiva.

— Como você sabe que ele cometeu suicídio? Não repassei essa informação na coletiva; mencionei apenas que ele foi encontrado morto em sua cela essa manhã — a observação certeira do delegado fez Kali intervir.

— Como o próprio Darlan falou, esse tal de Herbert era um fanático. Quando ele foi preso, saíram inúmeras matérias sobre ele, com foco na devoção que alimentava por Demétrio. O que Darlan quis dizer é que faz total sentido que ele tenha replicado o que meu marido fez, não acha? — Não esperou pela resposta de Martim. — De novo, delegado, não é preciso ser nenhum gênio para concluir coisas que são tão óbvias. Qualquer pessoa que tenha assistido ao seu pronunciamento certamente seguiu essa linha de pensamento.

Com a resposta de Kalina, Martim teve certeza de duas coisas: primeiro, que precisaria conversar com Darlan sem a presença da mãe. E, segundo, que ela sempre respondia de uma forma que sua afirmação, o seu raciocínio, se apresentava como lógico e inquestionável. Entendendo isso, o delegado optou por não estender aquele encontro mais do que o necessário. Nitidamente, ela havia recuado após a fala do filho.

— Faz sentido sim, Kali — preferiu concordar. Mas dessa vez, quem sorriu de canto foi ele, evidenciando suas percepções. — Uma última pergunta: onde vocês dois estavam ontem durante a madrugada?

— Do que se trata essa pergunta, delegado? Quando nos tornamos suspeitos? — perguntou Kali, demonstrando que havia compreendido o recado e raciocínio de Martim.

— Em nenhum momento eu disse que eram suspeitos. Entenda como uma pergunta de praxe — reforçou o seu posicionamento dúbio.

— Estávamos aqui em casa, obviamente dormindo. Antes que você faça a próxima pergunta de praxe, temos câmeras de segurança na entrada e garagem; se necessário, podemos comprovar que não saímos ontem de casa, muito menos de madrugada — devolveu Kali. Sua voz confiante e postura serena deram lugar à inquietude do corpo, que não parava de se mexer, e uma expressão facial que Martim desconhecia até aquele momento. Kalina parecia apreensiva.

— Gostaria sim de ter acesso à gravação dos últimos dois dias. Não vou mais tomar o tempo de vocês; obrigado pela conversa e pela água — colocou-se de pé e estendeu um cartão que retirou do bolso para Kali. — Envie o quanto antes para o meu e-mail.

Assim que os policiais saíram, Kali trocou poucas palavras com o filho.

— Vou para o meu quarto; tranque tudo e acione o alarme antes de se deitar.

— Ok, mãe. — Está brava comigo?

— Brava não, Darlan. Mas francamente, que resposta foi aquela? Não percebe que qualquer coisa que a gente faça ou diga nos coloca no centro das atenções?

— Não pensei muito na hora, me perdoe. — respondeu, cabisbaixo.

— Bom, agora, esse delegado vai tentar achar pelo em ovo. Você não percebeu como ele nos provocou? Ele estava doido para que caíssemos em contradição ou, quem sabe, estava tentando nos colocar um contra o outro.

— Também não gostei dele. — afirmou Darlan, agora levantando os ombros curvados e voltando a encarar a mãe de frente.

— Isso é uma conversa para depois. Vá descansar também, pelo que tudo indica, teremos longos e exaustivos dias pela frente.

Sozinha e com a porta trancada, sentou-se no chão do quarto. Perto da sua cama, cruzou as pernas e deu início a uma espécie de meditação. Sempre que ela estava prestes a perder o controle, se esforçava para recuperar o equilíbrio e não deixar aflorar as suas emoções mais íntimas. Martim mexeu com a paz de Kali.

Depois de realizar alguns exercícios de respiração, finalmente se deitou. Não olhou o horário e sequer estava preocupada com o seu sono, pois não conseguia dormir. Sua mente estava frenética, mas seu raciocínio era coordenado. Repassou toda a conversa com o delegado em sua mente, duas vezes, palavra por palavra. Ela só conseguiu relaxar e fechar os olhos quando decidiu o que faria no dia seguinte. Ninguém tiraria o filho dela.

44
Ausências que preenchem

A morte é uma das poucas certezas da vida. Embora esse fato seja inquestionável, no geral, as pessoas nunca estão preparadas para lidar com ela. Independentemente do tempo que levou ou das circunstâncias. Certas ausências nunca poderão ser ignoradas. Para o bem ou para o mal.

Com a partida do pai e do namorado, Alana experimentou sentimentos diferentes, embora dentro do mesmo contexto. Lembrava-se deles de formas distintas, em momentos específicos e sempre com a sensação de que poderia ter vivido mais ao lado dos dois. Com os acontecimentos recentes, a solitude era sua nova companheira, não mais a solidão.

Já com a notícia da morte de Herbert, viveu o extremo oposto. Sentiu raiva e alívio ao mesmo tempo. Em um primeiro momento, tomada por seus sentimentos mais ocultos, achou que a justiça havia sido feita. Depois, quando se deu conta, percebeu que não queria ser essa pessoa. Nunca desejou mal a alguém e, mesmo Herbert sendo a personificação de tudo que ela repudiava, ainda assim, entendeu que ele deveria ter sido julgado, condenado e que merecia pagar por todos os seus crimes. Chegou à conclusão de que era muito diferente daqueles que lhe fizeram mal. E esse sentimento era bom. Quando conseguiu elaborar e entender esse ponto, sentiu-se mais confortável consigo mesma e suas reações.

Focou então no que tinha nas mãos e cabia a ela resolver. Voltou para a academia, fez as compras no mercado e na feira, abastecendo sua dispensa e geladeira, lavou as roupas sujas que estavam acumuladas, limpou e colocou ordem novamente em sua casa. Não era só o ambiente que parecia outro. Alana estava diferente; existia dentro dela uma energia que ela mesma desconhecia. E sua vontade de viver, resgatada, a impulsionava para frente.

Depois de vencer a parte burocrática para ter acesso aos restos mortais do pai, finalmente conseguiu realizar o sepultamento. Não convidou ninguém. No cemitério, estavam ela e os coveiros, que realizaram o enterro de forma totalmente automática e rápida. Como não havia pessoas para carregar o caixão ou se despedir, toda a ação durou pouco mais de 30 minutos. Eles tinham pressa para dar sequência ao trabalho deles e partir para o próximo, e ela para ficar sozinha com o pai.

Observando a conduta deles, era inevitável pensar em como algumas profissões lidam com a dor dos outros e, ainda assim, conseguem fazer tudo de uma forma profissional, impassível. Questionou-se se, com o tempo e a prática rotineira, a dor dos outros não passava disso, de sentimentos que não cabem a você. Assim que concluíram seu trabalho e saíram de perto, a jornalista pôde finalmente se posicionar próximo à lápide e conversar com Antônio.

Alana estava com uma calça azul-bebê e blusa básica branca de manga longa. De forma intencional, não quis vestir preto. Naquele momento, ela estava se libertando definitivamente do seu luto e não dando início a um. Usava óculos de sol preto e, vez ou outra, precisava retirá-los para secar alguma lágrima que teimava em cair. O dia estava bonito, o que ratificava a decisão de Alana. Apesar das nuvens no céu, o sol chegava com facilidade e sua pele estava quente, aquecida como num abraço afetuoso.

As poucas palavras que conseguiu externalizar em voz alta eram acompanhadas por um choro controlado, embora profundo. Ela esperou tanto por aquilo. E sabia que talvez essas fossem as trocas mais sinceras, quando não é necessário falar muito, mas simplesmente sentir. E esse sentimento era inominável. Lembrou-se também de Roger, e seu coração se contraiu ainda mais, como se alguém estivesse apertando o órgão dentro do seu peito, sem dó. Não queria mais se agarrar às sensações ruins.

— Finalmente chegou a hora de você ir, pai. Eu te liberto de mim. Me perdoe por todas as vezes que não fui capaz de me sentir assim, pronta para seguir sem você. E eu te prometo que vou ficar bem. Agora vou. Quem sabe um dia a gente se encontre de novo. Sei que você não acreditava nessas coisas, mas talvez, depois de tudo, e se estiver conseguindo me ouvir, sua opinião tenha mudado. Obrigada por tudo. Por cada sorriso, abraço apertado, cada troca, por todos os conselhos e por ter escolhido ficar comigo quando precisou decidir por nós dois. Eu te amo, hoje e sempre. — Falou em forma de sussurro.

— Uau. Desculpa, não pude deixar de ouvir o que disse.

Alana foi surpreendida pela frase e por uma mão leve posicionada em seu ombro. Olhou para o lado e percebeu que a filha de Roger estava ali. Por uma fração de segundos, teve medo do que aquele contato poderia significar. Elas não haviam se falado mais.

— Fiquei te observando por alguns minutos e acabei chegando perto quando você estava falando e não notou minha presença. Sinto muito pelo seu pai. — complementou.

A garota permaneceu com a mão no ombro de Alana e seu receio, logo, deu lugar a um convite para um abraço sincero e apertado. Apesar da pouca idade, suas ações indicavam que ela sabia o que estava fazendo e, principalmente, por que estava.

— É muito bom ver você. E acho que eu precisava desse abraço — disse Alana com a voz fraca e suave.

— Toda vez que eu abro a geladeira e resisto à tentação de comer um embutido, eu lembro dele me dizendo que cada fatia de presunto era um minuto a menos de vida. E como ele era chato às vezes! Me ligava para saber se eu tinha almoçado direito ou para falar que eu deveria ler algum livro específico que ele tinha visto a resenha. Me mandava mensagem para avisar que tinha pensado em uma programação especial para o final de semana que passaríamos juntos. Me marcava em memes sem graça nas redes sociais com muita frequência. Eu cheguei a ficar brava com ele algumas vezes, disse que ele encheu meu saco. E agora... eu sinto falta de tudo isso. Das implicâncias, do excesso de mensagens, do cuidado e do amor dele.

— Roger era mesmo atencioso e insistente vez ou outra. Quando você disse isso, ele deve ter se empenhado em te irritar mais ainda. — comentou Alana, sorrindo desajeitada.

— Sim, você o conhecia bem. — Sorriu fraco de volta.

— Te entendo. E acho que o pior é isso, são as pequenas coisas. O telefone que não toca. A comida que era para dois e sobra. É ir ao supermercado e ver a cerveja ou o café preferido. É o nó na garganta que se forma quando você passa na frente de algum lugar que já frequentaram juntos.

— Será que um dia isso passa?

— Sinceramente? Acho que não. Olha para mim, eu não tinha essas rugas quando precisei me despedir do meu pai pela primeira vez. Gostaria muito de te dizer que é só uma fase ruim, para dar tempo ao tempo, que a sensação de ausência e saudade vão diminuir.

— Mas não é assim que acontece.

— Infelizmente não.

— Você poderia virar coach motivacional, teria uma bela carreira pela frente.

As duas riram espontaneamente. Se encararam.

— Você nunca mais ligou. Não me procurou e nem meu irmão.

— Foi direto ao ponto.

— Me desculpa. Pensei em ligar para vocês várias vezes. Mas eu não sabia como seria recebida... como vocês estavam passando por tudo isso.

— Era só ter perguntado, ué! — disse, balançando as mãos no ar, e lembrando a Alana que às vezes uma simples pergunta era capaz de quebrar barreiras e fortalecer conexões.

— Eu amo a visão simplista dos jovens — comentou em tom de brincadeira.

— Acho que vocês que complicam tudo. Preferem imaginar, supor, a perguntar. Minha mãe é do mesmo jeito, deixa de fazer um bocado de coisas porque acha isso ou aquilo sobre as pessoas e situações. Vocês pensam demais.

— Você tem razão! Então, como você está? — emendou, aproveitando a oportunidade e a abertura.

— Tem dias que sinto muita saudade dele, como hoje, por isso vim aqui. Já cheguei até a ouvir áudios antigos, só para ouvir a voz dele. Mas no geral, acho que estou me saindo bem. Aliás, todos nós. Mamãe está ainda mais próxima de mim e do meu irmão. Acho que vamos sair mais fortes dessa de alguma forma.

— Eu não tenho a menor dúvida disso. Sempre foram muito unidos.

— E você? Como tem se saído sem ele? — quis saber.

Alana precisou de alguns segundos antes de responder.

— Agora, acho que bem também. Tenho focado em lembrar das coisas boas, da risada dele, das receitas que nunca deram certo na cozinha, das piadas sem graça. Seu pai era meu melhor amigo, a gente se divertia juntos.

— Essas eram as coisas boas? Ninguém merecia aquelas piadas. — As duas riram novamente. Alana não se lembrava da última vez que havia sentido dor no maxilar por um motivo bom. Provavelmente foi com Roger.

— Seu pai te amava muito. E com toda certeza ele está muito orgulhoso de você. Por ter se tornado essa mulher sensível, esclarecida.

Alana se aproximou e pegou as mãos dela, fez um leve carinho com as suas. — Você não imagina o quanto essa conversa foi importante para mim. Obrigada por não me condenar, como muitas pessoas têm feito. — Verbalizou seu medo mais enraizado.

— Você conviveu anos com a gente, aturou o pentelho do meu irmão, o mínimo que eu poderia fazer é desejar que você fique bem — falou, deixando evidente sua escolha por respostas bem-humoradas, devolvendo o carinho nas mãos.

— Alana, infelizmente coisas ruins acontecem o tempo todo. Moramos em São Paulo, vocês poderiam ter sido assaltados, sei lá. O fato é que meu pai queria estar com você e, para mim, é só o que importa. Ninguém obrigava ele a fazer nada. Sei lá o que foram fazer naquele sítio, se ele te defendeu, foi com você ou atrás de você, foi uma escolha dele. Portanto, não existem culpados. A não ser, claro, quem o feriu.

— Quando foi que você se tornou essa senhora sábia de 80 anos? — brincou Alana, fazendo uma careta de assustada para a eterna enteada.

— Tivemos o privilégio de ser criadas por homens incríveis, que nos inspiraram, educaram da melhor forma, criaram memórias que jamais vamos esquecer. Já estamos em vantagem em relação a muita gente. E é isso, vida que segue.

— Idade é realmente só um número. Você me surpreendeu! Não vamos nos afastar. Sinto falta de vocês. Podemos continuar a nos ver?

— Claro que sim! Com certeza meu pai deve estar vibrando nesse momento, onde quer que ele esteja.

Depois daquela conversa, Alana voltou para casa animada. A vida podia ser boa. Talvez, nem sempre leve, mas cheia de surpresas que enchem os olhos e o coração. Amar e ser amado, ter com quem partilhar as conquistas e frustrações, se orgulhar dos seus, fazer a diferença na vida dos outros.

Alana entendeu que não estava sozinha no mundo, como Roger dizia a ela. Apenas se havia fechado em seu casulo, sem perceber. Existia um universo do qual ansiava fazer parte. Um lugar de novas oportunidades, escolhas e experiências. Queria sentir tudo que nunca sentiu. Não tinha mais medo de se machucar. Queria viver.

45

Estuário

Darlan estava saindo da academia quando foi abordado por Martim. Com fones de ouvido, não percebeu a aproximação do delegado, que precisou tocar levemente seu ombro direito para indicar que estava logo atrás dele. Quando sentiu a abordagem, seu primeiro impulso foi esconder o celular dentro do bolso do moletom que usava, o mais rápido que pôde. Infelizmente, era cada vez mais comum o roubo de celulares na capital paulista, independentemente do horário e região. Depois que se virou e percebeu que era Martim, soltou um breve suspiro de insatisfação. Talvez preferisse que fosse um ladrão.

Apesar de a academia ser de uma filial de uma rede *fitness* famosa e de estar localizada em um prédio comercial de 20 andares que, por si só, movimentava a vizinhança, a rua estava relativamente vazia. Poucos carros e pessoas estavam em trânsito por volta das 10h30 da manhã por ali.

Darlan apertou o passo, como se fosse possível ignorar o delegado. Olhou para o lado esquerdo, calculando uma possível rota de fuga, cogitou correr. Martim notou os indícios do que ele estava pensando em fazer. Astuto e experiente, o delegado passou o seu braço no pescoço de Darlan, trazendo-o para perto dele através de um abraço esquisito e forçado. Travou o corpo de Darlan, que viu seu plano ir por água abaixo.

— Calma. Não vou te machucar. — Começou, soltando o corpo dele e demonstrando coerência com sua frase inicial. — Eu só quero conversar com você, tudo bem? Podemos sentar ali naquela cafeteria, onde tem muitas pessoas para você se sentir mais seguro. Prometo que será uma conversa breve, ok? — convidou o delegado, apontando com o indicador direito para o local que estava a pouco mais de 200 metros deles.

Sua mão esquerda continuava firme no tronco de Darlan, que permaneceu calado, mas assentiu com a cabeça, indicando que poderiam seguir para a cafeteria. Caminharam juntos, em sintonia, e atravessaram a rua. Com a situação aparentemente controlada, Martim o soltou e acompanhou, mantendo uma certa distância, sem qualquer tipo de contato físico. Eles se sentaram na primeira mesa que encontraram. Foram logo atendidos, e ambos pediram um expresso e água com gás. Assim que a garçonete saiu de perto, Martim continuou.

Sem expressão definida, Darlan apenas o encarava. Sua curiosidade estava presente; no fundo dos seus olhos havia uma chama, certa intensidade. Mas, ao mesmo tempo, ele se mantinha comedido. Martim o julgou como calculista. Sua recepção retraída e pouco amistosa deixou claro que ele não queria se comprometer e que talvez o trabalho do delegado fosse mais difícil do que o previsto.

— Sei o quanto tudo isso é difícil para você e sua mãe. E eu sinto muito por ter que trazê-los de volta a esse lugar que preferem esquecer. Mas eu preciso de ajuda, Darlan. E você pode proteger a sua mãe se me disser a verdade. Me ajuda a entender, eu sei que está tudo conectado de alguma forma, mas não estou conseguindo perceber como. Você sabe de alguma coisa? Teve algum tipo de contato com Herbert em algum momento?

Martim sabia que teria pouco tempo para desenvolver aquela conversa. Então usou um tom apelativo que não combinava com ele, mas achou apropriado para aquela situação. Talvez Darlan se sentisse mais propenso a falar se fosse convencido pela demonstração de fragilidade e pedido de ajuda do delegado, que, dessa forma, não era nada ameaçador.

— Delegado, eu não tenho nada a ver com isso tudo, eu juro. Quero sim proteger a minha mãe, mas não sei como. — Darlan relaxou a postura. Inclinou levemente o corpo na direção de Martim e falou baixo: — Meu único problema foi ter nascido filho daquele homem. Mesmo morto, ele não nos deixa em paz! Eu vejo como minha mãe sofre com tudo isso. Ela só quer me salvar — disse, esfregando o rosto duas vezes.

A estratégia de abordagem de Martim funcionou. As palavras de Darlan revelaram mágoa, mas também certa abertura para o diálogo. Ele precisava aproveitar a brecha cedida.

— Te salvar do quê, Darlan? — instigou. — Pode falar comigo. Tudo que a gente conversar aqui hoje é entre nós dois, ok? Prometo a você que sua mãe nunca saberá que estivemos juntos, não por mim. Eu só quero ajudar a acabar de vez com o tormento de vocês. Se esse caso for resolvido, todos nós voltamos a nossa rotina normal e superamos de vez o passado, todos ganham, entende?

— É o que eu mais quero também. — pontuou, indicando ter compreendido a intenção de Martim.

— Ótimo. Então, do que ela precisa te salvar? — repetiu a pergunta.

— De toda a maldade do mundo. De pessoas ruins como o meu pai. Acho que no fundo ela sempre teve muito medo de que eu me tornasse alguém como ele — soltou sem pensar.

— E você, tem medo do quê?

— De que, mesmo do inferno, aquele monstro consiga estragar nossa vida mais uma vez. Quando estamos só eu e ela, é tudo tão simples, tranquilo. A culpa é dele, não nossa. Não é justo viver assim.

Martim percebeu com facilidade que sempre que se referia ao pai, ou lembrava dele, o rosto de Darlan ficava vermelho e toda a apatia natural dele dava lugar a um homem diferente, irritado, talvez agressivo.

— Eu compreendo sua indignação. E como você acha que se saiu quanto ao medo da sua mãe? — arriscou.

— Quer saber se sou como meu pai? — devolveu rápido, ele estava totalmente concentrado no diálogo deles.

— Eu tenho certeza de que você é muito diferente dele. — recuou Martim, com receio de assustar Darlan.

— Por que diz isso, delegado?

— Porque você tem a capacidade de amar. Se preocupa com a sua mãe de forma genuína. Consegue compreender que tudo que seu pai fez é crime, e que ele fez muita gente sofrer com as ações dele. Tudo isso diz muito sobre quem você é, Darlan.

Quando disse isso, percebeu que Darlan sorriu. Estava ainda mais relaxado e até tomou o seu café que estava na mesa esfriando. Martim estava de novo no jogo. Deixou ele retomar, no tempo dele.

— Sabe quantas vezes tivemos que mudar de casa? Quantas vezes precisei mudar de escola? Quando eu chego nos lugares, sinto o julgamento das pessoas. Muitas nunca esqueceram o rosto dele, e agora então com toda essa merda de novo Darlan disse a última frase entre os dentes, com amargor. Martim imaginou que provavelmente ele se lembrou de alguma situação vivida que o marcou de forma negativa.

— Isso talvez seja o pior, eu sou a cara dele. Tenho treinado muito nos últimos anos para que meu corpo pelo menos seja diferente. Já raspei o cabelo uma época, pensei até em pintar de outra cor. Mas não adianta, delegado. O que quer que eu faça nunca vai mudar o fato de eu ser filho do Ladrão de Corpos.

O café de Martim havia esfriado na xícara, ele sequer deu um gole no líquido. Nem na água. Não conseguia tirar os olhos de Darlan. Houve uma pausa no desabafo. Como ele não continuou, Martim seguiu:

— Preciso perguntar isso: você teria ideia de por que seu pai roubava corpos?

— Ele era doente. Acho que por diversão ou talvez para chamar a atenção. Minha mãe, quando se permitia falar dele, me dizia que ele era inconstante, mudava rápido demais de opinião. Parece que durante a vida teve várias obsessões e era impulsivo. Ele sempre queria ser o centro das atenções, não duvido nada que gostou quando foi descoberto e preso. Apesar de que ele não sabia perder; nunca podíamos falar algo que ele fez de errado ou alguma crítica, isso eu lembro um pouco de passar com ele. Era muito difícil falar com o meu pai.

— Ele chegou a ter algum acompanhamento psicológico ou psiquiátrico antes ou na prisão? Sua mãe chegou a falar algo nesse sentido?

— Lembro dela dizer que quando ele foi preso fizeram alguns testes. Como era mesmo o nome? — Darlan coçou a cabeça e aparentemente tentava resgatar na memória. — Não é psicopatia, embora muita gente vira e mexe se refira a ele como psicopata.

— Transtorno de personalidade borderline? — Martim tentou ajudar.

— Isso, acho que é esse o nome do diagnóstico dele.

— Faz sentido depois de tudo que ouvi e li, apesar de eu não ser um especialista. Mas eu sei que os transtornos de personalidade não são excludentes. Isso significa dizer que seu pai poderia sim preencher os critérios para mais de um ao mesmo tempo.

— Quer dizer que ele poderia ser psicopata e borderline?

— Exatamente.

— Caramba! Se for isso, imagina que cabeça ferrada ele tinha. Minha mãe sempre se limitou a me contar pouca coisa sobre ele, e nunca estimulou as minhas próprias lembranças. E ela tinha seus motivos, né? — Esboçou um sorriso de canto sem graça. — Acho que o objetivo da vida dela passou a ser me blindar mesmo. Como se isso fosse possível.

— E ela, Darlan? Como acha que sua mãe passou por tudo isso com o seu pai? Ela nunca desconfiou de nada? Martim tentou escolher as melhores palavras, estava tocando no calcanhar de Aquiles de Darlan.

— Ela é uma fortaleza. Mãe exemplar. Suportou tudo sozinha, mas agora pode contar comigo. Nunca teve nada a ver com essas loucuras do meu pai, pelo contrário, ela abomina tanto quanto eu. Você precisa ir atrás das pessoas certas, delegado. Não percebe que está perdendo seu tempo com a gente? — disse, já afastando a cadeira para se levantar e indicando que a conversa havia chegado ao fim. — Já passou muito do meu horário.

— Só mais uma coisa. Você sabe algo a respeito do Herbert? Aquele dia na sua casa, falou como se o conhecesse. — Martim relembrou a primeira pergunta ignorada por Darlan no início da conversa.

— Não. Só o conheci pelas matérias mesmo. Desde que aqueles corpos foram encontrados, passei a acompanhar as notícias, por mais que minha mãe me proibisse. E esse babaca era o maior fã do meu pai. Então comecei a pesquisar sobre ele quando o seu nome surgiu. Não passou muito tempo, e vocês o prenderam. Depois, você já sabe. — Respondeu já de pé, mas ainda próximo à mesa.

— Darlan, você é um homem de 31 anos, sabe que sua mãe não pode te proibir de algo, certo? — Martim não sabia se deveria dizer isso, mas não resistiu e ficou atento à reação dele.

— Tenho 30. Ainda não fiz 31. E eu sei disso, minha mãe não me controla, foi só maneira de dizer. Na verdade, ela sempre sabe o que é melhor para mim. Todas as mães sabem o que é melhor para os seus filhos, não é, delegado? — devolveu, usando a estratégia da própria mãe, de forma consciente ou não.

Martim pôde perceber a oscilação em sua voz. Ele não era apenas influenciado, era convencido, treinado por Kalina.

— Acredito que sim, Darlan. — respondeu, também se colocando de pé, estavam novamente de frente um para o outro.

— Delegado, você comentou sobre a mensagem deixada por Herbert. Fiquei pensando no que disse. E agora, depois de tudo que falamos hoje, acho que ele era problemático tanto quanto meu pai. — Darlan controlava o riso com as mãos tapando a boca de forma descontraída. Nem de longe lembrava o homem ressabiado que se sentou naquele lugar minutos antes. Quem estivesse vendo a cena, acharia que eles eram dois amigos compartilhando uma fofoca inesperada.

— "*Demétrio não é a resposta*."

— Com certeza ele estava zoando com a sua cara! Te falei, loucos no mesmo nível! — disse com os olhos semicerrados e não mais controlando o riso frouxo. Darlan parecia ter escutado uma piada boa, e Martim permanecia sério, compenetrado e confuso com o que estava presenciando. A pressa de Darlan foi substituída por uma conversa aparentemente prazerosa para ele.

— Você acha que foi ele que roubou os 20 corpos depois que seu pai morreu e reuniu todos no sítio? — emendou Martim.

— Claro que sim. Se não foi ele, quem seria? — deu de ombros Darlan.

— É o que eu vou descobrir.

46

Ainda na cafeteria, enquanto passava o cartão para pagar a conta e via Darlan se distanciar, sentiu o celular vibrar no bolso do blazer azul que usava. Quando retirou o aparelho do bolso, viu que havia quatro chamadas não atendidas registradas na tela. Estava tão concentrado em Darlan que sequer as sentira tocar. Martim atendeu a ligação insistente.

— Caramba, eu não posso sair duas horas da delegacia que vocês não me dão sossego. O que foi dessa vez? — disse, sem disfarçar sua irritação, após identificar que o número era do trabalho.

— Desculpa, delegado. Mas acredito que as informações que tenho vão te interessar e muito — respondeu o policial do outro lado, justificando a insistência.

— Espero que sim. Qual é a novidade? — retrucou Martim, retomando sua entonação natural e já se movimentando para sair do local e ter mais privacidade na ligação.

— Conseguimos descobrir a quem pertence o sítio em Macatuba. Os proprietários mudaram periodicamente o contrato de locação nos últimos anos, incluindo a alteração dos próprios donos. E sempre, nesses contratos novos, havia representantes legais com nomes e dados pessoais diferentes, que usavam procurações devidamente registradas em cartório para validar as alterações contratuais — informou o investigador com voz entusiasmada.

— Estratégia cuidadosa para tornar mais difícil o rastreamento das pessoas que estão por trás dessa movimentação e, quem sabe, das atividades realizadas por lá... o que dificultou esse trabalho de identificação, como de fato aconteceu. Assim, toda a documentação do sítio estaria dentro da lei, cumprindo as obrigações legais e o recolhimento de impostos, sem levantar suspeitas. — interveio Martim, pensando em voz alta.

— Exato, delegado. Essa era uma pista importante e fomos atrás. Por mais que fossem inteligentes e preparados, essas pessoas não conseguiram encobrir todos os rastros durante esse tempo todo, que é considerável.

— Excelente. São os detalhes que revelam as melhores pistas. E aí?

— Todos os "laranjas" utilizados nos contratos recebiam um valor anual por seu fornecimento de dados pessoais. Esse valor era pago em espécie para que o dinheiro não fosse rastreado até sua origem. O que os arquitetos do plano não esperavam era a investigação da polícia, a exposição do sítio na mídia e o fato de que um distintivo intimida quase todo mundo a quebrar promessas de silêncio.

— E afinal, de quem é o sítio? — indagou Martim, que já havia parado de caminhar.

— Descobrimos que quem realiza esses pagamentos e mantém o sítio há 40 anos é a família de Demétrio. Mesmo após sua morte, o esquema continuou. Pelo que tudo indica, nunca foi interrompido.

— Como eu odeio essa família. Vamos pegá-los.

47

Arrepsia

Todos os rios fluíam para a mesma direção. E estavam conectados à mesma nascente; este era um ponto cabal. Seria preciso interromper o fluxo. Enquanto dirigia rumo ao laboratório onde os testes do caso estavam sendo realizados, pelo telefone, Martim apelou para que um pedido de prisão preventiva fosse decretado pelo juiz para Darlan e Kalina. Não podia vacilar ou perder tempo. Precisava tomar as rédeas do que, naquele momento, parecia ser um jogo, cujas regras mãe e filho haviam estabelecido. Com as novas evidências, o cerco estava se fechando para eles; era prudente tê-los por perto e, principalmente, impedi-los de sair do país ou de atrapalhar o andamento do processo. Martim sentia que finalmente estava na direção certa, mas sabia também que não poderia dar margem para qualquer erro: teria que ser mais esperto que eles, surpreendê-los.

Assim que parou o carro de qualquer jeito, sem se importar com a enorme placa indicando que era proibido parar em frente ao prédio do laboratório, entrou apressado. Seus passos eram largos. Não havia nenhum cronômetro ligado, mas, para o delegado, cada segundo parecia crucial. Nem fez questão de ser anunciado e muito menos aguardou a liberação da recepcionista, que apenas observou o avanço dele rumo ao interior do prédio. Ele já conhecia o local; três minutos depois, já estava na sala de testes.

— Preciso que façam o cruzamento de dois DNAs agora. Vocês já têm os mapeamentos no banco de dados; só preciso verificar se algum desses dois bate com o que encontramos no corpo de Roger — disse Martim, ofegante, enquanto entregava uma folha com os dados escritos das pessoas a que ele se referia para consulta.

Dada a entrada intempestiva do delegado, que deixou a porta bater quando passou, sua fisionomia e sua ordem explícita sem qualquer introdução polida, os dois profissionais que estavam trabalhando na hora preferiram não questionar ou apresentar qualquer tipo de empecilho para cumprir a ordem.

No geral, no desenvolvimento do ofício deles e do processo de qualquer investigação, testes de DNA poderiam levar dias e até mesmo meses para serem concluídos. E um dos fatores principais, e que influencia diretamente nesse tempo, está relacionado a pessoa fazer parte ou não do Banco Nacional de Perfis Genéticos, uma base de dados que armazena perfis genéticos para auxiliar em investigações criminais, e que é coordenado pelo Ministério da Justiça e Segurança Pública.

Eles simplesmente interromperam suas atividades e focaram no pedido de Martim, que não saiu de perto deles.

— Delegado, você sabe que isso pode levar no mínimo algumas horas, certo? Não prefere voltar mais tarde ou que a gente envie os resultados para você?

— Não. Só saio daqui depois da confirmação de vocês.

Foram as quatro horas mais longas para os três presentes naquela sala. Havia um silêncio ensurdecedor e uma ansiedade quase palpável. Por parte de Martim, ele não tinha mais condições de roer qualquer unha porque não havia sobrado nenhuma nos dedos. Já os dois profissionais estavam pressionados e empenhados para chegar ao resultado no menor tempo possível.

Agradeceram mentalmente o fato de que os três DNAs em questão já haviam sido isolados e sequenciados anteriormente. Por isso, por se tratar de comparação, e com o apoio da tecnologia, obtiveram o que precisavam em pouco tempo. Eles já tinham uma resposta conclusiva.

— Senhor, finalizamos o processo — disse um deles, enquanto o outro permanecia focado na tela à sua frente, conferindo tudo pela última vez. — Aqui está.

— E aí? — Já me diz logo, não tenho tempo para ler nada agora — respondeu, agitado, desviando com a mão a folha impressa que estava sendo entregue.

— O segundo DNA encontrado no corpo de Roger bate sim com um desses que verificamos agora com o cruzamento dos mapeamentos genéticos.

— Eu sabia! — Falou entre os dentes, demonstrando mais raiva com a constatação do que empolgação. — Aquela cara de sonso, de desprotegido. Darlan nunca me enganou, depois da nossa conversa de hoje cedo então... Era óbvio que ele estava se escondendo atrás do personagem que criou...

— Senhor — interrompeu o segundo profissional, que até então estava sentado e foi ajudar o amigo, — desculpe atrapalhar o seu raciocínio, mas o DNA que encontramos não foi dele.

— Como assim? Vocês têm certeza do que estão afirmando? — questionou Martim, que, desorientado momentaneamente, ainda não tinha conseguido entender o que a informação significava. Mais do que enviesada, sua razão queria estar tão correta quanto a vontade do delegado de fechar aquele caso.

— Sim, delegado. Checamos o resultado obtido.

— Então...

— Kalina Mendes — disse de forma objetiva. — O segundo DNA encontrado no corpo de Roger é dela.

Martim saiu da sala da mesma forma que entrou, sem olhar para qualquer pessoa que trabalhava ali ou cruzasse o seu caminho. No geral, era educado e atencioso, mas nem agradeceu o trabalho dos profissionais no laboratório que, compreendendo o tamanho daquele caso, urgência e estado do delegado, certamente não haviam se incomodado com isso.

Quando ouviu o nome de Kalina, deu três murros fortes na mesa de aço que estava do seu lado e saiu xingando. Estava puto com ele mesmo. Entrou em seu carro e saiu cantando pneu. Colocou a ligação no viva-voz; logo foi atendido pelo investigador encarregado de liderar a equipe na ação ordenada por Martim e que também estava em trânsito.

— Já estamos com o mandado de prisão em mãos. O juiz deferiu o pedido sem questionar após apresentarmos as novas atualizações — informou o agente do seu time.

— Ótimo, mas confesso que mesmo sem essa autorização eu não mudaria meus planos — ressaltou Martim, determinado. — Conseguiram encontrar os dois? — perguntou, inquieto.

— Ainda não chegamos à residência. Estamos próximos ao local — respondeu.

Martim conseguia ouvir o barulho das sirenes ligadas.

— Quantas viaturas estão a caminho?

— Três, delegado. Precisamos de reforços? — quis certificar-se.

— Acredito que não. Mas prestem bastante atenção, vamos surpreendê-los. Há poucas horas eu estava com Darlan, eles não imaginam tudo a que tivemos acesso nesse curto período de tempo. Não quero alarde, muito menos uma abordagem truculenta. Lembrem-se de que esse caso já tem mídia demais, não quero novos vídeos ou fotos circulando falando sobre a nossa ação antes da hora, compreenderam? — repetiu duas vezes a última palavra.

— Positivo, delegado. Quanto à chegada à casa, aguardamos você ou podemos entrar de imediato?

— Também estou a caminho, mas vocês vão chegar primeiro ao destino. Desliguem as sirenes e tentem evitar ao máximo qualquer tipo de tumulto. De novo, o objetivo dessa missão é surpreendê-los. Não façam nada antes da hora e muito menos de forma impulsiva. Esperem a minha chegada, apenas posicionem as viaturas e observem com atenção qualquer movimentação. Chego logo em seguida.

— Positivo, chefe. Vamos pegar esses filhos da puta.

48

O VAZIO ENGOLE

Todas as instruções de Martim foram seguidas à risca. Uma das características de que o delegado mais se orgulhava era o fato de que sua equipe atual seguia ao pé da letra os protocolos e ordens expressas. Já havia trabalhado antes com policiais impetuosos e outros que tinham dificuldade em obedecer ao que era previamente definido, o que, para Martim, era perigoso e irritante. Duas coisas desnecessárias.

Assim que ele virou a esquina e visualizou a casa de Kalina, constatou que os policiais já estavam a postos e que haviam parado os carros de forma que seria impossível qualquer pessoa ou veículo sair da residência sem passar por eles. À medida que se aproximou, notou ainda que o time estava dividido e que haviam policiais armados também no fundo da casa. Como havia lotes vagos ao redor da propriedade e um mato mediano considerável, o acesso deles e o posicionamento foram oportunos. E isso significava dizer também que uma fuga poderia se dar com a mesma facilidade. Por isso, o delegado ficou aliviado quando viu que agiram rápido.

— Alguma movimentação suspeita? — perguntou Martim, assim que desceu do carro e encontrou um investigador.

— Não, senhor — respondeu de pronto. — Desde que chegamos, estamos monitorando. Inclusive o entorno.

— Percebi. Mantenha alguns homens nas laterais e no fundo. Vamos entrar — informou, já se deslocando.

Martim sacou sua arma do coldre e bateu no interfone. Fez sinal com os dedos para que todos estivessem atentos, prontos para agir, caso fosse necessário. Na terceira tentativa frustrada, ordenou que o portão principal fosse aberto à força. Apesar de saber que existiam câmeras no interior do lote, a começar pela própria garagem, ele já havia percebido que o portão era manual e comum, provavelmente não ia disparar um alarme. Torceu para que não houvesse qualquer tipo de sensor.

Como não queria assustar os vizinhos, cujas casas eram relativamente distantes, porém perto o suficiente para notar a movimentação incomum de carros e pessoas em frente a uma casa da rua, preferiram não usar armas para estourar a trava. O que estendeu um pouco mais o tempo dos homens, que usaram a força do próprio corpo e uma barra de ferro improvisada para danificar a fechadura. O delegado estava correto; nenhum som estridente acusou a chegada deles.

Assim que entraram, alguns policiais foram na frente de Martim, que indicava com a mão esquerda por onde cada um deveria ir, enquanto permanecia com a arma em posição de uso, na mão direita. Eles cercaram a casa, agora do lado de dentro. Com a varredura, não demorou muito para que todos eles notassem que não havia qualquer indício de movimento no interior da residência e nem risco para a equipe.

Na garagem, havia um carro estacionado. Lembrou-se da vez em que esteve ali, que eram dois veículos. Martim sentiu um arrepio percorrer o corpo. Mesmo sem a devida autorização, o delegado ordenou que os policiais invadissem a residência. Se preocuparia depois, caso tivesse algum problema com isso. Aliás, esse seria o menor dos seus problemas, aparentemente.

A porta da sala foi mais facilmente aberta, com a mesma barra de ferro. Não havia alarme também no interior. Os muros altos, câmeras na entrada e arame farpado de ponta a ponta pareciam ser o suficiente para Kalina e Darlan se sentirem seguros.

Logo os policiais tomaram todo o interior, percorrendo todos os cômodos para certificar-se de que não havia realmente ninguém ali e se encontravam algo que pudesse ajudar. Com as mãos entrelaçadas na nuca, Martim se deu conta de que eles haviam fugido. Na casa, os vestígios da presença recente dos moradores podiam ser notados. A geladeira e a dispensa estavam cheias. Tinham panelas em cima do fogão e louça do almoço para lavar. Uma toalha úmida estava jogada em cima do sofá.

— Merda! Merda! Não acredito que os deixei escapar por entre os dedos — repetia o delegado em tom de desabafo e indignação. — Continuem olhando tudo minuciosamente, vamos revirar essa casa. Eles devem ter deixado alguma pista de onde foram — pontuou, incisivo, tentando alimentar uma ponta de esperança.

Enquanto a equipe se movimentava, Martim tentava recuperar o controle do seu próprio corpo. Ele tremia. Estava incrédulo com toda a reviravolta do dia e, principalmente, pelo fato de que, por uma questão de poucas horas, os deixara ir. Começou a pensar no porquê de não ter comparado os DNAs deles antes com o que fora encontrado no corpo de Roger.

Sentiu-se péssimo por não ter colocado mãe e filho no seu radar, por não ter sequer cogitado que eles poderiam estar envolvidos de alguma forma. Concluiu que, muito provavelmente, se deixou levar pelos caminhos que se apresentavam de forma mais promissora. Boa parte do tempo da investigação foi dedicada para identificar os 50 corpos, tentar achar alguma relação entre eles. Depois, novos resultados dos exames, a morte de Roger, a morte de Herbert, cobrança dos seus superiores, da sociedade. Eram tantas informações, possibilidades e acontecimentos que Martim não enxergou o que precisava ver.

Lembrou-se ainda que, nos relatórios que leu sobre o Ladrão de Corpos, não apenas os produzidos por seu pai, em nenhum momento Kalina e Darlan foram colocados como suspeitos ou descritos de forma que merecessem atenção ou averiguação aprofundada. E, embora na época tivessem sido obrigados a oferecer amostras de seus respectivos DNAs por conta da investigação aberta, eles sempre eram citados à margem, simplesmente como a mulher e o filho de Demétrio.

Quando pensou nisso, Martim sentiu-se com o ego um pouco menos ferido. Eles não haviam enganado apenas o delegado contemporâneo. Apesar de essa constatação ser alarmante, foi, de certa forma, induzido a permanecer vendado.

Continuou olhando para o vazio da casa, enquanto a movimentação era intensa da sua equipe. Tentando desviar esses pensamentos, que em nada iriam contribuir naquele momento, apoiou-se em um móvel da sala.

— O senhor está se sentindo bem? — perguntou um dos investigadores, que viu a cena.

— Estou sim. Só preciso recuperar o fôlego — respondeu, sem conseguir encará-lo de frente.

— Consegue imaginar por que eles fugiram? Como estão envolvidos em tudo isso? Se a gente parar para pensar, faz total sentido a mulher e o filho terem continuado a roubar corpos. Se for mesmo eles, e o Herbert, era um comparsa? Por que mataram Roger ou queriam eliminar a Alana? Como tudo isso se conecta? Pra que arrancar e triturar ossos de pessoas desconhecidas? — eram tantos os questionamentos do policial que o mal-estar de Martim aumentou proporcionalmente. Ele deveria ter dito que não estava bem, talvez evitasse aquela avalanche de dúvidas.

Quando ouviu a sequência de perguntas do policial, Martim entendeu que elas eram as principais e continuavam sem respostas. Ele não fazia ideia de como se reportaria ao seu superior para falar sobre as atualizações do dia e do caso. Estava tão perdido quanto o investigador curioso do seu lado. O delegado apenas balançou a cabeça em um sinal negativo, que podia ser interpretado como "não consigo te responder" ou simplesmente "não quero falar sobre isso agora". O policial entendeu o recado e saiu de perto de Martim.

Assim que conseguiu se concentrar novamente, voltou ao trabalho. Precisava, no mínimo, fazer a parte dele. A casa estava diferente de quando esteve ali. Tudo estava revirado, desorganizado. Em sua cabeça, especulou o que poderia ter ocorrido. O mais provável é que eles tiveram pouco tempo para arrumar as malas e saíram correndo de casa, deixando a bagunça e uma vida para trás. Mas qual teria sido o gatilho para a partida? Possivelmente a abordagem de Martim a Darlan, que aconteceu horas antes.

Essa teoria ganhou ainda mais sentido quando ele entrou no quarto de Kalina. Abriu gavetas, percebeu que algumas estavam vazias, bem como outras partes do guarda-roupas. O que indicava que ela ainda teve tempo suficiente para pegar o que era importante levar.

No fundo do armário, percebeu que uma caixa preta de papelão espesso estava guardada no canto inferior e era diferente de todo o resto dos pertences dela e da decoração. Chamou a atenção também o fato de ela estar escondida embaixo de peças de roupa soltas, avulsas. Martim a notou porque, em um ímpeto de fúria, bateu a mão nas roupas expostas, que foram para o fundo e revelaram a caixa.

Ele a retirou e abriu sua tampa com cuidado, ainda em pé e de frente para o armário aberto. No interior, havia dezenas de recortes de jornal, antigos e amarelados pelo tempo, que apresentavam toda a trajetória do Ladrão de Corpos.

Em algumas partes das folhas destacadas, havia o realce de frases com caneta marcador na cor amarela. Martim pôde observar que Kalina apontou todas as informações mais relevantes sobre o caso, das primeiras especulações até seu marido ser preso.

Martim sentiu a temperatura do seu corpo cair drasticamente ao ver uma foto do pai em meio aos retalhos de papel, que, em entrevista na época, contava como havia conseguido prender Demétrio. Sentiu que havia falhado miseravelmente. Segurou o recorte por longos 10 minutos que esteve sozinho no quarto e leu a notícia na íntegra. O maior fã de Demétrio não era Herbert, como todos imaginavam.

49

A ORIGEM

O inconformismo pairava no ar. Todos os cômodos foram vasculhados minuciosamente pela equipe de policiais comandada por Martim, e eles estavam visivelmente frustrados por não terem encontrado nada de relevante que pudesse contribuir para elucidar qualquer ponto relacionado àquele caso, além do que fora encontrado pelo próprio delegado no quarto dela.

A equipe, de forma sincronizada, partiu então para a área externa. A varredura lateral também não revelou nada demais. Quando chegaram ao quintal da casa, observaram que havia uma espécie de puxadinho, cercado por diversas plantas e pés de limoeiro e jabuticabeira. Embora fosse uma residência localizada em plena capital paulista, era possível notar certa semelhança, se comparado àquele recorte, com o sítio em Macatuba.

Assim que foi acionado, Martim saiu do interior da residência e encontrou os demais profissionais nos fundos. Eles aguardavam a ordem dele para invadir a edícula. Quando visualizou o local, o delegado se surpreendeu com outra semelhança. O que estava à frente deles era uma verdadeira réplica da construção que fora encontrada na casa de Demétrio quando ele foi preso em 2003. Martim não teve dúvida: a imagem do apêndice antigo veio à sua mente com total clareza, como se ele estivesse com o arquivo que teve acesso em suas mãos naquele momento novamente.

Os detalhes ajudavam a confirmar a recordação. Havia duas janelas de madeira de tamanho médio que chamavam a atenção por serem pintadas de branco. Dessa forma, toda a fachada do local era da cor branca. O teto, coberto por telhas de cerâmica, que também estavam pintadas na mesma cor, conferia ao exterior daquele bloco avulso um ar impecável de transparência contrastante. Martim estava receoso com o que encontraria lá dentro. Aquele, definitivamente, era um dia de emoções palpitantes que jamais seria esquecido.

Em 2003, os policiais não encontraram nada demais. Martim sempre se perguntou se aquele local era mesmo apenas um escritório para Demétrio ou um quartinho a mais que a família usava para fins convencionais, como para guardar coisas sem muita utilidade. Mas agora, ali em frente àquela cópia, antes mesmo de entrar, sentia que — diferente do seu pai —, provavelmente encontraria algo que ajudaria na investigação e o deixaria ainda mais derrotado. Ordenou a entrada.

A essa altura, os policiais já não estavam se importando mais com a discrição. Estouraram a porta, que era de madeira e de pouca espessura, com agilidade. Com as viaturas na porta da casa e o tempo prolongado da ação, certamente já haviam chamado a atenção. Por isso, Martim pediu para que dois policiais se incumbissem de fechar a passagem dos carros na rua onde a casa estava localizada. Estavam proibindo também a circulação de pedestres, para evitar qualquer possibilidade de acúmulo de curiosos e, logo, de jornalistas. Cada um se posicionou em uma extremidade e, com a ajuda de cones de sinalização, seguiram a ordem. Não podia ser interrompido, não agora.

Assim que acenderam a luz, a intuição de Martim se concretizou. O local era pequeno, com as janelas fechadas, nada arejado.

— Abram as janelas — disse enquanto tossia, assim que entrou na edícula.

— Estão trancadas com cadeados por dentro, senhor. Teremos que quebrar um por um. — Foi o que lhe informaram. Três policiais entraram com Martim.

— Não vamos perder tempo procurando as chaves. Depois abrimos ou quebramos esses cadeados. Me ajudem a entender o que encontramos aqui. — A entonação do delegado deixava evidente a sua prioridade e surpresa com tudo que os seus olhos estavam capturando naquele momento.

— Existem várias lâmpadas espalhadas estrategicamente por todo o ambiente. Quem usava este local provavelmente não abria as janelas mesmo, delegado — observou um dos policiais, já acendendo todas que encontrou.

Em uma estante simples, sem as laterais fechadas e com estrutura de ferro e tábuas de madeira, encontraram dezenas de frascos de vidro com pó branco dentro. Eram cinco fileiras de madeira sobrepostas, e elas estavam praticamente cheias dos frascos de vidro que Martim já havia visto antes no sítio. Todos os frascos eram perfeitamente idênticos, do mesmo tamanho, com tampa de rolha.

Do lado da estante, havia uma mesa de trabalho que o delegado julgou ter aproximadamente dois metros de extensão. O que chamava a atenção era o fato de ela ser totalmente preta, encapada. Sua superfície lembrava a textura de uma lona preta grossa. Martim e os policiais que entraram já estavam vestidos com luvas de látex desde quando chegaram à casa, para poder vasculhar, segurar e avaliar melhor os objetos que por ventura precisariam encostar, sem alterar ou interferir nas evidências. O delegado passou a mão em toda a lateral e fundo da mesa, mas não encontrou nada.

Em cima dela, encontraram quatro pilhas consideráveis de papel que estavam posicionadas da esquerda para a direita, do canto para o centro da mesa. Martim pegou uma das folhas e, sem dificuldade, comprovou que se tratava de folhas em branco, avulsas, de papel-ofício, que são um pouco maiores que o papel A4.

— Verifiquem no Google e confirmem se a minha percepção, que não é técnica, está correta — solicitou em voz alta. Logo, um dos policiais, o que estava atrás dele, retirou o telefone do bolso e se concentrou na tela.

— É isso mesmo, delegado. O A4 possui 210 mm de largura e 297 mm de altura e hoje em dia é o papel mais usado e comercializado no mercado. Enquanto a folha ofício é um pouco maior, com a medida de 210 mm de largura por 350 mm — repetiu o que estava lendo no celular.

Confirmaram que as folhas em cima da mesa tinham exatamente o mesmo tamanho, mas que, diferente da precisão do corte, elas não eram exatamente da mesma espessura. Martim posicionou algumas lado a lado e constatou o desnível com facilidade. Notou também que, embora brancas, havia certa diferença entre a coloração final das folhas: umas eram mais claras que outras.

Ao lado da mesa, espalhadas no chão, havia algumas peças que provavelmente eram instrumentos de trabalho de quem se isolava na edícula. O cheiro químico também era forte. Continuaram a observar as evidências: eram muitos detalhes e produtos pouco conhecidos. No chão, estavam recipientes fechados com a descrição colada para a devida identificação de quem fosse manusear aqueles baldes. Martim leu: dióxido de enxofre, carbonato de sódio; em outro recipiente, hidróxido de sódio; e, no maior deles, massa de celulose filtrada. Não precisava ser nenhum perito ou especialista para sugerir que aquelas folhas foram produzidas artesanalmente ali.

— Pesquisem aí como uma folha de papel é produzida — pediu Martim, observando a máquina à sua frente. Embaixo das janelas trancadas, nas costas da mesa, havia um tanque médio que indicava que o processo de produção das folhas era iniciado ali.

À medida que o policial ia lendo em voz alta, eles apontavam para o que encontraram, e tudo se encaixou perfeitamente. No interior do que lembrava uma panela de pressão grande, a celulose era misturada à água e aos produtos químicos. Do lado, o próximo passo seria, depois de diluída, a massa passar pelo equipamento de secagem. E isso se dava após a lavagem da polpa para remover impurezas que não se dissolveram e promover o branqueamento esperado.

Seguindo o raciocínio e a posição dos equipamentos, era natural deduzir que essa máquina era responsável por distribuir essa polpa por uma tela formadora, que a transformava em uma folha gigante de papel molhado. Por fim, dois rolos revestidos com feltro, que absorviam a água por meio de um sistema a vácuo, indicavam o fim do processo, com a prensagem e secagem da folha que, compactada, era alisada.

Os policiais observaram que a única diferença, em relação ao que estavam lendo, era que, por falta de espaço, na edícula não havia cilindros aquecidos a alta temperatura, que todos descobriram que fazem com que a água restante no produto evapore, como os utilizados em fábricas que produzem papel para comercialização. Martim supôs, com essa informação, que talvez por isso a gramatura das folhas encontradas fosse diferente.

— Delegado, olha isso — disse um dos policiais, e entregou uma pasta de plástico comum que fora encontrada dentro de uma das gavetas da mesa, que estava trancada, mas foi facilmente aberta com golpes e uso de força.

— A pessoa por trás dessa produção esquisita era bem-organizada e detalhista, não podemos negar — comentou Martim com a ironia que lhe restava.

No interior da pasta, novas páginas avulsas de papel. A caligrafia era perfeita, as letras eram praticamente desenhadas. Logo, foi possível perceber que o conteúdo das folhas nada mais era do que uma lista contendo os 50 nomes completos dos corpos que foram roubados.

Entre as páginas soltas, o delegado viu também uma sequência numérica, de 1 a 50, e, embaixo de cada número, um controle manual que revelava a quantidade de pó de tutano que foi extraído daquele corpo.

Embora as letras desenhadas fossem muito parecidas, uma análise aprofundada seria capaz de confirmar a percepção de Martim de que duas pessoas diferentes manusearam e preencheram aquelas folhas. Havia pequenos traços e acabamentos que indicavam ser de dois autores, por mais que fosse uma tentativa de cópia. Mais do que isso: os 30 primeiros nomes eram escritos com a mesma caligrafia, assim como os 20 últimos pertenciam também à mesma pessoa. A cor amarelada das primeiras folhas refletia o tempo: 10 nomes em cada folha, 10 sequências numéricas. Demétrio e o seu imitador.

Martim reparou, em um segundo momento, que no verso de cada folha, no canto inferior direito, havia uma pequena letra com ponto. Tirou uma foto do seu celular e ampliou a imagem para confirmar o que seus olhos viram. Nas três primeiras folhas com nomes, encontrou "D". Nas duas folhas finais, "K".

O delegado não se mexia. Estava petrificado com as folhas nas mãos e absorto em seus próprios pensamentos descoordenados. Em momentos assim, em que se sentia encurralado, conseguia abstrair qualquer barulho e movimentação externa para se centrar no seu caos interior.

Ainda não conseguia entender o que significava aquela produção artesanal de papel. Para que Kalina, com ou sem a ajuda de Darlan, montaria uma edícula como a de Demétrio para criar uma espécie de laboratório amador? Com a assinatura dela nas folhas e DNA no corpo de Roger, pelo menos agora eles sabiam quem estava por trás de tudo aquilo. Mas o ponto ainda era: por que os corpos eram roubados? Qual era a finalidade de transformar aqueles ossos triturados em pó de tutano e guardar ali na edícula também?

Com o celular em mãos e páginas do Google abertas, Martim foi resgatado dos seus pensamentos com a voz e toque do policial que tentava chamar a atenção dele.

— Delegado, acho que eu entendi tudo. Caramba, que loucura é essa! — disse, levando a mão à cabeça e com a boca aberta.

— O que está dizendo? Como assim? — retrucou Martim, incrédulo.

— Olha isso. — Chegou ainda mais perto do delegado e lhe entregou o celular, indicando com a mão o parágrafo que o delegado deveria ler.

Quando começou a ler o trecho específico do texto, Martim sentiu a boca secar instantaneamente. Sem margem para dúvida, sua pressão havia caído; suas mãos estavam frias e suando ao mesmo tempo. Foi tomado por uma sensação de calor contrastante com a temperatura real do seu corpo. À medida que rolava o texto com o indicador direito na tela, achou melhor sentar-se na única cadeira do ambiente, que ficava próxima à mesa, para suportar o peso do seu próprio corpo, que ameaçava desmoronar a qualquer instante.

Ao final da leitura da matéria no site da *Revista Superinteressante*, descobriu que, antes que o tamanho A4 se tornasse popular no reino dos papéis de escritório e entre os estudantes, o mais usado era o papel-ofício. E que antigamente, para deixar essas folhas branquinhas, os fabricantes usavam pó de tutano, substância que existe no interior dos ossos do corpo e que tem propriedades alvejantes. Como o processo era lento e trabalhoso, convencionou-se chamar de "ossos do ofício".

50

Palavras ao vento

Duas semanas haviam se passado desde a descoberta da edícula que ajudou a polícia a encontrar as respostas para o caso do roubo de corpos. Em comunicado oficial, Martim revelou tudo que eles encontraram e divulgou ainda a informação de que Kalina e Darlan foram colocados na lista de procurados pela polícia, já que estavam foragidos.

Em sua mesa, com as mãos cruzadas e posicionadas sobre as coxas, Martim ainda refletia sobre o caso. Em partes, estava aliviado. De uma forma nada convencional, conseguiu as respostas que tanto buscava e repassou à sociedade o que todos esperavam: uma solução plausível, mesmo que bizarra. Além disso, seus superiores estavam satisfeitos; admitiram as descobertas como verdade absoluta. Não queriam que aquele caso rendesse mais do que já havia extrapolado e custado. Certamente podcasts, documentários e quem sabe até séries e filmes se encarregariam de contar essa história nos próximos anos. O importante era que o trabalho da polícia havia sido feito.

E era isso que importava. Pelo menos para eles. Para Martim, em seu íntimo, nem tudo estava resolvido. O delegado ainda se questionava sobre qual era, de fato, a motivação deles — primeiro

Demétrio e depois Kali — em realizar todo aquele processo, se arriscarem e cometerem violações para simplesmente produzirem folhas com tutano humano? Tinha que ter algo mais. E isso o estava atormentando.

Sem contar que não havia ficado claro também o papel de Darlan na história: ele era o filho superprotegido e blindado por Kali ou herdeiro também das ações e vocação para o crime dos pais? E, claro, tinham as mortes de Roger e Herbert que, em função das novidades grotescas, ficaram em segundo plano.

Aconselhado por seu superior, o delegado-geral, essas pontas soltas deveriam ser varridas para debaixo do tapete. Na prática, isso significava dizer que todos esses acontecimentos foram incorporados ao pacote geral do caso e não deveriam mais ser investigados. Afinal, eles tinham identificado a culpada, que agora estava foragida com o filho, e a motivação para o roubo de corpos — tanto de Demétrio no passado quanto da imitadora. Era conveniente jogar tudo na conta dela. Saber quem e por quê, aparentemente, era o suficiente. Ter encontrado o DNA de Kalina no corpo de Roger corroborou para acelerar a conclusão do caso.

Sem a pressão popular, a história foi perdendo força dia após dia, e os jornalistas também estavam mais preocupados em ocupar suas agendas e cabeças com novas histórias que, infelizmente, não paravam de surgir. Praticamente todos os veículos de comunicação publicaram que, segundo a polícia, Herbert seria um comparsa de Kalina e que foi morto na prisão em função de um acerto de contas entre os dois. Já Roger simplesmente foi morto por estar no lugar e na hora errada. Alana não era citada diretamente em nenhuma matéria e mantinha-se longe das câmeras. Talvez, considerou Martim, esse desfecho fosse realmente o melhor para todo mundo.

Ele só precisava encontrar uma forma de seguir, de voltar ao trabalho e se concentrar em outras investigações. Ignorar sua intuição era o primeiro passo para conseguir superar o incômodo que sentia. E todos pareciam ter esquecido o principal: Kalina e Darlan estavam à solta. Entendeu que sua inquietação partia daí; não havia feito o seu trabalho como deveria. Os deixou escapar por entre os dedos e agora não fazia a menor ideia do que poderia esperar deles. Ou dela. Seu futuro não era mais seu.

Olhou para sua mesa, chegou a folhear alguns processos novos e outros já conhecidos de forma automática. Voltou para o mesmo lugar em sua cabeça. Ele não sabia onde estavam, mas certamente Kali e Darlan estariam rindo dele agora. Provavelmente rindo de tudo isso. Não poderia ter terminado de forma melhor para eles.

51

O VOO DA FÊNIX

— Posso entrar?

Martim encarou Alana de volta. Embora ela já tivesse sido anunciada pela recepção, o delegado estava concentrado a tal ponto que não se deu conta de que minutos depois a jornalista estaria na porta da sua sala.

— Me esqueci completamente de você. — Respondeu com a sinceridade habitual, fazendo um sinal com a mão convidando-a a sentar-se e a sair de trás da porta entreaberta.

— Percebi. E não estou me referindo a agora.

— Eu não esperava a sua visita. Satisfeito com o desfecho da história?

— Satisfeita é muito forte. Acredito que a melhor palavra, pelo menos a que se encaixa no meu contexto, é conformada.

— Desculpe. Me expressei mal. Como você está?

— Na medida do possível, bem. Se tem uma coisa que aprendi com toda essa história é que o passado, às vezes, a gente tem que deixar lá no lugar dele. E você, está bem? Satisfeito?

Martim foi pego de surpresa com a pergunta dela. Não conseguiu perceber de primeira se era um retorno convencional e educado ou uma provocação.

— Sim, satisfeito. Conseguimos resolver. — Sua voz era convicta.

Não desviaram os olhos por alguns segundos. Alana tinha um brilho inédito no olhar que contrastava com as olheiras profundas de Martim. Era a primeira vez que ele a via com roupas mais coloridas, despojadas, cabelo preso e maquiagem mais evidente.

— Está com o semblante mais leve, me parece radiante, mais bonita. — Emendou Martim, e quem foi surpreendida dessa vez foi ela com o comentário aleatório do delegado.

— Me sinto realmente outra pessoa. Mesmo que de uma forma torta, eu precisava passar por tudo isso. Para me libertar. — Assentiu, com um leve sorriso de canto.

— E o que a trouxe aqui hoje? — quis saber.

— Gostaria de fazer algumas perguntas sobre... Brincadeira! — Agora sim sorriu de forma genuína, revelando os dentes alinhados.

— Gostei do senso de humor, combina com as roupas novas — devolveu Martim, tentando ser engraçado também.

— É uma visita cordial, sem pretensões, delegado. Como não nos falamos mais, cogitei te mandar mensagem, mas acabei optando por vir. Acho que algumas coisas específicas precisam ser ditas cara a cara.

— Olha só. Agora sim alcançamos outro nível. Sem investigação, sem cobranças ou mistérios. No meio do caos nos tornamos amigos?

— Gosto de pensar que sim. — Concordou, balançando a cabeça com entusiasmo. — Agora, sendo sua amiga, preciso te agradecer. Por isso estou aqui.

— Agradecer? — Arqueou as sobrancelhas, desconfiado.

— Nem sempre teremos todas as respostas de forma clara ou elucidativa sobre tudo. Às vezes, meias-verdades precisam ser suficientes porque é o que temos para nos apegar. Tive bastante tempo para refletir, Martim, e cheguei à conclusão de que talvez, nem mesmo quem comete algumas crueldades compreende suas reais motivações.

E você foi incansável, determinado. Não desistiu de buscar a verdade, de fazer justiça.

Alana parecia ter entrado na cabeça dele e estava verbalizando sua frustração. O delegado permanecia com o semblante sério. Se o intuito dela era animá-lo com aquelas palavras, estava conseguindo justamente o oposto. Não soube como reagir, preferiu deixá-la continuar.

— Você é acostumado a conviver com pessoas assim, que simplesmente não se importam ou têm consciência do impacto das suas ações. E eu nem consigo imaginar o quanto isso deve ser difícil.

— Não estou entendendo onde quer chegar. — Argumentou, seco.

— Para mim, o ponto é que você se importa. E é isso que te faz ser um profissional humano e admirado. Você enxerga as pessoas para além de um acontecimento, formulário ou laudo. Convivi com outros delegados e posso afirmar que você faz parte de uma minoria, e não apenas no que diz respeito à sua área de atuação, mas no mundo.

— Nunca saberemos se Kali sabia ou ajudava Demétrio desde o começo. Eles já estavam juntos quando ocorreram os primeiros roubos. É certo que ela continuou depois da morte dele, mas e antes? — disse finalmente Martim, revelando o que estava em sua cabeça e sentindo-se um pouco mais confortável com a conversa.

— Não me surpreenderia saber que ela era a inteligência e mente por trás de tudo isso. — Riu sem graça, ao constatar que todos eles subestimaram Kali desde o início.

— Nem a mim. Descobrimos algumas mensagens que ela trocou com Herbert quando conseguimos acessar o computador dele e o celular. O contato entre os dois foi iniciado quando os corpos foram encontrados naquele sítio. Partiu dela, que facilmente o levou na conversa. Você acredita que ela disse a ele que Herbert teria uma missão, que era a chance de ele entrar de vez para a história do marido e fazer valer os anos dedicados à Demétrio, ajudando-a a dar continuidade ao seu legado? — Era uma pergunta retórica, em tom de desabafo, e naquela altura, sem receio de abrir essa informação para Alana.

— Bom, pelo menos essa descoberta deixa claro que ele só entrou no circuito em 2023 mesmo — pontuou, pensativa. — Ela usou a obsessão que Herbert tinha por Demétrio para induzi-lo a ajudá-la. É assustador, mas genial. Aliás, toda essa história é assustadora e ao mesmo tempo tão real, tão próxima. Que loucura tudo isso. Kali fez tudo sozinha, então.

— Ou com a ajuda de Darlan. O fato é que Herbert só fez o que ela mandou — complementou Martim.— E será por que ela queria me matar? — Apenas cuspiu a dúvida em voz alta.

— Imagino que Kali passou a te ver como uma ameaça. Você estava chegando perto demais e certamente ela não gostaria de ter que lidar com uma jornalista determinada e teimosa.

— Vou considerar isso um elogio. Tudo é uma questão de perspectiva, não é mesmo?

Ambos riram. Aquela conversa inicialmente despretensiosa e inesperada parecia fazer muito bem aos dois. Havia cumplicidade e empatia entre eles.

— Com a descoberta do sítio, ela sabia que cedo ou tarde precisaríamos prender um culpado e passou a trabalhar para que essa pessoa fosse Herbert.

— Foi quando o seu plano começou a desmoronar... e ainda assim ela fugiu antes de ser pega!

O comentário de Alana fez Martim se ajeitar na cadeira e raspar a garganta duas vezes. Ela notou que ele havia ficado incomodado e tentou consertar.

— Desculpa. Eu não quis...

— Nunca vou me perdoar por isso.

Os dois se calaram. Foi a primeira vez que Martim desviou o olhar de Alana. Ela compreendeu o peso de cada palavra dele, estavam banhadas de culpa, sentimento que ela conhecia bem de perto e identificava com facilidade. Bem como o seu poder autodestrutivo. Então resolveu fazer por ele o que o delegado fez em algumas ocasiões por ela. Palavras ferem, mas também curam.

— Martim, não se cobre dessa forma. Talvez justamente esse tenha sido o gatilho para a fuga deles, o fato de você estar a um passo da verdade. Sei que é difícil aceitar, mas não há mais o que ser feito, você agiu de acordo com o que tinha em mãos em cada fase da investigação. Sem contar que, convenhamos, havia muita fumaça nessa história que impediria qualquer um de enxergar com clareza. Toda hora uma nova ponta surgia, mas sem convergir para o centro, tudo estava muito solto. Quantas vezes, eu mesma, me senti totalmente perdida. Esse é o ponto que você precisa se apegar, ninguém e nem mesmo você conseguiria montar esse quebra-cabeças gigante sem as últimas peças na edícula. E tudo que fez te levou justamente para o fundo daquela casa. A própria investigação do passado não chegou onde você conseguiu. Você fez um bom trabalho.

— Foi um bom consolo. Agradeço as palavras e sua visita. — Se limitou a dizer e voltou a olhar para Alana de frente.

— Então é isso, acho que já chega de papo por hoje, né? Entendeu que era a hora de encerrar aquele diálogo.

— Alana. Amigos saem para beber um café ou uma cerveja. Se você quiser conversar qualquer coisa que não seja sobre crimes, investigação e mortes, me liga qualquer dia desses — arriscou Martim, que com intensidade nos olhos, fitava Alana.

— Eu aceito o convite e a condição — respondeu em tom de brincadeira e complementou na sequência, retomando a seriedade. — Na verdade, estou com bastante tempo livre, ainda não voltei para a redação e, para ser sincera, talvez eu não volte. Acho que mudar de ares pode me fazer muito bem. Quem sabe trabalhar com jornalismo esportivo? Ou até mesmo fora da comunicação. Tudo isso me fez repensar minhas escolhas, quero ter a chance de descobrir o que eu quero ser daqui em diante sem a interferência, mesmo que indireta, do meu pai. Sei que isso é ridículo, uma mulher dessa idade...

— E desde quando tem idade para fazer novas escolhas, mudar o rumo? Particularmente, acho uma excelente ideia, é saudável rever os próprios planos de tempos em tempos, independentemente das motivações. Só acho que trabalhar com esporte pode te dar mais dor de cabeça do que o investigativo, qual é o seu time? — Brincou, tentando retomar o clima descontraído.

— Não vamos falar sobre isso agora!

— Pronto, já temos um assunto para o nosso primeiro encontro sem trabalho, falar dos planos para o futuro e sobre o seu time que não deve te dar tanto orgulho assim para você não revelar.

— Fechado. Gosto de conversar com você.

Alana se mexeu na cadeira, se ajeitando, deixou o corpo mais relaxado e demonstrou ter gostado do rumo que a conversa deles tomou. Ela não estava com uma postura defensiva como costumava imprimir quando em contato com qualquer pessoa, se permitiu estar vulnerável, pelo menos ali, naquele momento. Sorriu de canto de boca e, balançando a cabeça levemente, encarou Martim com um olhar afetuoso.

Ainda antes de sair, já com a mão na maçaneta da porta, voltou-se uma última vez para ele, que apenas a observava sair.

— Martim, só mais uma coisa. Nunca se esqueça do que você fez por todos nós, por cada família que teve a chance de concluir um ciclo doloroso e que parecia não ter fim. Você deu a voz que implorávamos ter e nos permitiu nos despedir de forma digna dos nossos entes desaparecidos. A culpa jamais deve ocupar o lugar da redenção.

52

Assimetria

Kali era a rainha. Depois da morte do marido, não apenas continuou a fazer o que ele fazia, mas criou um enredo e mecanismos nos quais ela direcionava os peões de forma a se defender e proteger o filho. Herbert era um desses peões. Talvez ele soubesse com quem estava lidando desde o começo, a julgar pela mensagem que deixou. Mas não conseguiu se desvencilhar dela. Aparentemente, ninguém conseguia. Criou as regras do seu próprio jogo e era ela quem decidia quem entrava ou saía dele.

A reconstituição do homicídio de Roger concluiu que, após os dois homens entrarem em confronto direto, Kali foi a responsável por perfurar Roger com uma faca, o que o levou à morte. A perícia encontrou também impressões digitais. O golpe certeiro foi para salvar Herbert, que naquele momento ainda lhe era útil.

Cuidadosa e estratégica, decidiu intervir dessa forma para ganhar tempo e a confiança de Herbert, que não conseguiria executar o plano original sozinho. Na verdade, se Roger conseguisse sair do sítio vivo com Alana, seria um enorme problema para ela. Com a chegada inesperada dele, foram pegos de surpresa e precisaram sair dali rápido, temendo a chegada de outras pessoas.

Com sorte, ninguém consideraria comparar o seu DNA ou coletaria sua impressão digital, apenas de Herbert. Se Roger não tivesse resistido e lutado, tudo teria sido mais simples. E Alana, que não a tinha visto naquela noite, apontaria o único criminoso que a recebeu. Peão vale um.

Suas ações eram regidas pela intransigência. De forma calculada, como ela havia feito em cada etapa do seu plano mestre, usou o fã do marido para tentar incriminá-lo pelos seus crimes. Mais do que isso, Kali sabia que precisaria de uma pessoa para chamar a atenção da polícia e dos jornalistas, tirando qualquer foco dela e de Darlan. E Herbert era estranho, impulsivo e isolado da sociedade o suficiente para isso.

Depois, em um segundo momento, tirá-lo de circulação completaria sua jogada e ela poderia continuar a se mover livremente. Todas as peças estavam postas em seu tabuleiro e Kali as movimentava conforme sua vontade. Herbert era a isca perfeita e uma ótima distração para suas ações. Funcionou. E se tudo tivesse saído exatamente como o planejado, com certeza Kali continuaria a fazer tudo no conforto do anonimato e teria tempo e cobertura para roubar novos corpos no futuro.

Para Martim, o erro dela foi ter abandonado Herbert nos primeiros dias de prisão. Talvez Kali tenha se equivocado quanto ao julgamento da fidelidade do cúmplice, considerando que fosse maior ou mais resistente. Pagou para ver. E quando Herbert se viu sozinho, fraquejou.

Não foi difícil para a polícia, na sequência da investigação, identificar quem o matou na prisão e tentou simular o suicídio. Com a promessa de atenuar a pena ao ajudar na conclusão do caso, logo o autor e companheiro de cela de Herbert revelou que havia sido contratado por uma mulher que não se identificou, mas que pagou caro pelo serviço prestado. Infelizmente, apesar de se tratar de um presídio, os presos conseguiam manter contato e recebiam ordens do mundo externo com mais frequência e facilidade do que as pessoas imaginavam e a própria polícia conseguia conter.

A tal mulher por trás dessa ordem tinha um informante. Com as oscilações de Herbert e possível confissão, precisou novamente agir rápido, e Kali não teve tempo suficiente para encobrir os seus últimos rastros com a perfeição que lhe era característica. O cerco estava se fechando. E isso a irritou profundamente.

No dia seguinte à visita do delegado Martim, Kalina começou a colocar seu plano B em ação. Devido aos acontecimentos recentes, estava em estado de alerta máximo. Sabia que o relógio seria seu maior inimigo naquelas circunstâncias, precisava improvisar em alguns aspectos, mas ainda assim acreditava que tudo estava sob controle. Não achou que esse momento fosse chegar, mas sentia-se preparada para ele. Era boa no que fazia. A melhor.

Foram anos de trabalho árduo que não poderiam ser simplesmente descartados, muito menos resultar em uma simples prisão. É fato que alguns erros recentes quase colocaram tudo a perder. Se as covas e corpos não tivessem sido encontrados, tudo permaneceria como sempre foi, longe dos olhos e alcance de quem quer que fosse. Demétrio criou um padrão, Kali o aperfeiçoou.

Na primeira década, ela apenas acompanhou as notícias e não relacionou o roubo dos corpos ao marido em 1983. Eles se conheciam há pouco tempo e ela ainda não fazia ideia da profundidade e complexidade da mente dele.

Na segunda vez, percebeu claramente que dias antes do ocorrido, Demétrio havia mudado sua postura, hábitos e humor. Na semana do roubo dos corpos em 93, estava mais animado que o comum e completamente imerso em si mesmo. A rotina previsível apresentou vários buracos e ausências, e nos meses que se seguiram, passou a frequentar cada vez mais o sítio que comprou em Macatuba para usufruir com a família, mas que nunca usou com esse propósito.

Kalina era observadora e Demétrio ludibriado. A essa altura do relacionamento deles e convivência, conseguia fazer uma leitura assertiva do marido e não foi difícil descobrir os segredos dele. Demétrio era vaidoso ao ponto de deixar sua arrogância e prepotência se tornarem seus guias. Não se preocupava, como deveria, em cuidar dos detalhes, em garantir que suas ações fossem invisíveis. Rastros que deixam marcas indicam o caminho.

Como imaginava, o marido não reforçou a porta da edícula da primeira casa em que moraram. Kali ficou em dúvida se ele a subestimava a tal ponto ou se realmente sentia-se intocável. Em uma das saídas dele de casa para cobrar devedores, ela entrou no local e se surpreendeu com o pequeno laboratório montado.

Achou genial. Em anos juntos, foi a primeira vez que Demétrio de fato a surpreendeu. Ambos haviam se menosprezado, mas tinham muito mais em comum do que julgavam, as superficialidades que apresentaram um ao outro eram uma casca oca e frágil. Talvez o motivo inicial de terem se atraído fosse esse, a vontade intrínseca de camuflar a própria podridão.

Para Kali e Demétrio, a satisfação passava pelo desafio, pela provocação velada, protagonizavam uma espécie de dança no escuro. Tudo era tão simples e óbvio, que passava despercebido por todos. E essa era a energia motriz, eles se divertiam com a possibilidade de fazer tudo sem que fossem descobertos. Dominavam o tempo, as condições e suas próprias vontades obscuras. Flertar com o perigo e o medo tornava o dia a dia em casa mais estimulante.

Depois de se juntar ao marido, na terceira década, elaboraram juntos o plano de ação pela primeira vez. O que Demétrio não sabia era que Kali queria mais. Queria ele fora da sua vida e da do filho. Seu casamento não existia mais, a relação entre os dois era de conveniência, e além de um marido ausente, o fato de Demétrio em boa parte do tempo ignorar a existência de Darlan mexia com ela profundamente.

Na cabeça dela, criar o filho sozinha seria mais saudável do que com as oscilações e perturbações dele. E, dessa forma, ela teria controle sobre absolutamente tudo, inclusive Darlan. Pensou em várias possibilidades para fazê-lo e optou por ajudar o delegado da época, Luiz Cardoso, a prender Demétrio. Achou justo dar ao marido o poder de escolha sobre o futuro dele. Ela estava no comando e sentia-se melhor assim, queria acreditar que ainda lhe restava alguma qualidade, mesmo que fosse um senso de justiça distorcido.

Luiz estava pressionado e frustrado. Sua vida profissional havia se limitado à busca nos últimos anos do Ladrão de Corpos. Kali sabia o que fazer. Ainda se impressionava com o fato de como uma pessoa desesperada torna-se incrivelmente manipulável. Mostrou ao delegado o que ele precisava ver. Qualquer mínima semente plantada na cabeça de alguém que precisa de um rumo se torna uma sequência de ações previsíveis. Kalina entregou o Ladrão de bandeja e Luiz se gabou por ter finalmente chegado a Demétrio.

Quando ele cometeu suicídio, Kali se sentiu liberta. Apesar de não contar com essa decisão do marido, que não foi combinada, tudo estava se encaixando de forma natural. A vida deles, mãe e filho, seguiria o seu fluxo como deveria ser, só os dois. Por mais que tivesse consciência desde o início de que estava em um relacionamento doentio, usou toda a repressão, humilhação e ameaças que sofreu para se tornar uma mulher resistente e que não se submetia a qualquer forma de controle. Soube esperar a hora certa para agir.

Em momentos cujas suas reflexões eram guiadas por pura ironia, sentia-se grata por Demétrio ter destruído a sua vida. Sua dor era a sua maior força. Concluiu que a paixão do início foi um fiasco, uma chama intensa que brilhou tão alto que não teve forças para se sustentar. Depois que a luz diminuiu, não demorou a se apagar. Sobrou o escuro, o completo breu. Demétrio passou a despertar o pior nela. Kali era uma boa aprendiz, apenas usou o próprio veneno dele contra o marido.

A vida era boa com o filho, nos seus moldes. Darlan era inocente demais para perceber tudo que acontecia à sua volta. E à medida que foi crescendo, sua vida e desejos eram pautados pela mãe. Não havia resistência, nem consciência. Kali sentiu um enorme alívio quando percebeu que ele não era como os pais. A maldade não havia germinado dentro de Darlan.

Quando o sítio e as covas foram descobertos da forma mais despretensiosa que podia ser, Kali passou a trabalhar no que chamou de plano B, que nada mais era do que a construção de uma nova vida. Caso fosse necessário, teria uma rota alternativa. E foi.

Desde que assumiu os negócios da família de forma definitiva, ela trabalhou duro para que o seu patrimônio aumentasse. Como herdeira de Demétrio, teve acesso a todas as contas, inclusive uma cujo marido não havia lhe contado e reunia uma quantia considerável fora do país. Na época, achou graça, pensou que não apenas ela elaborava planos alternativos secretos, a diferença era que Demétrio só pensava nele mesmo. Dinheiro não seria um problema para ela e Darlan, independentemente da nova vida que fossem adotar.

Assim que Darlan voltou para casa e relatou o encontro com Martim na saída da academia, Kali não teve a menor dúvida de que havia chegado a hora de agir. Por ser mais cedo do que esperava, precisou sair às pressas de casa. Isso, inclusive, a deixou furiosa. Gostava da sua casa na cidade, da edícula, apesar de ter criado o hábito de ficar pelo menos dois dias na semana em Macatuba, antes do sítio ser tomado pela polícia. Com Martim, acertaria as contas depois.

Para o filho, qualquer verdade incontestável dita pela mãe bastava. Kali colocou na cabeça dele que aquela abordagem do delegado era o prenúncio da sua prisão. Assustado, Darlan acreditou no fato de que disse o que não deveria e agradeceu à mãe por protegê-lo mais uma vez. Não houve questionamento quando ela ordenou que ele pegasse apenas o necessário para irem embora.

Como Kali já estava preparada em relação aos principais pontos do seu plano, providenciou com antecedência dois passaportes falsos. Eles não estavam sendo procurados ainda, saíram do país sem nenhuma dificuldade. Enquanto Martim juntava as peças e revirava sua casa, Kali e Darlan embarcavam apenas com a passagem de ida.

Kalina sempre gostou do campo. A natureza lhe oferecia uma sensação de paz que ela não encontrava dentro dela. Escolheu o Sul da África para ser sua nova casa. Comprou uma fazenda no interior do país, e com identidades falsas, não seriam encontrados. Por precaução, mãe e filho mudaram também de aparência, os novos cortes de cabelo e coloração combinavam com os personagens criados. Adotaram uma nova rotina e encaravam todas as mudanças como uma chance de recomeçar, agora do zero. Eles tinham um ao outro. E isso bastava.

53

XEQUE-MATE

Antes de partir para o outro continente, Kali ainda deixou duas surpresas, uma para Alana e outra para Martim. Três semanas após ter saído do Brasil, com o intuito de confundir ainda mais o investigador, enviou duas cartas que foram entregues de forma anônima a cada um deles.

De propósito, forjou indícios que sugeriam que eles, Darlan e Kali, estavam escondidos em algum lugar no norte do Brasil. Isso porque, diferente da caligrafia desenhada e identificada de antes, em ambas as correspondências, as letras que formavam as palavras das mensagens foram retiradas de um jornal impresso diário muito conhecido em Manaus, cuja fama se deu justamente por apresentar fontes de escrita diferentes das tradicionais usadas em tabloides por todo o país. As cores quentes utilizadas davam destaque às suas matérias no estilo marca-texto inconfundível. Kali sabia que, tanto Alana quanto Martim, não deixariam esse detalhe passar despercebido. Ela só precisou solicitar exemplares que foram enviados pelos correios antes da fuga, preparar as cartas e deixar com uma pessoa de sua confiança e que foi bem remunerada para entregá-las aos respectivos destinatários no momento combinado. O seu planejamento considerava os detalhes, principalmente os que eram capazes de fazer a diferença entre sucesso e fracasso do plano.

No caso de Alana, assim que se levantou para dar início a mais um dia e atravessou os cômodos para chegar à cozinha, deparou-se com um envelope embaixo da porta, no chão da sala do seu apartamento. Não acreditou no que via, já tinha vivido essa cena. O arrepio no corpo era premonitório. Considerou não abrir o envelope. Mas não resistiu à curiosidade, depois de encarar a embalagem por longos 20 minutos e oscilar em suas intenções, resolveu ceder.

"Poucas coisas são tão admiráveis quanto o renascer das cinzas. A capacidade de suportar e continuar, mesmo quando tudo ao seu redor desmorona, é para poucos. Você ganhou o meu respeito. Uma sobrevivente reconhece outra. Merece saber de tudo."

K.

Eram duas folhas avulsas, e depois de ler a primeira mensagem com letras coloridas e coladas, Alana notou um papel-ofício amarelado pela ação natural do tempo. Um calafrio percorreu todo o seu corpo. Dessa vez, a mensagem era de Demétrio, escrita à mão. Alana teve acesso ao relatório final da investigação e jamais esqueceria os detalhes contidos no laudo que atestava as diferenças entre as caligrafias de Kali e as do marido.

As linhas desenhadas relatavam que os três presos políticos foram uma espécie de presente da gangue da qual ele fazia parte em 1983. E que o pai de Alana, assim como os demais, fora capturado em um protesto civil, mas que, depois de apanharem demasiadamente da polícia e sofrerem diferentes torturas, não resistiram. Os corpos precisavam "sumir". A ordem do seu chefe na época havia sido expressa e vinha de cima.

Na ditadura, o jogo de poder e dominação preponderava, e os preços cobrados eram pagos com a vida ou alianças. Mesmo que esse pacto fosse feito entre policiais e criminosos. Faltavam três corpos para fechar os 10, número que Demétrio gostava e fixou como o ideal para sua empreitada. Quando recebeu a ordem, de fato, achou que era um presente para ele.

À medida que avançava na leitura, o estômago dela embrulhava com mais força. Para Alana, a descrição dele dos acontecimentos era uma mistura de loucura com desumanidade. Precisou fechar os olhos e concentrar-se para não vomitar. Embora estivesse conseguindo recuperar o controle das suas emoções, leu uma última frase no canto da folha. Notou o traço diferente, indicando ser de Kali. *"A propósito, essa folha que está segurando foi confeccionada com o tutano do seu pai. Achei simbólico proporcionar esse contato entre vocês."*

Era possível sentir todo o desdém impresso naquelas palavras. Eles eram doentes, criminosos e calculistas. Alana não segurou mais sua vontade de vomitar, precisava colocar tudo aquilo para fora. Depois de voltar do banheiro, secou as lágrimas. Kali tinha o desejo de torturá-la, mesmo de longe.

E, de uma forma não intencional, acabou ajudando. Alana estava com raiva de tudo aquilo, havia chegado ao seu limite. Foi até o seu quarto, e, enquanto caminhava, retirou o colar do pai do pescoço. Retirou também os óculos velhos de dentro da gaveta e posicionou os dois objetos dentro do papel que recebera. Aproveitou o embalo e juntou tudo: o envelope recebido, os recortes que estavam guardados há anos em sua caixa de recordações.

Foi até a sua área gourmet e acendeu a churrasqueira com carvão. Apesar de ser tudo improvisado, não queria mais esperar para colocar um ponto final em tudo aquilo ou para fazer de outra forma. Olhou uma última vez para os objetos, beijou a menininha do pingente, em um gesto metafórico de despedida do seu antigo eu, e jogou tudo no fogo.

As brasas estavam altas, observou tudo se desfazer com rapidez. Seu passado não a atormentava mais. E ela não daria a ninguém o poder de aprisioná-la novamente.

EPÍLOGO

Martim,

Você chegou até minha edícula, sinto muito por não poder esperá-lo. Eu daria tudo para ver a sua cara! Surpresa? Indignação? Raiva? Talvez culpa por não ter conseguido chegar até mim antes? Os sentimentos sempre estragam tudo, não dê tanta importância a eles.

Sabe que eu até gostei da nossa conversa. Sério, achei estimulante perceber o quanto você estava perdido. Embora estivesse me divertindo, preciso confessar: quando você começou a abordar o meu filho, aí eu passei a gostar cada vez menos de você. Existiam outros caminhos, e você tomou a direção errada. Coisas de mãe, espero que não se sinta ofendido.

E cá estamos, em uma nova configuração. O jogo muda o tempo todo. Não te conheço o suficiente, mas sou capaz de chutar duas coisas sobre você. A primeira é que vai continuar me procurando. E a segunda é que ainda deve estar se perguntando: por que tudo isso? Aliás, você até já me fez essa pergunta pessoalmente, acho conveniente respondê-la. Sempre fomos apaixonados pelo universo dos papéis! Não é fascinante tudo que podemos registrar nas folhas? Histórias, confissões, legados. São tantos formatos, cores, tonalidades, e a busca pelo branco perfeito se tornou uma verdadeira obsessão. Sabe quando você tem absoluta certeza de que consegue se superar? É assim que eu me sinto, cada dia melhor no meu ofício, nos processos que fui aperfeiçoando com o tempo e prática.

Os corpos, e seus ossos, eram o ingrediente principal para chegar ao resultado final, que, modéstia à parte, você pode comprovar a qualidade. Não entendo porque as pessoas sofrem e se apegam tanto a quem não está mais aqui. Mas vou deixar minha paixão de lado para focar no que interessa aqui: você. E, se me permite, gostaria de lhe dar um último conselho. Agora que já sabe de tudo, chegamos ao final desse jogo.

Minha proposta é um acordo que considero justo. Você encerra o caso de forma definitiva, esquece que existimos, arquiva tudo, dá um jeito de retirar os mandados de prisão que existem contra mim e Darlan — a gente sabe que sempre é possível pedir um favor ou outro para os amigos. Em contrapartida, te prometo que não haverá outros corpos roubados. Você tem a minha palavra e, acredite, ela vale muito. Vou me concentrar em dedicar minha atenção e vocação a outro hobby qualquer. E você pode seguir sua vida, focar em outros casos mais tediosos e se aposentar em breve. Te garanto que assim será melhor para todo mundo.

Caso você não aceite esse acordo, o jogo continua! A escolha é sua, e a reputação também. Nunca é demais lembrar que eu continuo solta e que, com toda essa repercussão contemporânea, quem sabe novas comunidades e seguidores dos Ladrões de Corpos não se espalhem por todo o Brasil? Já pensou que interessante seria se novos imitadores surgissem?

Estou ansiosa para saber se irá tomar a mesma decisão do seu pai. Vocês se parecem muito. Cooperar é o caminho, Martim.

K.

Agradecimentos

Escrever é um ato solitário. Mas quando uma história ganha vida, muitas pessoas passam a fazer parte dela. Por isso, agradeço aos meus leitores que me trouxeram até aqui. Viver de literatura sempre foi o meu maior sonho. E o desejo mais íntimo e pujante de qualquer autor é ser lido. Ver as minhas obras ganharem cada dia mais público e notoriedade é a minha maior realização.

Propor reflexões e abordar, através da construção de personagens, as mazelas da sociedade e conflitos do ser humano, é uma tarefa desafiadora, mas proporcionalmente gratificante. Mesmo que estes alertas sejam em sua maioria assustadores, torna-se inevitável confrontar a realidade que, embora muitos tentem ignorar, está ao nosso redor.

A ficção, dentre tantas características, tem o poder de impactar e trazer à luz pensamentos e ações que não podem (e não devem) ser negligenciados. Em uma sociedade cada dia mais adoecida, agressiva e superficial, torna-se obrigação individual olhar para dentro de si mesmo.

A todos vocês que têm embarcado nas minhas histórias comigo: muito obrigada! Espero que cada um absorva o que precisa para seguir seus caminhos com consciência, cuidado e atenção. Particularmente, continuo acreditando nas pessoas e na humanidade.

Aos meus familiares e amigos, vocês foram os primeiros a confiar! Ter o apoio incondicional de vocês ao longo desta longa jornada, desde sempre, me ajuda a não desistir. Sei o quanto cada um de vocês vibra comigo em todas as conquistas.

À Fernanda, que viu essa história nascer, primeiro na minha cabeça, e escutou todos os meus devaneios, frustrações e projeções. Seu carinho e escuta no dia a dia fazem toda a diferença. Compartilhar a vida com você é um privilégio.

À Faria e Silva, minha casa editorial, agradeço a oportunidade de fazer parte do time excepcional e seleto de autores. É um orgulho imenso ter este selo.

Não existem atalhos ou tempo errado. A vontade de Deus é boa, perfeita e agradável.